LIFEBIZ20
BÜCHER | HÖRBÜCHER | MUSIK

13
ÜBER
NACHT

Impressum

© 2022 Melanie Kogler
Layout und Satz: Melanie Kogler
Cover: grafik20.at

Herausgeber, Verlag:
Herbert Schnalzer, Lifebiz20 Verlag
Frösau 17, A-8261 Sinabelkirchen
www.lifebiz20.academy/verlag

Grafische Qualitätskontrolle:
Markus Ponhold
www.grafik20.at

ISBN Softcover Buch: 978-3-9505197-5-4
ISBN E-Book: 978-3-9505197-9-2

Melanie Kogler,

geboren 1981, lebt mit ihrem Göttergatten und ihren beiden entzückenden Kindern im grünen Herzen Österreichs. „Ihre Bestseller wurden mehr als sechs Millionen Mal gekauft, in 21 Sprachen übersetzt und fürs Kino verfilmt." Soviel zu ihren großen Träumen... 😊 Ihr ahnt es bereits: Sie liebt es zu visionieren, und folgt neben ihrer großen Leidenschaft, dem Schreiben, ihrer Berufung als Dipl. Iridologin/Mentorin. Ihre Vision ist es, so vielen Frauen wie möglich ein bisschen mehr Licht und Freude, Spaß und Leichtigkeit in den Alltag zu bringen, sowie sie an ihre Kraft, ihren Mut und ihre Träume zu erinnern.

Himmelhoch jauchzend,
Zum Tode betrübt;
Glücklich allein
Ist die Seele, die liebt.
Johann Wolfgang von Goethe

Für alle Menschen, in deren Herzen

ich einmal war, bin und sein werde!

* * *

Für alle Menschen,

die einmal in meinem Herzen waren,

sind und sein werden!

Vorwort

Erinnerst Du Dich? Erinnerst Du Dich an das Mädchen in Dir? Wer warst Du? Wovon hast Du geträumt? Was hat Dich beschäftigt? Was hat Dich geprägt? Wer hat Dich geprägt? Was ist aus dem kleinen Mädchen geworden? Aus dem 13-jährigen Teenager-Mädchen mit all seinen Sorgen, Ängsten, Zweifeln, Hoffnungen, Träumen, Ideen, Gefühlen, all seiner Liebe und Leichtigkeit, seiner Lebendigkeit, seiner Lebensfreude, seinem Glauben, seinen Überzeugungen, seinem Mut. Was wurde aus diesem liebenswerten, bezaubernden, tapferen, starken, hübschen, klugen, manchmal traurigen, zornigen, hassenden und verwirrten, aber meistens lustigen, mutigen Mädchen? Du hast Dich verändert, das Leben hat Dich verändert. Du hast Dich weiterentwickelt. Du bist erwachsen. Aber irgendwo ganz tief drinnen in Dir ist sie noch. Pippi statt Annika.

Ihr herzallerliebsten „Annikas" da draußen. Erinnern wir uns daran: In uns allen steckt eine Pippi. Da wir jedoch „dazugehören" wollen, weil uns die Gesellschaft vorgibt, wie wir zu sein haben und auf gar keinen Fall anders, verdrängen wir sie allzu oft in der Hitze des Alltags. Das Leben fühlt sich dann statt bunt eher grau an und statt leicht eher schwer. So haben wir uns das aber nicht vorgestellt, damals als wir vom „Erwachsensein" träumten. Vielleicht hilft Euch dieses Buch ein kleines bisschen dabei, Eure Pippi wieder zu finden. Wenn nicht, dann habt einfach ganz viel Spaß, Freude & Leichtigkeit beim Lesen und beim „Euch an Eure Zeit zurückerinnern". Denn so leicht ist sie vergessen: Deine Wildheit, Deine Ungezähmtheit, Dein Temperament, Dein Mut, Deine Leidenschaftlichkeit, Deine Klugheit. Lass mich raten, es zieht grad ein „bisserl" in der Herzgegend oder?

Noch ein Vorwort

2022. Manchmal schreibt das Leben andere Geschichten, als die, die wir uns ausmalen. Alles zu seiner Zeit! Daran glaube ich ganz fest. Vielleicht war ich noch nicht so weit. Vielleicht warst Du noch nicht so weit. Damals 2019, als ich den ersten Buchvertrag unterschrieben in der Tasche hatte und es trotzdem nicht sein durfte. Aber hey. Du hältst jetzt mein Buch in Deinen Händen! Auch bei Büchern glaube ich fest daran, dass sie uns immer zur richtigen Zeit mit der für uns richtigen Botschaft finden.

Rückblende, Klappe die Erste: Wir schreiben das Jahr 2018 und Du liest hier ein Vorwort, das ich bereits vor 8 Jahren zu schreiben begann und es jetzt endlich für DICH fertig schreibe..., weil man manchmal Angst vor seinen Träumen hat...und ich Dich damit ermuntern möchte, DEINE Träume (wieder) zu finden und vor allem zu leben - wenn es irgendwie geht ein bisschen schneller als ich.

Rückblende, Klappe die Zweite: (Achtung, wir schreiben das Jahr 2010): Eines Tages telefoniere ich, die nächstes Jahr 30 (!!!) wird, mit einem ganz lieben, klugen Mädchen, das gerade einmal 13 ist. Es erzählt mir von seinem allergrößten Lebenstraum - dem Schreiben! Es erzählt mir, dass es über Ihre Lehrerin eine Lektorin kennt und dieser ihr Buch (!!!) zum Lesen und Beurteilen gab! Ich dachte, mich haut's vom Hocker! Mit 13 Jahren ist dieses Mädchen fest entschlossen, ihre Träume zu verwirklichen und hat mehr Mumm in ihren Knochen als, naja, der Großteil der Erwachsenen, die ich so kenne! *kopfschüttel*

Daraufhin habe ich ihr erzählt, dass ich den gleichen Traum auch einmal hatte und mit der absolut süßen, kindlichen Naivität, wie sie nur eine 13-Jährige haben kann, sagt sie: „Na, dann schreib halt!"

Und ich mit einer typischen Antwort, die wiederum nur Erwachsene geben können: „Bla, bla, bla, dafür braucht man viel Zeit. Das ist viel Aufwand. Zum Schluss wird's nicht veröffentlicht. Was werden die Leute reden, bla, bla, bla…" Antwortet mir die Süße (und dafür könnte ich sie heute noch knutschen): „Naja, dann hast du es eben nur für dich geschrieben, aber du warst glücklich dabei!"

Unsere wahre Aufgabe ist es glücklich zu sein.

(Dalai Lama)

Da muss mir doch echt ein Teenager in den Popo treten, um in die Gänge zu kommen! Dann dauert es immer noch gefühlte 100 Jahre, bis ich endlich erkannt habe, dass Freiheit dort beginnt, wo man aufhört, anderen Menschen gefallen zu wollen – wenn mir das mal Jemand früher gesagt hätte… 😊 Wer weiß, wofür es gut war, denn immerhin wurde so überhaupt erst die konkrete Idee zu diesem Buch geboren. Die Sicht eines Teenagers versus der Sicht einer „sogenannten" Erwachsenen.

Das Schwierigste am Erwachsensein ist,
so zu tun als wäre man erwachsen.

Wie hast Du die Welt damals mit 13, 14, 15 erlebt? Oder warst Du vielleicht schon 16, 17, 18, als Du rückwärts durch das Gefühlschaos gezogen wurdest? So oder so, ich bin mir sicher, irgendwann hat es Dich erwischt, dieses Chaos im Kopf, dieses Drama, diese Gefühle. So verdammt viele Gefühle. Ihr wisst ja ganz sicher auch, was ich weiß: Nämlich, dass man das Leben nur vorwärts leben kann. Verstehen funktioniert dann erst rückwärts. Blöd irgendwie. Was würdest Du mit dem Wissen von heute anders machen? Würdest Du mit dem Wissen von damals in Wahrheit eh wieder alles gleich machen? Wie würdest Du heute über alles denken? Welchen Rat würdest Du Deinem jüngeren Ich mitgeben oder könntest Du sogar von ihm lernen? Würdest Du das Mädchen in Dir einfach nur ganz fest umarmen, trösten, festhalten, wiegen, mit ihm lachen und weinen und ihm sagen, dass es ein bisschen Geduld haben sollte? Alles wird gut und all die Erfahrungen braucht es, um genau so zu werden wie Du heute bist. Warum Du so bist wie Du bist? Weil Dich irgendjemand genau so braucht und liebt wie Du bist. Liebes großes Mädchen - Du bist wertvoll! Nicht weil Du weißt, was Du weißt, tust, was Du tust, kannst, was Du kannst, sondern weil Du bist, wer und wie Du bist!

> Du bist wie eine Farbe! Nicht jeder wird Dich mögen.
> Doch es wird immer jemanden geben,
> dessen Lieblingsfarbe Du bist!

Das Schönste an Büchern ist, dass alles was geschrieben wird, die Wahrheit sein kann. Aber nicht muss. Es kann auch Fantasie sein. Oder eine Kombination aus Wahrheit und Fantasie. Eine Geschichte nach wahrer Begebenheit, oder alles komplett frei erfunden? Das weiß niemand. Außer der Autor. Und möglicherweise ein paar Charaktere, die sich darin wieder entdecken. Oder auch nicht. Ich liebe es! In etwa so sehr, wie ich Sprüchlein und Smileys liebe - was Dir an dieser Stelle eventuell schon aufgefallen ist. Ich frage mich manchmal ernsthaft, wie wir nur so lange ohne leben konnten. 😊

Der Schreibstil unseres Teenager-Mädchens könnte ein bisschen holprig erscheinen, was der Realität und Authentizität geschuldet ist. Apropos Realität: Ich sag jetzt mal so: **Die Personen und die Handlungen dieses Buchs sind absolut frei erfunden. Die erwähnten Schauplätze existieren tatsächlich, dienen jedoch nur als Romangrundlage. Etwaige Ähnlichkeiten mit tatsächlichen Begebenheiten, lebenden oder verstorbenen Personen sind selbstverständlich „rein zufällig".** 😎

Tagebuch Nr. 1 - ich bin schon 12,5 Jahre alt

oder „Hormone, Hormone, Hormone - vom süßen Mädchen zum wandelnden Hormonbömbchen"

24.12.1993

Heute ist Heiligabend und es gibt eine Menge zu berichten. Ich hab Dich bekommen liebes Tagebuch! :-) Du fragst Dich jetzt sicher, wer ich bin. Also, ich bin Jennifer, kurz Jenny, bin schon 12,5 Jahre alt und werde demnach schon bald 13. Ich wohne mit meiner Mama Brigitte, meinem Stiefpapa Klaus, zu dem ich Papa sage, und meinem kleinen Bruder Patrick in einem kleinen, süssen Häuschen am Stadt- und Waldrand, gehe gerne in die Schule, hab gute Noten und liebe Freundinnen und bin meistens glücklich. Ich liebe mein eigenes kleines Zimmer mit dem kleinen Fensterchen und den schrägen Wänden, weil es direkt unter dem Dach ist. Meine Mama und ich sind vor über 2 Jahren aus Oberösterreich in die Steiermark zu Klaus gezogen, den sie beim Ausgehen kennen- und lieben gelernt hat, als er beruflich auf Montage in OÖ war. Aber zurück zu heute. Mein kleiner Bruder Patrick hat sooo lieb gestaunt, als er den leuchtend geschmückten Baum sah. Er, Mama und Papa haben sich total über meine Geschenke gefreut. Ich selbst bekam so viele Geschenke, dass ich jetzt noch ganz aus dem Häuschen bin! Schlittschuhe von meiner Oma, eine Arielle-Videokassette, Skianzug, Pulli, T-Shirt, einen Body, Filz- und Farbstifte, eine Sporttasche mit „Beverly Hills 90210 Bildern", ein Poesiealbum, gemeinsam mit Patrick einen Schlitten UND natürlich Dich, mein erstes Tagebuch! Von meinem richtigen Papa Ralf bekam ich sogar eine Stereoanlage und 200 Schilling zugeschickt. Wow, es ist schon 22:40. Ich freue mich total auf Silvester – da bleib ich wahrscheinlich noch länger auf! Heute hat es den ganzen Tag geschneit – wunderschöne Weihnachten – das wünsche ich jedem! So, nun mach ich Schluss für heute. Ich werde nur noch ein bisschen lesen und dann schlafen. Bis zum nächsten Mal!

Och, ist das nicht entzückend? Heiligabend in einem anderen Jahrtausend. Ha, das klingt ja mal krass. Aber wenn man sich die Zeilen so auf der Zunge zergehen lässt, trifft es sogar zu. Beverly Hills 90210. Wer diese Fernsehserie aus den 90ern noch kennt gehört ja heutzutage schon beinahe zur Gattung der Dinosaurier. Zumindest definitiv nicht mehr zu den Teenies und auch nicht mehr ganz zu den Twenties. 😳 Also, ich war damals ja lange Zeit zuerst in „Brandon" und dann ein bisschen in „Dylan" verschossen. Und Du so? 😜 In meiner Fantasie war ich meistens die „Brenda". Jetzt bin ich dann doch lieber ich selbst und ich denke, das ist gut so. Das kann ich nämlich am besten. Apropos Verliebtsein fällt mir gerade noch etwas ein. Erinnerst Du Dich an „Die unendliche Geschichte" (selbstverständlich Teil 1)? Atréju war schon ein Schnuggi. Und nicht zu vergessen: Karate Kid (auch Teil 1) "Daniel-San"... mmmmmhhhhhh... und jetzt komm ich beim recherchieren doch tatsächlich drauf, dass er bereits 1961 geboren ist. Da war ich 10-jähriges Mädchen also in einen 30-jährigen verknallt. Ach Du Grüne Neune! *gg* (zur Erinnerung: *g* steht für „grins", *gg* bedeutet: „Doppelgrins") Gott sei Dank gab es damals noch kein Internet. Ich wäre am Boden zerstört gewesen *rofl* (für alle, die diese Zeit ausgelassen haben: rofl = rollingonfloorlaughing = sich vor Lachen kugeln)

Während damals 200 Schilling einen Wow-Effekt erzeugt haben, würden mich vergleichsweise EUR 15,00 heute vermutlich nicht mehr ganz so aus den Socken hauen. Aber gut. Die Zeiten ändern sich. Mein kleiner süsser, damals gerade frisch gebackener 1-jähriger Bruder ist mittlerweile ja auch nicht mehr ganz so klein und ganz so süß. Zum Strahlen bringt ihn heute immer noch viel, aber sicher kein Christbaum mehr! 😄😄 Es gibt tatsächlich nichts bezaubernderes als kleine Kinder, die an das Christkind und an den Zauber der Weihnacht glauben.

Von all den damals ach so tollen Geschenken haben es in Wahrheit nicht besonders viele in mein heutiges Leben geschafft! Die Schlittschuhe waren definitiv ausgelatscht und sind auf dem Müll gelandet (wir waren damals beinahe täglich auf dem Eis).

Die Arielle Videokassette hat mir unser alter Videorekorder im wahrsten Sinne des Wortes aufgefressen. Ich kann mich noch gut daran erinnern, wie liebend gern ich den Rekorder genommen hätte um ihm zu zeigen, wer da wen frisst, doch ich hätte dabei möglicherweise den Kürzeren gezogen. Der Skianzug – das war ein violetter Einteiler – von dem mein um 12 Jahre jüngerer Bruder (!!!) das GLEICHE Modell bekommen hatte. Das muss man sich bildlich mal vorstellen – Baby Patrick und ich zur gleichen Zeit im gleichen Skianzug - einmal in klein, einmal in groß. An dieser Stelle bleibt mir nur noch nachträglich zu sagen: DANKE MAMA. Echt jetzt?!? 🙊🙈

Poesiealbum – da müsste ich irgendeinem Schulkollegen – wenn ich bloß wüsste welchem!!! - ganz nett in den Hintern treten, der mir mein beinah vollgeschriebenes Album unterschlagen und mir somit viele liebe Erinnerungen gestohlen hat. Na, aus dem ist ja sicher etwas ganz Tolles geworden, wenn der damals schon so wahnsinnig zuverlässig war. Ironie Ende. Den Schlitten – den hat sich mein kleiner Bruder unter den Nagel gerissen, wobei ich zugeben muss, dass mit SCHON 12,5 Jahren das Schlittenfahren nicht mehr unbedingt das Interessanteste war. Aber dazu kommen wir später. Noch sind die Hormone in eher kindlichem Modus. Es wird zu diesem Zeitpunkt noch mit Barbiepuppen gespielt - was sich aber ganz schnell ändern kann. Da können sicher alle Eltern von diesen sogenannten „Pubertieren" ein Lied singen. (Tipp für Mamas: der Song von Chris Boettcher „In der Pubertät"! Text: grenzgenial - Prädikat: absolut hörenswert) Meine Stereoanlage hat leider nach vielen Jahren sehr treuem Dienst, musikalischer Begleitung in allen Lautstärken und in wirklich allen erdenklichen Lebenslagen und Stimmungen (und das waren in diesem Alter seeeeehr viele!!!) den Geist aufgegeben. Ach so, falls Du Dich fragst, was es mit dem „richtigen" Papa auf sich hat, das wäre dann vermutlich Stoff für ein ganzes Buch. So von wegen Trennungskind. Traurig. Tragisch. Für immer vermurkst. In Wahrheit auch nicht mehr oder weniger als für alle anderen von uns. Also einfach kurz und knackig für's Verständnis: „richtiger Papa" = biologischer Papa und der andere „Papa" = Stiefpapa & Erzieher ab meinem 10. Lebensjahr , Papa meiner Geschwister.

So, aber jetzt last but not least: MEIN TAGEBUCH! Ja, das hüte ich auch nach mehr als 20 Jahren noch wie einen Schatz! Da sieht man, wo die Wertigkeit schon immer hätte liegen sollen und auch heute noch liegen sollte! Materieller Wert ist out, ideeller Wert - er lebe hoch!!! Ja, ja, auch noch in diesem Jahrtausend und in Zeiten wie diesen (oder gerade in Zeiten wie diesen)! In diesem Sinne:

25.12.1993

Hallo da bin ich wieder! Heute waren wir zum ersten Mal mit Patrick Schlittenfahren. Ganz geheuer war es ihm nicht, aber nach der vierten Abfahrt hat es ihm dann schon Spass gemacht. Danach gingen wir in ein Gasthaus. Dort waren ein paar Amerikanerinnen und ein fescher Bursch. Aber der war sicher schon alt, da er einen Schnurrbart hatte. Tschüss!

Schreibstil erste Sahne. Sehr informativ. Alles gesagt, was zu sagen war. Mittlerweile zählt kurz halten ja eher nicht mehr zu meinen Stärken. Ich vermute mal stark, dass ich an diesem Tag nur geschrieben habe um etwas geschrieben zu haben. Ihr wisst schon: „TAGEbuch"! 😾 Ich hab Euch ja gewarnt: Schnurrbärte, ups, ich meine Hormone im Anmarsch! Spürt ihr sie schon? 🐢

27.12.1993

Es ist 23:30 und ich liege weinend im Bett. Meine Oma ist endlich bei uns, und wir lagen gestern noch zusammen in meinem Zimmer. Aber weil die doofen Erwachsenen behaupten, dass es nicht gesund ist, auf der Luftmatratze zu liegen, haben sie meine Oma ausquartiert. Dabei hätte ich Oma so gerne bei mir! Ich finde das so gemein, aber Kinder werden ja bekanntlich nie um ihre Meinung gefragt.

Nur um das mal festzuhalten: heute mit 30 plus (😵) würde ich weinen, wenn mir jemand sagen würde, DASS ich auf der Luftmatratze schlafen muss! Na dann: **GUTE NACHT**

PS: Das ist vermutlich einer der Gründe, warum Kinder nicht immer um ihre Meinung gefragt werden. Weil Erwachsene es manchmal, nicht immer, doch ein kleines bisschen besser wissen. Das wiederum weiß man erst, wenn man kein Kind mehr ist.

11.01.1994

Wir, also Papa, Mama, Patrick und ich waren Skifahren in Tirol. Es war ganz ok. In Axam hatte es fast keinen Schnee mehr und darum war ich nur ein einziges Mal auf der Piste. Es gab dort eine Sandra, die ich blöd fand, einen Thomas, der ganz nett war und einen 11-jährigen Martin, bei dem ich mir manchmal gedacht habe, dass es schade ist, dass er noch nicht 13 oder 14 ist. Heute habe ich einen anstrengenden Tag hinter mir: acht Stunden Schulstress, Mittagessen richten, weil niemand daheim war, Hausaufgaben machen (deutsch, Vokabeln, geometrisches Zeichnen), Lernen (Bio) und Schummelzettel schreiben. Hoffentlich kommt der Lehrer nicht drauf – letztes Mal hat er mir den Zettel zerrissen.

Hormone! Hormoooone! Kannst Du sie riechen? Das Thema rund um die liebe Selbständigkeit, von der es heutzutage entweder zu viel oder zu wenig gibt finde ich zwiespältig. Die Balance finden nur mehr die wenigsten Familien. Da gibt es dann diese Familien, in denen 10-jährige schon den ganzen Tag auf sich alleine gestellt sind und jene in denen die Mamas ihren Kindern mit 18 noch den Popo auswischen, ups, das Butterbrot schmieren wollte ich sagen. Selbstverständlich „musste" ich damals einen Schummelzettel schreiben. Ganz schön abgebrüht mit noch nicht mal 13 und, im Nachhinein betrachtet, auch ein kleines bisschen doof! Zu meiner Verteidigung: Wir haben es damals irgendwie noch nicht besser gewusst. Naja, vielleicht schon, aber wir wollten es uns nicht eingestehen. Wir kamen uns ja sowas von cool vor (sagt man heute eigentlich noch cool?) weil wir, die mit den Schummelzetteln, sooo „mutig" waren. Genau betrachtet hätte ich in der Zeit, in der ich meine kleinen Zettelchen geschrieben habe schon 3x den Stoff gelernt! Wir haben unsere Schummelzettel damals nämlich so klein geschrieben oder, besser gesagt „gefuzzelt", dass es schon beinahe ein kleines Kunstwerk war. Alles noch händisch, so ganz ohne PC! Ohne PC? Wie jetzt? Was? Warum? 😳😳😳

Na ich hab ja schon gesagt, dass wir uns im vorigen Jahrtausend befinden. Selbstverständlich gab es schon Computer. Große, fette, mit schwarzem Bildschirm und ganz vielen grünen Buchstaben und Zeichen und einer ganz eigenen PC-Sprache, irgendwas mit „DOS", die ich zwar mal ansatzweise gelernt hab, aber von der nichts hängengeblieben ist außer „CD..". Ich glaube mich dunkel zu erinnern, dass das die Rettung im Fall des Falles war, wenn man Mist gebaut hatte. Ja, ja, da war es in den höheren Schulklassen mit dem PC schon deutlich einfacher, dieses Schummeln – Schriftgröße 5 und „Achtung, fertig, drucken, los!"

```
ACHTUNG!
FERTIG!
DRUCKEN!
LOS!
```

14.01.1994

Liebes Tagebuch! Auf den Bio-Test habe ich einen Einser. Der Lehrer hat mich nicht erwischt. Heute ist Mama mal wieder schlecht gelaunt. Ich war mit meiner besten Freundin Gisela, kurz Gisi, in der Stadt, wo wir uns beide einen Fliespulli gekauft haben. Als ich dann nach Hause gekommen bin, habe ich für morgen alles zurechtgelegt und dann mit Mama Stress bekommen, weil ich den hässlichen roten Koffer nicht nehmen will. Ich rede die ganze Zeit von morgen und Du weißt ja gar nicht, was los ist. Wir fahren zum Schul-Skikurs. Das heißt, ich kann Dir eine ganze Woche nicht schreiben. Ein bisschen nervös bin ich, aber ich freu mich. Bye.

Der Vollständigkeit halber: Fliespulli = Fleecepulli.
Hässlicher roter Koffer bringt Mutter auf die Palme. 😜 DAS verstehen nur Mamas.

21.01.1994

Heute sind wir vom Schulskikurs zurückgekommen. Es war super. Das Zimmer war mit Dusche, Balkon und Fernseher. Wir waren zu siebt im Zimmer. Gisi, Helene - Leni, Kathrin - Kathi, Mandy und noch zwei Mädchen aus der Nebenklasse. Leni war so richtig gemein zu mir. Außerdem war sie total besessen, die Jungs bei „Big Bussi" abzuschmusen und abgeschmust zu werden. Das ist ein Kartenspiel, dessen Regeln ich gar nicht so genau kennenlernen wollte. Ich bin aber nicht neidisch, auch wenn das jetzt vielleicht so klingt. Ich hätte ja mitspielen können, wenn ich gewollt hätte. Das Essen war übrigens auch grausig. Irgendwie finde ich es schade, dass ich keinem gefalle. Nicht einmal mir selbst. Meine Beine sind fett, mein Bauch schwabbelig, mein Mund hässlich geformt, meine Nase zu lang, meine Augen zu groß, meine Haare kaputt, meine Füße zu klein, meine Finger zu dick, meine Stimme ist auch scheußlich. Mir ist zum Heulen. Aber ich mag es nicht mich selbst zu bemitleiden. Das finde ich egoistisch und eingebildet. Ich hasse, dass ich mich selbst hasse.

Och, da würde man doch am liebsten die 12 -jährige Jennifer in den Arm nehmen und trösten nicht wahr? Wenn das mal nicht nach Gefühlschaos klingt!? Achtung, es folgt eine immens schlaue Information, die wir Ladies uns direkt ins Herz schreiben sollten: Ausnahmslos alle Mädchen sind hübsch und erst recht wir Frauen. Jede für sich. Jede ist besonders, einzigartig und perfekt sie selbst.

Abgesehen davon, weiß ich aus meiner bisherigen Lebenserfahrung, dass die Eigenwahrnehmung stark von der „Tagesverfassung" abhängt, weshalb es vereinzelt immer mal wieder solche Tage gibt, an denen man sich selbst nicht gefällt, unzufrieden ist und man alle anderen hübscher und lieber findet als sich selbst. An diesen Tagen steht man vor dem Spiegel und denkt sich sowas ähnliches wie: „Mit diesem Nilpferdhintern brauchst Du Dich nicht wundern, wenn Dir Deine Jeans nicht mehr passt.

Deine Haare hättest du dir auch waschen können! Im Gesicht lassen Karl Dall und Mike Krüger grüßen und verdammt nochmal, schau doch nicht so blöd!"

Die grauen Zellen werden sofort aktiviert und es werden Pläne geschmiedet von wegen: ab MORGEN nur noch FDH - FrissDieHälfte oder - berühmt aber berüchtigt - Ab-Montag-Sport, oder diverse andere Vorsätze, die alle MORGEN beginnen! (ich kenne sie alle!) 🙈 Die gute Nachricht ist, dass man sich an den meisten Tagen anschaut und sich ganz OK findet. „Ich hab es ja gar nicht mal soooo schlecht erwischt." Es könnte zwar dort und da ein bisschen weniger oder mehr sein, da und dort könnte man ein bisschen mehr Ähnlichkeit mit Jennifer Aniston haben, aber man geht trotzdem einigermaßen zufrieden mit sich außer Haus und freut sich umso mehr, wenn man besser bei jemand anderem ankommt, als man es erwartet hätte. Dann gibt es noch diese Tage, die jedoch für die meisten „Normalos" unter uns annähernd so selten wie Sternschnuppen sind: Tage an denen man sich selbstverliebt anlächelt, sich unwiderstehlich findet und wehe dem, der das nicht auch so sieht! Ich weiß ja nicht, wie das bei Euch so ist, aber die Wahrscheinlichkeit für solche Tage hängt bei mir leider stark von meinen Gegenübern ab! Beinahe beschämend, das eingestehen zu müssen. Es baut mich tatsächlich auf, wenn ich Mädels sehe, die dicker sind als ich (je dicker desto besser), die ich generell weniger hübsch finde als mich. Am allerliebsten sind sie mir, wenn sie auch noch kurze dicke Beine haben! Interessanterweise sehe ich nämlich „immer" nur die mit den extra langen Beinen. Das ist wie so ein Fluch - oder ein ungeschriebenes Gesetz: an anderen zu sehen, was man selbst nicht hat oder ein bisschen weniger hat, oder aber ein bisschen zuviel. Nasen z.B. Was die Beine zu kurz sind, ist die Nase zu lang, und irgendwie haben „alle" anderen Menschen auf der Welt Stupsnäschen, meistens genau die Frauen, die sowieso schon von Natur aus begünstigt wurden. Na toll. 😒   Als ich noch ein bisschen jünger war, so ein, zwei Jahre (😉), habe ich mich an manchen Tagen sogar schon dabei erwischt, dass ich mir überlegt habe, ob ich mir nicht vielleicht ein paar hässliche Freundinnen zum Ausgehen suchen sollte.

Dazu muss man wissen, ich hab nämlich das Pech oder Glück (?) dass in meinem ganzen Freundes-und Besseren-Bekanntenkreis - und der ist definitiv nicht klein - keine einzige Frau dabei ist, die meinen Selbstwert diesbezüglich „unterstützen" könnte – im Gegenteil. Wenn ich es mir recht überlege finde ich sie möglicherweise alle so schön, weil ich ihren Charakter kenne.

> Nicht die Schönheit entscheidet, wen wir lieben,
> Die Liebe entscheidet, wen wir schön finden.
> (Victor de Kowa)

Zu meiner Verteidigung möchte ich noch sagen, dass ich natürlich weiß, dass Schönheit im Auge des Betrachters liegt und dass alles, was man mit Liebe betrachtet sowieso von Haus aus schön ist! ES GIBT KEINE HÄSSLICHEN MENSCHEN. Zumindest äußerlich betrachtet nicht. Auch wenn man diese Sprüche nicht hören will, an diesen Tagen, an denen man sich fühlt, wie damals mit 12 Jahren. Hand aufs Herz: wenn Du in einer Beziehung bist, gibt es doch fast nichts Schöneres auf der Welt, als diesen einen Moment: Du bist krank und blass, die Nase ist rot und läuft schneller als deine Beine es können, Deine Augen sind geschwollen, Luft bekommst Du nur noch röchelnderweise durch den Mund, die Haare kleben an Dir, als würden sie einen Welches-Haar-klebt-besser-an-der-Haut-Contest gewinnen wollen, die Augenbrauen wuchern formlos vor sich hin, Du bist unrasiert und die Haare raufen sich bereits um ihren Stehplatz. Gleichzeitig bist Du sooooooo schwach und der Gang unter die Dusche bedeutet Hochleistungssport für Deinen Kreislauf. Genau in diesem Moment sagt Dir Dein Herzallerliebster voller Überzeugung und aus ganzem Herzen, dass Du für ihn immer die Schönste sein wirst! Du schmilzt dahin wie Schmelzkäse und das, obwohl Dir an dieser Stelle bewusst ist, dass es zu 99,9% geflunkert ist. So geht es Dir und uns allen - wir sind ja nicht blöd, nur sehr, sehr liebesbedürftig, sensibel und extrem offen für liebe Worte! Manchmal sind ein paar liebe Worte vom richtigen Menschen eben alles was man braucht.

01.02.

Stell Dir vor, ich fange an, gute Seiten an mir zu sehen. Das gibt mir Selbstvertrauen. Mein Schulkollege Christoph F. ist echt total gemein, weil er mich am Bauch gekitzelt hat. Aber irgendwie war es auch lustig, und sonst versteh ich mich auch gut mit ihm. Aber bitte glaub jetzt nicht, ich hätte mich verknallt. Ich verstehe mich auch mit (fast) allen anderen sehr gut. Ich nehme mir jetzt vor, in Zukunft jedem meine Meinung zu sagen. Wenn z.B. Gisi gemein ist, werde ich ganz einfach sagen: „Ich finde Du bist gemein" - oder sowas. Ich bin mir aber noch nicht sicher, ob es mir gelingen wird. Immerhin könnte ich mir mit meiner Ehrlichkeit Feindschaften und Streit einhandeln, was ich aber nicht will, weil ich mich mit allen verstehen möchte. Ach, meine Gedanken und Gefühle sind einfach ein Wirrwarr.

Na schau, zwei Wochen später und die Welt ist wieder in Ordnung – mehr oder weniger halt! Ich sag nur Hormone! Hormooooone! Süß, nicht wahr? 😊😊 „Ehrlich währt am längsten" – 12,5-jährige sind ganz schön schlau. Streit ist natürlich nicht ausgeblieben, was möglicherweise daran lag, dass ich die Ehrlichkeit damals eeeeeetwas ungeschickt verpackt habe! „Du magst mich nicht, ich mag dich nicht, also lassen wir es", war für die damalige Zeit eventuell ein bisschen zuuuuu direkt. Ich hatte vergessen zu berücksichtigen, dass ich noch in der Hauptschule war und mit dieser Aussage eine richtig fette Lawine losgetreten hatte. Nicht nur dieses eine Mädchen wollte nicht mehr mit mir „befreundet" sein, sondern auch alle ihre Freundinnen und deren Freundinnen! Hach, was sind wir Mädels kompliziert! 🙎 Mittlerweile bin ich immer noch ehrlich. Ich würde jedoch behaupten, dass ich es meistens etwas charmanter, vorsichtiger, hmmmmm.... diplomatischer, durch ein Blümchen löse. Situationsbedingt nicht immer, aber ich versuche es zumindest. Mal abgesehen davon, erwarte ich mir von meinen Freundinnen ja auch absolute Ehrlichkeit! Aber bitte keine Respektlosigkeit. Der Grat dazwischen ist sehr, sehr schmal. Mir ist zu Ohren gekommen, dass genau dieser Grat schon Freundschaften zerstört haben soll.

Das ist eine allerdings eine längere Geschichte. 😇 Der Spruch: „Wer mir schmeichelt ist mein Feind, wer mich tadelt ist mein Lehrer" kommt echt nicht von ungefähr! Kluger Mann, dieser Herr „Quelle aus China" *grins*

MEINE
MEINUNG

11.02.1994

Heute war es recht lustig in der Schule. Zum Schulschluss habe ich bei anderen die Schultaschen geöffnet und zugebundene Schuhe wieder aufgemacht, solange bis Sarah zu mir „blöde Kuh" gesagt hat. Das ist sie selber, weil sie keinen Spaß versteht. Christoph hat mir dann als Retourkutsche für's Schultasche öffnen mein Federmäppchen („Federpennal" für die Österreicher) weggenommen und ist damit davongelaufen. Ich bin ihm nicht nachgelaufen, war aber total wütend und enttäuscht. Ich hab ihn nicht mehr angesehen und von Gisi das Pennal wieder zurückbekommen. In nächster Zeit werde ich Christoph nicht mehr in die Augen sehen – die übrigens wunderschön sind. Es kommt mir immer so vor, dass eine gewisse Traurigkeit und Verzweiflung in ihnen liegt. Manchmal lachen sie aber auch. Das ist aber so gut wie nie. Christoph gefällt mir, ich mag ihn gerne, bin mir aber sicher, dass ich nicht in ihn verliebt bin. Warum ist nur alles so kompliziert?

Blöde Kuh. Aber echt. 😐 DIE Schlagzeile: „Gebrochenes Herz wegen Federmäppchen-Raub"! (Federpennal - ihr wisst schon) Das soll jetzt wirklich nicht überheblich klingen, aber da hatte ich echt überhaupt noch keine Ahnung was es heißt, enttäuscht zu sein! Wenn das im Laufe der Jahre meine einzigen Sorgen geblieben wären, hätte ich mir alle 10 Finger und die Zehen dazu abgeleckt! Man muss das schon ernst nehmen, bitteschön. Zum damaligen Zeitpunkt war das ein absolut dramatisches Ereignis: das erste Mal von einem Jungen enttäuscht! Ich dachte, er wäre mein Freund (also nicht MEIN Freund, sondern EIN Freund) und dann sowas...!

Mit seinen Augen, der Traurigkeit und der Verzweiflung sollte ich leider recht behalten! Viele, viele Jahre später hat mich Christoph F. einmal besucht und mir von seinen Depressionen und Selbstmordgedanken erzählt! So unendlich traurig! 😢 Was meine Menschenkenntnis betrifft, war diese aber anscheinend damals besser als jetzt! Wann auf meinem Weg hab ich wohl diese Fähigkeit verloren? Oder sind nur die Menschen „schlechter" geworden und ich naiv geblieben? Ich frage mich, ob es nur mir so geht oder ob es noch mehr solche erwachsenen Naivlinge wie mich auf dieser Welt gibt, die immer an das Gute in den Menschen glauben?!? 😔 Um noch einmal auf das Thema Augen zurückzukommen: auf schöne Augen stehe ich auch heute noch total! Schöne Augen und ein schönes Lächeln dazu – haltet mich fest - da geht die Sonne auf für mich! ☀ Vorsicht jetzt wird's kurz kitschig: so geht es mir tatsächlich bei meinem Herzallerliebsten - immer noch - jedes Mal, wenn er von Herzen lächelt und lacht.

19.02.

Das ist echt bombenmässig. Ich habe Bombenstimmung, weil ich das erste Mal in meinem Leben ein Bombengeheimnis habe! Bombig was? Dir, nur Dir liebes Tagebuch, erzähl ich es. Heute wollten Gisi und ich schwimmen gehen. Da ich aber verkühlt bin, hab ich sie daheim besucht. Wir quatschten über Freundschaften und in welche Schule wir weitergehen wollen, und plötzlich hatten wir beide dieselbe Idee. Wir haben auf ein Blatt Papier folgenden Spruch geschrieben:

„Freundschaft ist wie ein Seil, es reißt nicht entzwei"

Wir zeichneten Kreise auf das Papier, nahmen zwei Stecknadeln und gingen in den Wald. Auf einer schönen Lichtung hatten wir dann den perfekten Platz für unser Geheimnis entdeckt.

Wir stachen uns in den Finger, tropften das Blut in die Kreise und vergruben unser Bombengeheimnis neben einem Baum, gleich hinter der ersten Bank der Gemeindewiese. Mitten im Wald hat Gisi dann eine Münze (ein Fünfzigerl) weggeworfen und wir haben vereinbart, dass man, um den Schwur zu brechen, das Fünfzigerl wieder finden müsse. Unsere Blutsschwesternschaft ist somit so gut wie unlösbar! Herrlich – nicht? Ich glaube ab heute, dass es ein Schicksal gibt. Ich bin so glücklich wie schon lange nicht mehr! Echt bombig!

Blutsschwesternschaft zwischen Gisela und Jennifer	*Blutsschwesternschaft* zwischen Gisela und Jennifer
Ich Jennifer B. schwöre:	Ich Gisela W. schwöre:
1) dass wir uns nie wegen einem Burschen streiten,	1) dass wir uns nie wegen einem Burschen streiten,
2) dass wir immer die BESTEN FREUNDINNEN bleiben,	2) dass wir immer die BESTEN FREUNDINNEN bleiben,
3) dass wir nach einem großen Streit nicht nachtragend sein werden,	3) dass wir nach einem großen Streit nicht nachtragend sein werden,
4) dass wir zusammen in die weitere Schule gehen werden,	4) dass wir zusammen in die weitere Schule gehen werden,
5) UND dass wir uns NIE aus den Augen verlieren werden!	5) UND dass wir uns NIE aus den Augen verlieren werden!
Unterzeichnet:	Unterzeichnet:
Jennifer *Gisela*	*Gisela* *Jennifer*

Oooooooooch!!! 😊 Wir hatten damals Schiss, unser Blut miteinander zu vermischen, wie es noch wenige Jahre vorher so üblich war bei einer echten Blutsschwesternschaft. Aids war gerade aktuell in den Medien, und ich glaube zu dieser Zeit hatten wir uns in Religion „Wir Kinder vom Bahnhof Zoo" angeschaut...

Ich muss schon sagen, sehr vernünftig von uns. Unser Blut hat sich auf dem Zettel trotzdem vermischt und diese absolut einmalige Freundschaft, die hoffentlich ein jeder einmal in seinem Leben haben darf, hat tatsächlich sehr, sehr lange gehalten...sicher 15 Jahre...Also da gäbe es Geschichten zu erzählen – Ende NIE!

An unseren Vereinbarungen haben wir leider nicht festgehalten. Indirekt haben wir uns wegen einem „Burschen" gestritten, wir sind über die Jahre doch nicht die besten Freundinnen geblieben, wir waren nach einem großen Streit nachtragend (gut, erwischt, ich gebe es zu, ICH war nachtragend) und aus den Augen haben wir uns mittlerweile auch verloren – mehr oder weniger halt! Es dürfte wohl so eine Art stilles Übereinkommen zwischen uns beiden sein! Wir mögen uns noch immer, ich denke sogar, dass wir uns in gewisser Weise immer noch vertrauen. Die Zeiten, in denen wir tagtäglich aufeinander gepickt sind, sind jedoch vorbei! In die Schule sind wir tatsächlich gemeinsam gegangen, und es war eine unglaublich schöne Zeit! Ich bin jetzt nicht mehr traurig darüber, dass unsere Freundschaft vorbei ist! Es waren wunderschöne Zeiten und ich wäre heute nicht der Mensch, der ich bin, wenn Gisi nicht in meinem Leben gewesen wäre. Ich wünsche jedem Mädchen auf der Welt von ganzem Herzen eine eigene „Gisi"! Mit der Zeit verändert man sich, das Leben verändert einen - der Job, neue Freunde, der Partner. Man entwickelt sich weiter, und dann kann es passieren, dass man nicht mehr zusammenpasst, dass man getrennte Wege geht, wobei es auch vorkommt, dass man irgendwann wieder zueinander findet. Bis dahin werde ich unsere gemeinsame schöne Zeit einfach in meinem Herzen behalten. Ich bin überzeugt davon, dass das ein jeder so machen sollte! Glücklich sein darüber, dass es war und so viel Positives daraus mitnehmen wie es nur möglich ist! Man sollte auch im Nachhinein nichts bereuen, was einmal schön war...Ich kann's mir nicht verkneifen, aber ich stehe so auf Sprüche und auch da fällt mir wieder einer ein, der wie die Faust aufs Auge passt:

WEINE NICHT WEIL ES VORBEI IST,
LÄCHLE WEIL ES SCHÖN WAR !

28.02.

Heute war der 1. Schultag nach den Ferien und ich hab verschlafen.
Um 07:00 ist Mama hereingeplatzt und dann habe ich zum Glück
sogar noch den Bus um 07:10 erreicht. Ich hab jetzt den Film
„Cocoon I" gesehen und musste ein paar mal dabei heulen. So lieb
und rührend. In Mathe machen wir gerade Gleichungen durch, die
mir nicht ganz geheuer sind! 😟 Ich glaube aus Gisi und CH.G.
wird wohl nie etwas. Aber ich möchte sie nicht enttäuschen, deshalb
sage ich nichts. Die beiden gehen ja nicht einmal auf dieselbe
Schule. Aber wenn sie es endlich kapiert, wird Gisi es schon
überwinden. Wahrscheinlich rechnet sie eh nicht damit, dass ihr
Traum in Erfüllung geht. Trotzdem tut sie mir leid, noch dazu weil
sie glaubt, dass sie nicht so hübsch ist wie CH.G.'s Freundin
Cornelia. Dabei finde ich sie hübscher, und außerdem zählt der
Charakter ja auch. Ich habe zum Glück keine Probleme mit Jungs.
Was ich komisch finde ist, dass mir Christophs und Christians
gefallen! Den L.Ch. mag ich, den E.CH. auch, und W.CH. finde ich
auch nett. Nur schade, dass die meisten netten Jungs kleiner sind als
ich! 😔

Mmmmmmmm Ferien! Was das angeht ist es schon extrem fein,
Schüler zu sein! Wieder so etwas, das man im Nachhinein mehr zu
schätzen weiß. Wozu man Gleichungen braucht versteh ich bis heute
nicht! Da ist was nicht ganz durchgedrungen. Das Einzige, was ich aus
13 Jahren Mathe nicht sofort wieder verdrängt habe, sind Addition,
Subtraktion, Multiplikation, Division und Schlussrechnungen!
Zugegebenerweise wäre ich ohne diese Kenntnisse ganz schön
aufgeschmissen. Rein theoretisch müsste ich für die vielen qualvollen
Stunden, die durchstandenen Ängste vor Prüfungen und teilweise
heute noch (!) in der Nacht heimgesuchten Albträumen von

Prüfungen, die zum Glück nie wirklich stattgefunden haben, dankbar sein. Bin ich aber nicht! Schweißgebadet wach werden ist ziemlich unsexy. Ich bin stark dafür, Mathe in der Zukunft wieder auf das Wesentliche zu reduzieren! So à la Steinzeit. Die Menschen damals sind gut ohne damit ausgekommen und es hat ihnen vermutlich gereicht, zu wissen, dass fünf Menschen mit einem gegrillten Dino gut satt wurden! Die Vorstellung zerreißt mir jetzt gerade das Herz und ich muss eingestehen, dass das ein echt blöder Vergleich bzw. Gedanke war. (PS: Es könnte durchaus sein, dass es inhaltlich nicht korrekt ist, die Steinzeit und Dinos zu vereinen. Ihr wisst sicher auch so, worauf ich hinaus will. Ich gehöre nun mal als „Kind der 80er, ein Stück weit zur „Familie Feuerstein Generation" - „Yabba Dabba Doo"! 🐢😊)

Damals, nicht mehr in der Steinzeit, sondern wieder zurück im Jahr 1994, hat eine andere Schule tatsächlich fast soviel bedeutet wie heutzutage ein anderer Kontinent! Da gab es Grenzen zu überwinden, kaum vorstellbar! Echt! Aus Gisi und CHG wurde übrigens nie etwas – wenn Ihr mich fragt, zu ihrem Glück. Was ich so in Erinnerung habe, hat er sich in der Pubertät dramatisch zu seinem Nachteil entwickelt – wenn Ihr versteht was ich meine! 😊 Sämtliche Christophs und Christians die mir damals gefallen haben, spielten im Endeffekt nie eine Rolle in meinem Leben. Gut zu wissen, dass man seine eigenen Schwärmereien in diesem Alter nicht zu ernst nehmen darf. Manchmal sollten wir es einfach nur genießen, zu schwärmen und umschwärmt zu werden, ohne groß darüber nachzudenken! Manchmal ist jedoch alles leichter gesagt als getan! Egal ob man 12 ist, 32, 52 oder Anfang 70 - manche Dinge ändern sich nie. Das weiß ich deshalb so genau, weil ich live miterleben durfte, wie sich meine Oma mit Anfang 70 zuerst frisch und dann unglücklich verliebt hat…!

17.03.1994

Oh, ich bin so enttäuscht, traurig und verzweifelt! Ich bin mit einem Bärenhunger von der Schule heimgekommen, habe voller Freude meinen kleinen Bruder, Gerlinde (eine Freundin von Mama) und

Mama begrüßt, und dann gibt's zum Essen GEMÜSESUPPE! Sowas schmeckt mir nicht, und das weiß Mama ganz genau! Dann sagt sie noch, dass ich zu essen habe, was auf den Tisch kommt! Enttäuscht und hungrig bin ich in mein Zimmer gegangen und auch gleich in Tränen ausgebrochen! Ich hätte alles von Mama erwartet, nur das nicht. Ich sitze jetzt hungernd auf dem Sessel, meine Tränen sind getrocknet, aber diese Enttäuschung wird so schnell nicht vergehen!

SO IST DAS wenn Frauen hungrig sind – da verstehen sie keinen Spaß! Und ich kenne bisher keine einzige Ausnahme! Das kann bitterbitterböse enden und Leben ruinieren! Drama, Ende. 🎭😡

Wir alle haben doch diese eine Freundin,
vor der man Angst bekommt, wenn sie hungrig ist.

26.03.
Heute ist der 1: Osterferientag. Gisi und ich waren zum Kino gehen verabredet – mit Ihrem Cousin und dessen Freund! Ich hatte mich schon so gefreut, aber jetzt kann ich alles vergessen! Ich darf nicht! Mama hätte es mir bestimmt erlaubt, aber Klaus hat es verboten. Es ist so gemein! Ich hab sicher schon eine halbe Stunde geweint und ich könnte noch immer vor lauter Enttäuschung! Oh, die Welt ist so, so gemein! Wieso kann man sich die Eltern nicht aussuchen??? Ich denke, weil sonst ein paar davon alle Kinder hätten und die meisten überhaupt keine!

Geile Theorie oder!? 🌍 Mittlerweile glaube ich, dass sich Kinderseelen ihre Eltern aussuchen, weil wir bestimmte Dinge lernen dürfen, sollen, müssen! Das ist irgendwie ein sehr schöner und tröstender Gedanke! Aber wehe, wenn mir das zum damaligen Zeitpunkt jemand gesagt hätte, dem hätte ich in diesem Moment möglicherweise etwas Böses gesagt - selbstverständlich nur in Gedanken - für alles andere war und bin ich zu gut erzogen.

04.04.

Alle meine Sorgen sind wie weggeblasen! Weißt du, ich bin froh, dass ich keine andere Mama und keinen anderen Papa habe! Ich weiß, ich bin oft undankbar. Obwohl sie oft schimpfen und streng sind, würde ich sie um nichts in der Welt herschenken (borgen eventuell). Ich bin heute ohne Grund gut gelaunt, und stell Dir vor, ich hab freiwillig gelernt. Ich glaub ich spinn.

Wollt Ihr sie nicht auch knutschen die kleine Jennifer? Ein paar Tage später und die Welt sieht wieder ganz anders aus! Wünschenswert! Sehr wünschenswert für's ganze Leben! Was können wir daraus lernen? Wie klein und unwichtig manche Sorgen werden, wenn man sie aus einem anderen Blickwinkel betrachtet oder einfach nur ein bisschen Zeit verstreichen lässt! Muss ich das nächste Mal unbedingt probieren! Es könnte eine kleine Herausforderung sein, in genau der entsprechenden Situation daran zu denken, wie sich das wohl überübermorgen anfühlt, aber es lohnt sich definitiv. Lieber, lieber Gott, ich wünsche mir immer einen Blick auch über den Tellerrand hinaus! Für Dich und mich und alle.

Ein kleiner Tipp am Rande:
Frage Dich bei jedem vermeintlichen Desaster:
Wird das in 5 Jahren noch wichtig sein?

14.04.

Als wir das letzte Mal in Oberösterreich zu Besuch bei meiner Oma waren, war ich mit meiner Cousine Cilli, mit vollem Namen Priscilla (den Namen hat sie Priscilla Presley, der Frau von „King of Rock 'n' Roll", Elvis Presley, zu verdanken), auf dem Spielplatz. Dort haben wir auch Jungs getroffen, und es war total lustig! Die haben mir nicht glauben wollen, dass ich erst 12 ¾ bin.

Die Gruppe hat sich dann aufgelöst und nur ich und einer der Jungs blieben zurück! Er hat mir erzählt, dass sein Vater Alkoholiker ist und er nicht nach Hause fahren will, weil sein Vater sicher wieder mies drauf ist! Sogar er selbst hat schon Probleme mit dem Alkohol! Ich hab nur mit halbem Ohr hingehört und hab ihn dann einfach stehen lassen. Daheim im Bett hab ich dann drüber nachgedacht und bekam das total schlechte Gewissen, weil ich davongelaufen bin! Am liebsten möchte ich die Zeit zurückdrehen! Mich plagt mein schlechtes Gewissen! Ich habe Schuldgefühle und werde von ihnen verfolgt! Ach, wahrscheinlich hätte ich dem armen Jungen helfen können, wenn er sich wenigstens hätte aussprechen können! Er tut mir sooo leid, ich würde ihm sooo gerne helfen! Ich werde ihn aber nie mehr sehen und meinen Fehler rückgängig machen können und muß jetzt damit fertig werden!

Jetzt mal ernsthaft. Schlimm. Da war ich also 12 ¾ und hab mir die Sorgen der Welt aufgeladen?! Wie nennt man das gleich nochmal? Helfersyndrom? Weltverbesserungssyndrom? Kennst Du bestimmt auch. Ob das eine anerkannte Krankheit ist? 😐

Ging das bei mir also damals schon los?! Wann ging es bei Dir los? Je älter man wird, desto mehr darf man erkennen, dass man sich nicht für alles und jeden verantwortlich machen kann. Jeder Mensch darf seine eigenen Lektionen lernen und hat immer die Wahl was er aus seinem Leben macht! Jaaaaa, wir haben IMMER die Wahl, auch wenn es sich manchmal anders anfühlt. Das zu erkennen und zu verstehen kann Horizonte öffnen. Ganze Meere an Horizonten. 😐
Das durfte ich auch lernen im Laufe des Lebens: Das Gegenteil von gut ist gut gemeint. 😐 Wenn ich zurückdenke, wie vielen Menschen ich bis heute ins Gewissen reden und sie zum „besseren" bekehren wollte, ihnen meistens ungefragt meinen RatSCHLAG aufs Auge gedrückt habe - oje oje oje. Wie überheblich bin ich, sind wir vermutlich alle ein bisschen? Das Gefühl geistiger Überlegenheit lässt grüssen und ich traue mich wetten, dass Du ganz genau weißt, was

gemeint ist. Wer sagt denn, dass sie sich ihr Leben nicht selbst genauso ausgesucht haben wie es ist, und sich nicht täglich in der Früh für genau dieses Leben entscheiden? Wir alle haben die Möglichkeit jeden Tag aufs Neue andere Entscheidungen für unser Leben zu treffen. Ganz nach dem Motto: „Wenn dir nicht gefällt, wie die Dinge sind, beweg Dich. Du bist kein Baum!" Darum meine Empfehlung für ein ausgeglichenes Seelenleben: Leben und leben lassen, immer nur vor der eigenen Haustüre kehren und nur dann helfen, wenn Du darum gebeten wirst. 😊

Jeder kehre vor der eigenen Tür, und die Welt ist sauber."
-Johann Wolfgang von Goethe-

Das Wichtigste ist, dass ich es mittlerweile zum Glück doch noch kapiert habe, dass Menschen, die sich oder ihre Situation nicht wirklich, wirklich (!) ändern wollen, das ganz bestimmt auch nicht tun werden durch ein paar lieb gemeinte Ratschläge von „Jenny-the-good-soul", mir oder Dir! Da kann sogar Frau Helfersyndrom oder Herr Weltverbesserer in Person auftauchen: KEINE CHANCE.

Um so lange wie möglich körperlich und mental gesund zu bleiben merk Dir bitte: „Respektvoll und wertschätzend überlasse ich Anderen ihre eigenen Lektionen und sorge liebevoll für mich selbst."

07.05.

Das schlechte Gewissen habe ich besiegt. Jetzt habe ich aber eine Frage, die ich nicht beantworten kann. Weißt Du, ich verstehe mich mit allen Jungs und sogar zu Andi, dem Exzentriker unserer Klasse, bin ich plötzlich nett. Der liebste in der Klasse ist Christoph F., und mit ihm verstehe ich mich am besten. Wir lachen, blödeln und sind aber auch ernst miteinander. Er ist so ziemlich der einzige, dem ich stundenlang in seine schönen dunkelbraunen Augen schauen kann. Zuerst dachte ich, dass ich nur so nett zu ihm bin, weil er mir zwecks seinen Familienverhältnissen leid tut, aber inzwischen habe ich ihn richtig gern. Er ist auch wahnsinnig fesch. Ich bin mir aber sicher, dass ich nicht verliebt bin, es ist eher ein freundschaftliches Gefühl. Chao!

Gewissen? Wie schreibt man das? Kann man das essen? 😊 Also Chao schreibt man zumindest Ciao oder Tschau, wenn schon denn schon. Was ich zu viel an Gewissen hatte und habe, haben andere zu wenig. Aber das ist ok so. So weiß man, dass man sich immer in den Spiegel schauen kann. Von nett sein ist noch niemandem eine Zacke aus der Krone gebrochen. Jetzt stellt Euch doch mal vor, wie wir durch dieses bisschen nett sein die Welt verändern, verbessern und verschönern können! Dieses Thema ist auch heute noch top aktuell, wahrscheinlich aktueller denn je. Erst vor kurzem hatte ich mit einer ganz lieben, sanften Frau während eines kleinen Coachings genau dieses Thema. Ich hab ihr ohne Grund ein 100% ehrlich gemeintes Kompliment gemacht, habe sie damit total berührt und sie hat mir anvertraut, dass ihr so etwas noch nie (!) jemand gesagt hat. Ich schwöre Euch, sie ist hübsch, sehr lieb und hat ohne Übertreibung unglaublich schöne Haare, die es mit jenen von Rapunzel aufnehmen könnten. Diese Frau hat in meinen Augen allen Grund, ein hohes Selbstbewusstsein und starken Selbstwert zu besitzen. Tut sie aber leider nicht, weil es ihr nie jemand gesagt hat. Vielleicht gerade WEIL sie so eine Hübsche ist. Und jetzt stellt Euch einmal vor, wie es ihr Leben positiv verändert oder beeinflusst hätte, wenn alle Menschen, die sie jemals hübsch, lieb, sympathisch oder klug fanden, es ihr gesagt hätten. Fühlt Euch da mal ganz tief rein - mit solchen Kleinigkeiten können wir möglicherweise viele Leben verbessern und im „schlimmsten Fall" jemandem den Tag versüßen.

Also raus in die Welt, lasst uns mit ehrlichen Komplimenten um uns werfen! Und falls Du Dich jetzt fragen solltest: „Wozu? Mir macht doch auch keiner welche": probier es ganz ohne Erwartung mal aus - Du hast nichts zu verlieren! In Wahrheit sind Komplimente wie ein

Bumerang und kommen zu Dir zurück! Päm! Das ganze Leben ist ein Bumerang. Alles was Du tust, kommt irgendwann zu Dir zurück.

Es macht so unglaublich viel Spaß! Die Blicke und Reaktionen der Menschen sind einfach unbezahlbar. Ihr hättet mal die Augen und den Gesichtsausdruck der Lady beim „Hofer" während unseres Wocheneinkaufs sehen sollen, der ich völlig unerwartet vor den Latz geknallt habe: „Bitte entschuldigen Sie, ich muss Ihnen das jetzt einfach sagen, Sie sind eine echte Erscheinung". Unbezahlbar. 😊 Der Plan sollte sein, jeden Tag 3 Komplimente an 3 fremde Menschen zu verteilen. Wenn man jetzt aber so lebt wie ich: hinterm Berg links, wo sich Fuchs und Hase gute Nacht sagen, trifft man gar nicht jeden Tag auf 3 fremde Menschen. Nicht mal auf Bekannte. 😊😊 Wenn ich dann mal rauskomme aus meinem mittlerweile geliebten Gräbelein, dann packe ich all meinen Mut zusammen, springe über all meine 1000 Schatten und mache Komplimente. Ist es leicht? Nicht immer. Ist es das wert? Immer!

14.05.
Dear my Diary! Auf die Englischschularbeit hab ich einen 3er! Hab ich meinen Eltern noch nicht gezeigt! Am Freitag habe ich für meinen Geburtstag ein wunderschönes Fahrrad bekommen und heute war ich mit Gisi auf einer Messe! Dort waren viele hübsche Jungs. Schade, dass ich nicht auch hübsch bin. Gisi und ich sind dort die ganze Zeit *breakdance* gefahren bis ihr schlecht wurde und sie deshalb schlechte Laune bekam! Gisi und ich leben uns immer mehr auseinander. Sie ist jetzt meistens mit Leni zusammen. Nicht dass ich eifersüchtig wäre, aber ich bin jetzt ganz schön viel allein! Mit Kathi meiner Sitznachbarin verstehe ich mich nicht. Gisi wollte sich unbedingt neben Leni setzen, weil sie meinte, dass wir uns dann besser unterhalten können (die Tische sind wie ein L zusammengestellt), aber jetzt quatscht sie ständig nur mit Leni und schreibt mit ihr Zettelchen! Naja, kann man wohl nichts machen! Tschau!

Das nenn ich mal Achterbahn der Gefühle. Einer dieser Tage, an denen man sich selbst nicht mag. Das kommt in den besten Familien vor habe ich mir sagen lassen. 😊 "Nicht, dass ich eifersüchtig wäre" ... süß oder? Ach, Eifersucht. Großes Thema. Großes Kino. Große Emotionen. Google bringt 9.840.000 (!) Ergebnisse zu diesem Thema. (Stand April 2022)

> „Eifersucht ist eine Leidenschaft,
> die mit Eifer sucht, was Leiden schafft."
> (Zitat Franz Grillparzer)

Was ich mich gerade frage: woher kommt dieses „Das-ist-meins-Gefühl", dieses „Das-gehört-mir-Gefühl", dieses „Nicht-teilen-wollen-Gefühl"? An welchem Punkt in unserer Entwicklung bekommen wir diesen Knacks? Realistisch betrachtet ist doch genug für alle da. Jeder von uns ist absolut einzigartig, einmalig, also sowieso nicht ersetzbar oder austauschbar. Gegen niemanden. Das zu verstehen ist gar nicht so einfach. Da ist es von Vorteil, wenn man an dem Punkt im Leben angekommen ist, an dem man merkt, dass man so wie man ist genug ist. Falls es Dir noch niemand gesagt hat: DU BIST GENUG! Sag Dir das JETZT mal selbst. Laut. I C H   B I N   G E N U G.

Mir fällt gerade ein, dass mein kleines Mäuschen, das zwar damals noch nicht mal sprechen konnte, schon ganz gut eifern konnte. Hat sie nicht beinhart ihrem großen Bruder volle Kanne eine ins Gesicht geklatscht, nur weil er auch mit mir kuscheln wollte. Da saß ich dann also, das große Kind im linken und das kleine Kind im rechten Arm, beide an mich gekuschelt, beide heulenderweise. Ein bisschen wippen, vor und zurück, vor und zurück, „Pssst, pssst, alles gut, Mama hat euch beide lieb." Und das Einzige was ich mir dabei denken konnte war: „Zum Glück sind es nur zwei!" 🙈🙊 Nein, jetzt mal ernsthaft, was macht eine Mama mit drei Kindern in solchen Momenten? Ist mir ein Rätsel! 😊

Hach, das mit den Geschenken ist schon praktisch als Kind. Es ist schon toll, wenn man ein Fahrrad geschenkt bekommt! Einfach so!

Nur weil man Kind ist! Ohne sich Gedanken zu machen, wo denn das Geld dafür herkommt! Im Gegenteil, man denkt sogar, dass man sich so ein tolles Geschenk verdient hat, weil man doch eh so ein tolles Kind ist! *g* Schade, schade, dass man Geschenke meistens erst zu schätzen weiß, wenn man weniger davon bekommt! 🖤

27.05. (bin schon 13!!)
Ich bin total happy! Morgen dürfen Gisi, Irene, Leni und ich beim Gasthof Schnürer oben zelten. Ein paar Jungs werden auch dabei sein. Ich freue mich total!! Hoffentlich ist schönes Wetter! Wir werden mit dem Rad fahren! Ich nehme eine Taschenlampe, Jogginganzug usw. mit. Ich packe jetzt alles zusammen. Tschüsschen!

Übrigens, ich glaube, der Ch.E. mag Gisi und nicht mich. Ich mag ihn trotzdem. Außerdem, eine bessere Freundin als Gisi kann ich mir nicht wünschen!

Na bitte! 😊

29.5.1994
Wir, Irene, Gisi und ich waren zelten! Leider waren keine Jungs dabei, es war aber trotzdem lustig! Wir sind fast bis 2:00 aufgeblieben. Mussten aber so gegen 1:00 ins Haus, weil wir zu laut waren! Ich glaube jetzt an Engel! Wieso weiß ich aber nicht!

„ TROTZDEM lustig" - Ich gehe in die Knie vor Lachen bei den Gedankengängen von damals!

Spannend. Ich weiß, dass ich aktuell an Engel glaube, zumindest an Schutzengel, weil die mir echt schon ein paar Mal den Allerwertesten gerettet haben, konnte mich dessen ungeachtet nicht erinnern, wann das begonnen hat! Kann sich jemand an solche Ereignisse tatsächlich erinnern, der nicht Tagebuch schreibt oder eine besondere

Erleuchtung durch ein besonderes Erlebnis hat? Meine Erleuchtung klingt ganz schön unspektakulär. Ich fühle mich jetzt ziemlich desillusioniert. Mein innerer sterbender Schwan leidet theatralisch unter dieser Erkenntnis. 😊 Ich war bis heute der Meinung ich hätte erst mit ca. 17 Jahren angefangen, an Engel zu glauben! Damals habe ich einen für mich wichtigen Menschen für immer verloren. Für mich war es zwar ein verhältnismäßig schwacher, aber ein schöner Trost. Es war der Einzige, der mich glauben ließ, dass es einen Sinn hatte, dass dieser ganz besondere Mensch die Welt verlassen musste. Ich liebe den Gedanken, dass er genau in diesem Moment zum Schutzengel eines gerade geborenen Babys wurde. Vielleicht belächelst Du diesen Glauben. Wenn es Dir einmal schlecht gehen sollte, Gott bewahre, dann denke bitte an mich und meine Worte. Ich kann es aus ganzem Herzen weiterempfehlen, an etwas oder jemanden zu glauben! Manche glauben z.B. stark an Gott. (Ihren Gott - denn da gibt's ja angeblich mehrere davon - was ja auch irgendwie logisch ist, es könnte sich ja nicht nur ein Einziger um das Wohl so vieler Menschen kümmern). Ich zähle mich da NICHT dazu, aber mittlerweile bin ich überzeugt davon, dass man seinen eigenen Glauben entwickeln kann, soll und darf - an was oder wen auch immer. Die einen sagen Engel, die anderen Universum, der Nächste sagt höhere Macht und der Übernächste glaubt halt an einen Gott. Im Endeffekt vollkommen tütü. Das Einzige was dabei wirklich zählt:

GLAUBE MACHT STARK!

In memoriam Anton

Bald ist ein unendlich langes Jahr vergangen,
seitdem Du bist von uns gegangen.
Auf unschöne Weise hat Dich Gott zu sich geholt,
damit hat niemand gerechnet, noch hat es jemand gewollt.
Sekunden, Tage, Monate sie flogen vorüber, vergangen ist die Zeit,
doch trotzdem bist Du es, der für immer in unseren Herzen bleibt.

Egal wie es weitergeht, egal was geschieht,
es wird nie jemanden geben, der Dich aus unseren Herzen stiehlt.
Niemand kann uns die Erinnerungen an Dich rauben,
dank Dir fing ich an, an Engel zu glauben.
Warum nur musste Gott so entscheiden?
Warum ließ er Dich nicht bei uns bleiben?
Vielleicht hat Gott Dich zu einem Schutzengel ernannt,
dass Du Deine Aufgabe gut machen wirst, hat er gleich erkannt.
Vielleicht hälst Du jetzt Deine schützende Hand,
über ein kleines Baby, irgendwo in diesem Land.
Dann hätte Dein Tod eventuell einen Sinn,
obwohl es nichts daran ändert, dass ich verdammt traurig bin.
Mir fällt es oft noch schwer daran zu glauben,
dass ich dich in diesem Leben nicht mehr seh',
denn oft träum ich von Dir mit offenen Augen
und wenn ich aufwache, tut es fürchterlich weh.
Wir haben uns manchmal gestritten und Du warst oft ganz schön gemein,
aber Du sollst wissen, dass ich oft an Dich denke und um Dich wein'.
Dich vergessen, das wird sicherlich niemals geschehen,
und ich freu mich, wenn wir uns irgendwann im Himmel wieder sehen!
Deine Worte werden mich begleiten,
und mir weiterhelfen auch in schlechten Zeiten:

Ob unser Lebensweg uns führ' nach Ost, nach West,
Wir halten voller Treu' an unserer Freundschaft fest.

04.06.

Dass Klaus so gemein sein kann, hätte ich nie gedacht! So unfair! Nie. Mama war einverstanden, dass ich heute ins Schwimmbad gehe, Papa kommt heim und verbietet es mir! Hab abgewaschen, abgetrocknet, Zeug zusammengepackt UND darf TROTZDEM nicht! Klaus hat mich „frech" genannt und mit mir geschimpft. Jetzt heule ich mir vor lauter Enttäuschung fast die Augen aus und hab die Musik aufgedreht – Stromausfall! Passt ja alles bestens zusammen!

Oh mein Gott!! Immer diese schlimmen Katastrophen und Weltuntergänge!!! Wie konnte ich, wie konnten wir alle, diese Zeit nur überleben?!? Teenager sein ist echt nicht leicht. 🌝

Was sich niemals ändern wird, Jahrtausend hin oder her, egal um was es sich handelt und wie tragisch oder untragisch die Ereignisse sind - wenn's kommt, dann immer besonders dick und alles auf einmal! Das war schon immer so, ist so und wird immer so sein! Naturgesetz! So sind diese Naturgesetze nun mal! An denen lässt sich nicht rütteln. Woran sich rütteln lässt sind unsere Gedanken und wie wir mit herausfordernden Situationen umgehen.

Der Tag versaut sich nicht von allein.
Achte auf Deine Gedanken, sie erzeugen Deine Gefühle.

14.06.
Gisis beste Freundin ist Leni und Lenis beste Freundin ist Gisi. Gisi trifft sich nur noch mit Leni, quatscht nur noch mit ihr. Ehrlich gesagt, wenn ich so drüber nachdenke, ist sie eh nicht meine richtige Freundin. Manchmal kommt es mir vor, als würde sie mich nur ausnutzen. Aber demnächst habe ich keine Zeit mehr für sie, weil sie eh Leni hat und ich meine Zeit nicht gestohlen habe!

Na da ist aber jemand beleidigt.

01.07.
Im Schwimmbad hat mir Christoph gesagt, dass er mich mag und ich hab ihm gesagt, dass er der liebste Junge in unserer Klasse ist! Nur schade dass er kleiner ist als ich! Hab heute auch Helmut kennengelernt! Total lieb! Abkürzungsname Heli! Braune Haare und BLAUE Augen, 1. Klasse HTL! Er hat sich für morgen mit mir verabredet, aber wahrscheinlich fahren wir fort. Ich hoffe ich darf daheimbleiben.

Total viele hübsche Männer sind klein! Schon mal bemerkt?! Da sieht man (sitzenderweise) einen unglaublich hübschen, tollen, ach, was sag ich, waaaahnsinnig tollen Typen, mit einem genau solchen Blick, der einem die Röte auf die Wangen treibt. Man flirtet, schaut hin, wieder weg, wieder hin und...naja, ihr kennt das Spiel ja...vielleicht wird man sogar schon nervös, fängt an mit den Haaren, Ohrringen oder der Halskette zu spielen, oder noch besser, man ist gar schon zufällig ins Gespräch gekommen, weil alle Tische besetzt waren und er und sein Kumpel sich zu Euch gesetzt haben und DANN, (Pause, Trommelwirbel) dann kommt der Moment, wo ihr beide gleichzeitig aufsteht und FLOPP – der ganze Zauber ist vorbei! *heul* 😭 Das funktioniert irgendwie nicht: Frauen küssen nach oben und Männer küssen nach unten – alles andere ist ziemlich unnatürlich - Ausnahmen bestätigen die Regel! Bei „Komm in meine Arme Baby" (nach diesem Satz im Film wird ja immer geküsst) entsteht zumindest vor meinem inneren Auge nicht das Bild eines lieben, kleinen Mannes, der sich in die Arme der Frau kuschelt, bei der er unter die Achsel hineinpasst. Selbstverständlich ist auch das nicht ausgeschlossen, denn in 99,99% der Fälle gilt immer noch: wo die Liebe hinfällt! 😊 Aber hey, selten dass sie soweit hinunter fällt... 😜 Jetzt ist aber Schluss. Dududu.

Hach, und AUGEN! Ich liebe AUGEN! Erst recht, wenn sie so ganz schön böse und gefährlich aussehen! *roooaaar*. Natürlich sind die Typen mit diesen Augen nichts für den täglichen Gebrauch (ist halt meine Erfahrung), denn die schauen meistens nicht nur böse aus, die sind es auch! Trotz all diesem Wissen wirken solche Augen auf mich etwa so wie diverse Männerdüfte - in Kombination mit dem richtigen Mann versteht sich. A la „Wie die Motten ins Licht"...ts ts ts... weil ich Gott sei Dank zu der etwas schlaueren Art zähle, („mittlerweile", muss ich dazu sagen, denn es hat seine Zeit gedauert bis ich aufgehört habe, meinen Hintern „im Licht" anzusengen) flieg ich nicht hin, sondern schau ich, dass ich Meter gewinne, aber schnell! *gg* Aus jener Zeit gibt es auch noch die lieben Sprüchlein zu den Augenfarben! Man kann zwar nichts draufhalten, was ich sogar ganz bestimmt weiß, aber einer davon ist mir im Gedächtnis geblieben und fällt mir jetzt gerade wieder ein, wenn ich an schöne dunkelbraune

Augen denke! Man weiß zum Glück irgendwann mal die „guten" Augen zu schätzen und findet sie dann mindestens genauso schön wenn nicht sogar noch schöner!

02.07.

Gisi ist doch meine beste Freundin! Und sie nutzt mich auch nicht aus. Ich halte ihr die Daumen dass sie mit Jörg zusammenkommt! Heli ist total lieb. Ich war heute fast nie im Wasser, nur bei Heli! Er hat mich immer festgehalten und mir eine Zeichnung auf die linke Hand gezeichnet.

Ich glaube fast ich hab mich verliebt. Er ist zwar nicht unbedingt eine Schönheit, aber dafür ist er umso lieber! Stell dir vor, ich habe nicht mal Hunger bekommen! Morgen treffe ich ihn wieder, ich freu mich schon!

Ich glaube mich zu erinnern, dass wir damals im süßen Alter von 13 nur die Jungs hübsch finden durften, die auch unsere Freundinnen hübsch fanden. Ich würde jetzt also nicht die Hand dafür ins Feuer legen, dass das damals wirklich MEINE Meinung war. Abgesehen davon: Kennt ihr das? Wenn ihr nach langer Zeit Menschen wieder seht, in die ihr mal unsterblich verliebt wart? Mit denen ihr vielleicht sogar zusammen wart? Der vielleicht sogar für lange Zeit eine große Rolle in eurem Leben gespielt hat? Ja und DANN, dann sieht man IHN (oder sie), oft nach vielen Jahren, und man denkt sich nur: „Aha, interessant" Jetzt gar nicht auf Helmut bezogen. Ehrlich. Wir haben ja bereits festgestellt, dass ein jeder Mensch schön und einzigartig ist, dass alles schön ist, was man mit Liebe betrachtet. Wie kann es sein, dass man sich immer wieder auch in Menschen verliebt, die einen äußerlich nicht vom Hocker hauen und innerlich leider auch nicht?!? Du hast richtig gelesen. 🙂 Und dass man da leider immer erst später oder zu spät draufkommt? Warum hat man ein schlechtes Gewissen, wenn man so etwas denkt? Darf man so gemeine Dinge denken über jemanden, den man mal geliebt hat? 🙂 Man darf! Man darf sowieso generell lästern! Ein jeder tut es, ein jeder streitet es ab, dabei macht es doch so viel Spaß, ab und zu ein wenig zu lästern! Sich selbst ein bisschen besser darzustellen und festzustellen, dass man nicht so verkorkst ist wie..., dass man schöner ist als...oder auf diverse Talkshows bezogen, dass man einfach nur herrlich „normal" ist!

Was ist also, wenn man rein theoretisch (praktisch ist es ja rein theoretisch nicht möglich *gg*) in so eine Situation kommt? Ich meine, wenn man davon ausgeht, dass jeder Mensch etwas Besonderes ist, ist er ja mit großer Wahrscheinlichkeit nur für Dich nicht mehr so schön oder nur für Dich nicht mehr „ach so toll" wie Du einmal dachtest. Für jemand anderen könnte dieser Mensch zu gleichen Zeit DER Traumprinz schlechthin sein. Mit welcher Ausrede kannst Du Dich an dieser Stelle trösten? „Ich war jung und dumm?" Oder wenn man schon älter war: „Je älter desto blöder?"

Ach nö, das hat beides keinen Charme. Moment, ich glaube jetzt ist mir ein Licht aufgegangen! Blind! Man war einfach nur blind! 😵 Anders ist das nicht zu erklären – oder doch?

LIEBE MACHT BLIND

03.07.

Heute habe ich Heli wieder getroffen. Wir haben die ganze Zeit miteinander geflirtet. Am Abend wollten wir dann ins Terrassen-Café (Jörg, Gisi, Helmut, noch ein paar aus dem Schwimmbad und ich). Helmut, Gisi und ich sind zu mir heim, aber Mama und Papa haben NEIN gesagt. Ich habe gebettelt und geheult, aber es hat nichts geholfen. Ich habe Gisi dann zu Helmut geschickt, dass sie es ihm ausrichten soll. Ich hätte schon wieder einmal nicht gedacht, dass Eltern so gemein sein können. Sie können.

Hm, schwierig. Aus der Sicht der 13-jährigen Jennifer absolut verständlich. Aus der Sicht der Mama eines 13-jährigen Mädchens auch. Wobei Du, aus heutiger Sicht, (hab ich schon „Sicht" gesagt?), als Mama ganz schön cool drauf sein musst, wenn Du es schaffst trotz betteln und heulen konsequent zu sein. Respekt. 😎👾

04.07.

Heute habe ich Heli im Schwimmbad wieder getroffen. Mir kommt vor, er meint es so richtig ernst! Ich mag ihn auch sehr gerne, aber ich möchte auch mit den anderen Jungs zusammen sein und für einen festen Freund fühle ich mich noch zu jung! Er hatte schon drei feste Freundinnen! Ich würde gerne wissen was er mit denen so alles gemacht hat! Er hat übrigens lauter blöde Freunde. Zumindest versucht er, mit dem Rauchen aufzuhören!

Das mit den Freunden hätte mir damals zu denken geben sollen. Ein gewisser Jim Rohn (Autor und Motivationstrainer) hat da nämlich mal eine gar nicht so dumme Theorie aufgestellt:

> **Du bist die Summe der 5 Menschen**
> **mit denen Du die meiste Zeit verbringst...**

Versuchs mal, schau Dich um. Wie ist Dein Leben? Was sind Deine Träume? Worüber sprichst Du? Denkst Du eher positiv oder eher negativ? Was machst Du? Wer bist Du? Wie bist Du? Wie würdest Du Dich selbst beschreiben? Wer sind Deine Freunde? Unterstützen sie Deine Träume? Denken sie groß? Lassen sie Dich wachsen? Halten sie Dich eher klein oder macht ihr Euch gegenseitig groß? Macht ihr Euch Mut? Oder laufen Eure Treffen in etwa so ab, dass ihr Euch gegenseitig damit überbietet wer mehr Stress hat, wem es schlechter geht, wessen Kinder braver oder schlimmer sind, wer sich über wen aufregen „muss"...oder, oder, oder? Du weißt bestimmt, worauf ich diesmal hinaus will... 😊

Wenn Dir nicht gefällt was Du siehst, wie Du lebst, wer in Deinem Leben ist (Energievampire!!!) dann ändere es, auch wenn es bedeutet, mal ein Stückchen des Weges allein gehen zu müssen. Manchmal ist es besser und klüger, allein zu sein als in schlechter Gesellschaft. Die richtigen Menschen finden sich sowieso zur richtigen Zeit.

08.07.

Heute haben wir Zeugnis bekommen! Gestern war Helmut bis 21:00 bei mir! Wir waren im Wohnzimmer und er hat sich schon immer so zu mir gekuschelt. Manchmal ist mir ganz bang geworden, weil ich dachte, jetzt bekomm ich gleich ein Bussi. Ich hab ihn dann abgelenkt und mit ihm Spiele gespielt! Irgendwie geht mir das alles zu schnell. Wir kennen uns erst eine Woche!

Bussi nach nur einer Woche? Ja, ist er denn des Wahnsinns?!?! 😊
Ist das nicht süß und entzückend?? So lieb kann man halt nur in diesem Alter sein! Diese Unverdorbenheit – herrlich! Und wisst ihr was? Gut so! Es wäre doch schade, wenn man mit 13 Jahren schon abgebrüht wäre. Auf der einen Seite noch mit der Freundin Barbie spielen (wir haben es geliebt!), und auf der anderen Seite sich selbst schon Ken anlachen? Nö, das fühlt sich nicht richtig an. Was ich wahnsinnig schön finde ist, wenn man die eigenen Grenzen kennt und auch setzt! Das sind oft zwei Paar Schuhe, egal ob Teeny oder schon „ausgeteent". Wieviele Mädels haben Ihre Bussi- und Kussjungfräulichkeit verloren, weil Freundin xxx schon geküsst hat und sie „dazugehören" wollten?!? Das ist schade. Es gibt schließlich nur ein einziges Mal das allererste Bussi, den allerersten Kuss, das allererste Mal. Das ist kein guter alter Kassettenrekorder, bei dem Du auf zurückspulen drücken kannst. Ja, ja, die gute alte „Rewind-Taste". Praktisch wäre sie ja schon, so aufs Leben betrachtet. So oder so, ich hoffe inständig, dass ganz viele Kinder noch genau solche Werte erfahren und lernen dürfen. Egal in welchem Jahrzehnt, Jahrhundert oder Jahrtausend wir uns befinden. Einfach mal auf sein Gefühl hören. Und mein Gefühl hat mir damals gesagt, dass es zu schnell geht und ich habe darauf gehört! Darauf bin ich stolz.

EINS!
SETZEN!

09.07.1994

Soeben habe ich erfahren, dass ich die ganzen Sommerferien nicht daheim sein werde. Am Montag fahren wir für zwei Wochen nach OÖ und dann die restlichen Ferien nach Deutschland! Ich könnte heulen! Das bedeutet, dass ich Helmut nie sehen kann und Gisi auch nicht. Wenn ich dann wieder komme wird Helmut eine Freundin haben und rauchen wird er auch wieder. Schade! Ich hab ihn sehr gern. Gisi wird immer mit Leni abhängen – find ich auch nicht gut! Zum Heulen – schon wieder Deutschland!

11.07.

Stell Dir vor, Gisi ist mit in OÖ für 2 Wochen! ☺ Ich war mit ihr beim Wasserfall und fesche Burschen haben wir auch schon gesehen! Mein richtiger Papa hat uns seine Luftmatratze geborgt und heute schlafen wir auf dem Balkon! Eigentlich ist es recht schön und lustig hier, nur ich vermisse jemanden. Ich bin ganz schön gespannt, ob er mich dann noch mag, oder ob er eine Freundin hat. Ich kann übrigens ein bisschen Billard spielen! Ich denke, Jörg vermisst Gisi und umgekehrt. Patrick, der kleine Zwerg, wollte heute nicht schlafen und hat die ganze Zeit geplärrt. Ach, das nervige Denken macht mich verrückt. Ich bin mit meinen Gedanken sowieso woanders, deshalb wahrscheinlich.

Abenteuerurlaub auf Balkonien. So einfach kann man Kinder glücklich machen, Teenies besser gesagt. Merkt man am Kopfwirrwarr und an den Gedankensprüngen. Hört das jemals wieder auf, wenn es erst einmal begonnen hat? 🐞🐞🐞 Im Nachhinein betrachtet, finde ich das dufte von unseren „Oldies", dass wir gemeinsam zwei Wochen Urlaub machen durften! Zwei Wochen für zwei Mädels mit 13 Jahren. Ich glaube, ich hätte kein gutes Gefühl dabei! Nun ja, die Schlagwörter für Eltern sind immer Vertrauen und Loslassen. Arme Eltern! Wir waren ja anständig, und das ist oft hilfreich im Leben! Man bekommt „Vertrauensvorschuss", wenn man Eltern beweist, dass sie sich auf einen verlassen können und hat automatisch ein paar

Freiheiten mehr und zwar ohne Kampf. Das ist wirklich eine feine Sache, und ich würde es wieder so machen! Und Du so?

13.07.

Am Dienstag waren wir im Schwimmbad. Heute sind wir daheim geblieben und haben uns das Heft „Mädchen" gekauft. Danach sind wir noch mit meinem Zeugnis zu meiner Oma und ich hab 100 Schilling bekommen. Von meinem richtigen Papa dann auch noch 150 Schilling. Heute sind wir in seinem Stüberl. Wir haben einen Kassettenrekorder mit kleinem Fernseher und einen kleinen CD-Player und jede Menge spitze CD's. Wir wollen die Nacht durchmachen. Mit Tanzen halten wir uns fit. Gestern hab ich Helmut einen Brief geschrieben und morgen rufe ich ihn an. Er fehlt mir. Hoffentlich raucht er nicht zuviel. Tschau.

Hoffentlich raucht er nicht zuviel. Mädchen, Mädchen.

Apropos: „Mädchen" - zu meinem 30. Geburtstag habe ich eine Ausgabe geschenkt bekommen und bin in die Vergangenheit versetzt worden - gönnt Euch diese Zeitreise einmal - genießt, lacht, lächelt, träumt, erinnert Euch zurück & schweigt!

7,26 EUR + 10,90 EUR. Das war damals viel Geld, zumindest für ein 13-jähriges Mädchen. Genau aus diesem Grund lerne ich meinen Kiddies, sich über jeden Euro zu freuen, sogar über ein jedes „Fünfzigerl". Sie freuen sich wie „Einserl", wenn sie das Kleingeld aus meinem Geldtascherl in ihr Sparschwein übersiedeln dürfen. Ihr kennt doch sicher alle noch den Spruch: „Wer den Groschen nicht ehrt, ist den Schilling nicht wert"? oder anders formuliert: „Auch Kleinvieh macht Mist". Mit dieser Einstellung bin ich in meinem Leben bisher gut gefahren. Mein Junior hat sogar noch einen Kassettenrekorder von seinem Papa in seinem Zimmer stehen, einen funktionierenden, versteht sich. Wir haben allerdings nur noch Bibi Blocksberg und Benjamin Blümchen Kassetten, die aktuell zwecks totaler „Uncoolness" nicht zu seinen Favoriten gehören.

15.07.

Gestern Nachmittag waren wir im Schwimmbad. Dort sind uns ein paar Jungs wie Hunde nachgerannt! Wir haben uns natürlich abweisend gegenüber ihnen verhalten, da wir doch beide Freunde haben. Am Abend haben Gisi und ich Federball gespielt! Thomas und Norbert, die Nachbarjungs von Papa, haben zugeschaut und mit uns gequatscht! Später sind wir immer wieder heimlich zum Zaun zum Weiterquatschen – bis wir dann von meiner Oma ausgeschimpft wurden und Ralf uns schlussendlich ins Zimmer gestaubt hat! Heute wurden wir dann von den Jungs zum Golfspiel eingeladen. Am Anfang war es total nett, aber dann auf einmal, wen seh ich da mit dem Rad vorbeifahren? Ralf. Dann ist es uns vergangen und die Jungs haben uns heimbegleitet! Vielleicht war es besser so, denn wir hatten ständig ein schlechtes Gewissen wegen Heli und Jörg! Vor lauter Ärger („Grant" für die Österreicher) haben wir sogar vergessen, uns für die Einladung zu bedanken. Ralf hat mich dann später zusammengestaucht, und ich hab die Luft wieder nicht rausgelassen und ihm meine Meinung gesagt. Heli und ich haben heute telefoniert! Wir haben eine halbe Stunde gequatscht und er hat gesagt: „Ich liebe Dich"! Ich ihn auch! Er fehlt mir soooooooooooooooooooo! Hoffentlich sehe ich ihn am Samstag. Wenn ich Glück hätte, würde Gisi mit nach Deutschland fahren, und wenn unsere Eltern nett wären, würden wir im August zu Gisis Eltern fahren, bis meine dann wieder nach Hause kommen. Es wäre ein schöner Traum, aber Gisi will nicht mit und meine Eltern sind nicht so nett. Naja, kann man nichts machen. Helmut hat übrigens für mich zum Rauchen aufgehört.

Damals war ich stinkesauer auf Ralf, meinen richtigen Papa. War er lieb, dann war er mein Papa, an den anderen Tagen nannte ich ihn Ralf. Ihr versteht. Er hat sich in meinen Augen Jahr und Tag nicht um mich gekümmert und möchte dann einen auf Papa machen. Heute sehe ich das ein kleines bisschen anders. Es hat verdammt lange gedauert, bis ich mich dem „Luft rauslassen" gestellt habe.

Erst mit Mitte Dreißig (🙊) hatte ich endlich den Mumm in den Knochen, ihm zu sagen, dass ich wegen ihm lange, zuuuuuu lange, das Gefühl hatte nicht wertvoll zu sein. Es nicht wert zu sein, für mich da zu sein, für mich zu sorgen und noch ganz viele andere „ES".

Jetzt haltet Euch fest. Es ist einerseits traurig, andererseits schön. Irgendwie tut es weh, zieht ein bisschen im Herz, andererseits tut es gut und hat auf einen Schlag ganz viele Wunden geheilt. Da ist man also Mitte 30, hat ein schönes, erfolgreiches Leben, bereits eine eigene Familie und beim Gedanken daran, dem Papa nichts wert zu sein kommt man zum Heulen, als wäre man noch immer das kleine Kind, das nichts will, außer geliebt zu werden, bedingungslos versteht sich. Mit viel Verletztheit und Traurigkeit im Herzen. Doch dann kam der Tag, an dem ich verstanden habe, dass ich nichts zu verlieren habe, wenn ich meinem Papa sage, wie es sich all die Jahre für mich angefühlt hat. All die Jahre, in denen ich mir die Bestätigung von außen geholt habe. Ich habe immer versucht, die beste Angestellte zu sein, um von all meinen Chefs, zufällig alle Herren im Alter meines Papas, das Lob und die Anerkennung zu erhalten, die ich in Wahrheit immer nur von meinem Papa hören wollte. Da ist sie also wieder, die verletzte, stolze 13-jährige im Körper einer 36-jährigen, die den Papa anruft und ihm alles sagt. Im ersten Moment hat sich Papa angegriffen gefühlt und wurde sauer, was das soll, dass ich in meinem Alter die Vergangenheit nicht ruhen lasse und mit solchen Dingen daherkomme. Ich habe ihn unterbrochen und ihm gesagt, dass ich ihm nicht nur böse, sondern auch dafür dankbar bin, dass er mir kein guter Papa war. Ich habe es dank ihm im Leben weit gebracht. Unter dem Aspekt, ihm etwas beweisen zu wollen, ihm gefallen zu wollen, irgendwann einmal ein „Ich bin stolz auf Dich" zu erhaschen, habe ich immer mein Bestes gegeben. Ich war voll am Reinheulen ins Telefon. Ich sag es ja: 13 Jahre. 😔 Was Worte in einem auslösen, bewegen und bewirken können. Im gleichen Atemzug, in dem ich sagte, dass ich ihm dankbar für alles bin, was er NICHT getan hat, weil ich sonst nicht die wäre, die ich heute bin, und dass ich eine wertvolle Frau bin (das habe ich wirklich gesagt 🎧), hat bei meinem Papa die Stimmung komplett umgeschlagen. Ein Wort, grenzgeniale Wirkung:

„DANKBAR". Bitte notiert es für den Fall, dass ihr es mal braucht! 😊

Lange Rede, kurzer Sinn: Er hat aus der Ferne beobachtet ob es mir gut geht und hätte eingegriffen, wenn das nicht der Fall gewesen wäre. Er ist sehr stolz auf mich und er liebt mich. Meine Familie und ich werden bei ihm immer willkommen sein.

Ihr kennt doch sicher das Spielchen: Hätte ich, täte ich, wäre ich (österreichisch: „Hätt i, tät i, war i") - bringt zwar nichts und es ist jetzt im Nachhinein leicht „gscheit daherzureden" - aber wenn Du mit jemandem „etwas offen" hast, warte nicht! Hand aufs Herz: Was genau hast Du denn zu verlieren?

> **Spring über Deinen Schatten.**
> **Du wirst es nicht bereuen.**

24.07.

Heute sind wir um 11:00 in Deutschland angekommen! Um 02:30 sind wir weggefahren. Gisi ist nicht mit. Wir sind in einem kleinen Bungalow mit einer echt coolen Badewanne. Sie ist im Boden eingebaut, mit Fliesen. Ich schlafe mit Patrick im Stockbett. Ich oben, er unten. Gestern hat mir Helmut einen Anhänger geschenkt! Anker = Sehnsucht, Herz = Liebe und Kreuz = Hoffnung! Er hat mir jetzt auch schon mehrere Bussis gegeben, aber nur auf die Wange. Ich hab ihn zwar gern, aber ich finde Bussis irgendwie kitschig! Wir haben abgemacht, jeden Tag um 22:00 aneinander zu denken. Ich hoffe, dass ich das nicht vergesse! Hier ist übrigens ein 13-jähriger Lars - der ist recht fesch!

Mhhhmmm, kitschig nämlich! *gg* Das sollte sich noch ändern, aber dazu später! Habe ich schon einmal Hormone erwähnt? 😊 „Übrigens"... dieser Lars war der Sohn der Vermieter unseres Häuschen und ein kleines Sahneschnittchen. Rückblickend, aus den Augen einer 13-jährigen und mit dem Wissen von heute, hätte ich ihn knutschen sollen, am besten vom ersten Tag an! 😈

04.08.

Vor zwei Tagen hab ich Lars näher kennengelernt! Wir haben Spiele und Ball gespielt! Er hat mir sogar ein Eis gezahlt! Er hat im März Geburtstag und ist Widder, genau wie Helmut. Ich hab übrigens mit ihm telefoniert, aber er hatte mir nichts zu sagen! Das macht mich sehr traurig! In seinen Briefen hält er sich auch immer sehr kurz. Heute war Lars mit uns am See! Es war sehr lustig!

07.08.

Am Freitag war ich mit Lars und zwei Mädels im Kino bei „Allein mit Dad & Co.". Am Samstag haben wir bei seiner Familie daheim gegrillt und ich hab mit Lars Monopoly gespielt. Heute waren wir im Dresdner Zoo. Von Papa bekomme ich jetzt Taschengeld. 100 Schilling für zwei Wochen. Im Kino hab ich mir immer gewünscht, Helmut, Gisi und Jörg wären dabei. Ich hoffe, sie denken manchmal an mich.

Taschengeld. Yippie. 7 EUR für 2 Wochen. 14 Tage. Also 0,5 EUR pro Tag. Die Zeiten haben sich definitiv geändert. Hätten wir in Schillingen hingeblättert, was wir heute in Euro zahlen? Vermutlich ja, denn hätten wir eine Wahl gehabt? Die Packung Gummibärlis um aktuell umgerechnet ca. 55 Schilling hätten wir, so wie Fanta und Cola, Anfang der 90er Jahre, wahrscheinlich nur zu Weihnachten oder zum Geburtstag bekommen. Irgendwie komme ich mir gerade alt vor. 😊

29.08.

Hab ich Dir eigentlich schon erzählt, dass mir Lars einen wunderschönen Platz gezeigt hat? Nein? Also, Lars wollte mir einen Baum zum Kraxeln zeigen. Dort sind wir am späten Nachmittag hingegangen. Mitten in einem Feld stehen zwei extrem dichte Bäume, rundherum ist etwas Wasser und alles über und über mit Schilf! Wir sind dann auf den Baum gekraxelt. Danach haben wir uns hingesetzt, Lars hat mir Gruselgeschichten erzählt und ich hab übers Feld geblickt, das von der Abendsonne wunderschön beleuchtet war. Dabei hab ich mir gedacht: sooooooo wunderschön, jetzt müsste Helmut neben mir sitzen oder Gisi und wir hätten einfach nur still dagesessen und geschaut, einfach nur geschaut. Das war ein wunderschöner Traum.

Romantische Umgebung und Gruselgeschichten? Das ist wohl der große Unterschied zwischen Mädchen und Jungs. Wie herrlich unschuldig und unverdorben. Könnte ich die Zeit zurückdrehen, würde ich einfach nur im Moment sein wollen und mit Lars die schöne Zeit und die romantische Umgebung dort genießen!

03.09.
Habe heute mit Gisi telefoniert und wir vermissen uns beide so sehr, dass wir fast geheult hätten! Im Vergleich dazu ist mir Helmut total egal! Es war viel lustiger ohne Freund und jetzt hat man oft ein schlechtes Gewissen, wenn man mit anderen Jungen herumtobt. Mir sind kumpelmäßige Burschen lieber. Meine Gefühle sind so verwirrt. Es ist schrecklich!

> Wenn ich „Freundschaft" sage,
> sehe ich dein Gesicht.
> Liebe kann zerbrechen,
> wahre Freundschaft nicht.

08.09
Wir sind DAHEIM! HURRA! Morgen treffe ich Gisi und irgendwann mal Helmut! Ich freu mich schon! Hoffentlich will er mich nicht wieder immer abbusseln! Dazu bin ich nicht bereit! OK, er ist zwar mein erster Freund, aber ich hab ihn mir ja nicht bestellt! Ich flirte soooooooooooooooooo gerne, hab aber jetzt immer ein schlechtes Gefühl denen und Helmut gegenüber. Ich hoffe, Du kannst meine Gefühle verstehen. So gern ich den Helmut auch habe, ich finde er ist zu schade für mich.

Ich bin viel zu launisch und er viel zu lieb. Außerdem bin ich flatterhaft und brauch das Flirten wie die Luft zum Atmen! Hi Hi, witziger Gedanke!

Alter Schalter. Da kommt mir das Kotzen. Schöner formuliert: Da wird's mir schlecht. Würg. Nein, halt. Da fällt mir gerade etwas ein. Meint ihr, man bekommt tatsächlich im Leben alles zurück? Es heißt ja, wenn Dich jemand verletzt, bleib ruhig und lächle. Karma regelt das schon. Das ist in die eine Richtung gut, sehr gut sogar und hat mir in mancher Situation schon geholfen. In die andere Richtung ist es - *hüstelhüstel* - eher weniger gut. 😊 Jetzt halte Dich gut fest! Das könnte nämlich einiges erklären. Tatsächlich hat ca. 10 Jahre später mein damaliger Freund mir gegenüber genau diese Worte verwendet. „Was ist schon ein kleiner Flirt im Vergleich zur großen Liebe. Außerdem brauche ich das Flirten wie die Luft zum Atmen." Tja, mit diesem kleinen Flirt ist er mittlerweile verheiratet und ich war dann wohl doch nicht seine ach so große Liebe. Das tut hier jetzt aber nichts zur Sache. Weit interessanter ist, wenn man nun den Gedanken weiterspinnt und sich ein paar Momenten bewusst wird, in denen man unter Umständen nicht ganz sooooooo nett war, wie man hätte sein können. Bekommt man die Rechnung dafür dann in der Tat früher oder später präsentiert? OH. MEIN. GOTT. (An dieser Stelle bitte das „Oh mein Gott" von Janice aus Friends vorstellen 😊) DAS erklärt so einiges.

Das Wichtigste zum Schluss. Schreib Dir auch das auf Deine Stirn, hinter Deine Ohren und am besten direkt in Dein Herz: NIEMAND, wirklich NIEMAND auf der ganzen Welt ist zu schade für Dich. Ich meine HALLOOOOO??? DU BIST WERTVOLL. Wenn schon, denn schon, dann ausschließlich im Gegenteil. 😎😊 Punkt.

10.09
Von gestern auf heute habe ich bei Gisi übernachtet. Wir haben die ganze Nacht durchgemacht und erst um 06:00 für ca. zwei Stunden geschlafen. Helmut hat mich angerufen und wir haben ausgemacht, dass wir uns im Schwimmbad zu treffen. Es ist jetzt halb zwei und

wir haben noch nicht gegessen. Ich habe gesagt, dass ich hungrig bin, worauf mich Klaus angeschnauzt hat und mir heute nicht mehr erlaubt wegzugehen. Jetzt sitze ich heulend hier und weiß nicht aus, noch ein. Ich wollte Helmut doch so gerne sehen. Ich hab ihn doch so lieb. Ich weiß nicht, was er von mir halten wird, ich weiß nur, wenn das so weitergeht, hab ich ihn dank meiner „Verwandten" bald verloren. Vielleicht ist es das, was sie wollen. Auch wenn ich es mir nicht eingestehen will, ich glaube mir liegt doch mehr an Helmut, als ich je geglaubt hätte. Er raucht zwar, aber sonst ist er lieb. Wenn Helmut dank meiner Verwandten mit mir Schluss macht, weine ich sicher wie ein Schlosshund und meine Gedanken werden trotzdem immer bei ihm sein. Meine Love Posters würde ich von der Wand herunterfetzen. Ich darf mir nicht zu viele Gedanken machen. Womöglich kommt alles ganz anders. Ich hoffe es, und ich würde heimlich vor lauter Freude weinen. Ich weine gerne. Es tut hinterher alles nicht mehr ganz so weh. Behalte alles für Dich, Deine Jennifer

HE IS MY FIRST FRIEND.
HE IS So SWEET !

Humorvolles Mädchen. Armes Mäuschen. Kluges Mädchen, bis auf Englisch. 🐵🙈

"Sich Sorgen machen ist bescheuert.
Das ist als würde man mit einem Regenschirm herumlaufen und darauf warten, dass es anfängt zu regnen."
(Wiz Khalifa)

10.09. - etwas später:
Es ist aus. Ich habe lange nachgedacht. Ich liebe Helmut. Er ist meine erste große Liebe - gewesen. Ich habe soeben einen Brief an ihn geschrieben. Ich gebe Helmut und mir keine Chance mehr. Oh mein Gott, es ist zum verzweifeln. Ich glaube ich weine schon länger als eine Stunde. Oh Gott, jetzt würde ich Gisi brauchen, aber ich kann sie ja nicht sehen, weil ich heute und morgen Ausgeh- und Besuchsverbot habe. Vielleicht ist es gut so, da können meine Tränen trocknen.

10.09. - etwas später:
Gisi hat gerade angerufen und mich getröstet! Später hat auch noch Helmut angerufen – jetzt bin ich eigentlich wieder happy!

10.09. - etwas später:
Meine Eltern sind doof. Ich darf nicht mal Post zum Postkasterl bringen.

Summa summarum habe ich das Gefühl, dass Kinder bzw. Teenager klüger sind als viele Erwachsene, eingeschlossen mich. Wir wollen immer nur Stärke zeigen, nur keine Schwäche und schon gar keine Gefühle zeigen. Wo würden wir da hinkommen!? *Hmpf* (versucht schriftlich das Geräusch auszudrücken, das man macht, wenn man im realen Leben leicht schnaubend ausatmet 😤) Ich behaupte jetzt ohne jegliches Hintergrundwissen, dass nicht umsonst Depression / Burnout unter den 10 häufigsten Krankheiten zu finden ist. Wundert es jemanden? Sicher, gerade im Berufsleben kommt es nicht sooooo gut, wenn der Kollege oder die Chefin, der Kunde oder Lieferant plötzlich anfangen würden zu heulen. Egal ob beruflich oder privat, wir machen rund um die Uhr immer auf taff und auf mir kann keiner was. Geht schon, wird schon wieder, alles halb so schlimm. Sogar vor dem Partner wird die Hose nicht oft runtergelassen. Der sollte nicht denken, mit einer Heulsuse zusammen zu sein. Oder entwickelt sich das möglicherweise in der verliebten Anfangsphase? Ihr wisst schon, in der man sich noch nicht so vertraut ist, in der man stets seine beste Seite präsentiert, aber auch noch ein bisschen Angst hat, dass es eventuell doch nichts werden könnte. Gefühle vorsichtshalber ZU lassen (!), damit man nicht verletzt werden kann. Wir bleiben unnahbar, lassen die Starke raushängen, spielen die Taffe, die so leicht nichts umhauen kann. Später fällt es schwer, diese Rolle, in die wir uns selbst hineinmanövriert haben, zu ändern, mal abgesehen davon, dass ständig rumheulen unsexy ist.

Dabei liegt die Lösung so schön auf der Hand. Man muss ja nicht im „Dauerdeprimodus" herumlaufen. Es reicht schon, einmal eine anständige Runde zu heulen, alles rauszulassen, um danach wieder einen klaren Kopf und ein klares Herz zu haben, um an Lösungen arbeiten zu können. Scheiß auf Deinen Schutzpanzer. Scheiß aufs Veilchen, sei die Rose. Sorry für die Ausdrucksweise. Die Menschen, die Dich mögen, mögen Dich um Deinetwillen und wenn einmal im Monat heulen dazugehört, dann bitte schön. Wenn's Dir hilft, sei manchmal eine Heulsuse. Oma sagt immer, Du darfst weinen, schreien, darfst auch ganz kurz zweifeln und dann gehst Du raus, kämpfst und holst Dir, was Du willst!

Ach, übrigens, nur dass ihr es wisst. Ja, es ist mir auch peinlich, wenn es mir in der Öffentlichkeit passiert, aber ich durfte die wunderwunderschöne Erfahrung machen, dass mich Mitmenschen genau um diese Eigenschaft, dieses „Können", beneiden. Wortwörtlich hat eine liebe Frau zu mir gesagt: Sei froh, Du spürst Dich wenigstens noch selbst und kannst Gefühle zeigen - sie kann es leider nicht, nicht mehr.

> „Und i werd kalt und immer kälter
> I werd abgebrüht und älter
> Aber das i will i ned, und das muss i jetzt klär'n
> I möcht lachen, tanzen, singen und rear'n..."

Singsingsing (STS - Kalt und kälter) Rear'n bedeutet weinen auf österreichisch. Also, lasst uns ein kleines bisschen mehr Heulsusen sein und Gefühle wieder erlauben! ERLAUBEN statt ZU lassen - weil ZU sind sie ja meistens eh - du verstehst?!? 😔

11.09

Ich hasse sie, ich hasse sie, ich hasse sie! Sie sind so gemein! Heute hat das Schwimmbad das letzte Mal für zwei Monate offen! ALLE gehen, ich darf nicht! Jetzt war ich länger als zwei Monate nicht im Schwimmbad und hab Helmut länger als sieben Wochen nicht gesehen, und ich darf trotzdem nicht! Wenn sie wüssten, wie sehr ich sie hasse! Ich könnte vor Wut zerplatzen!

Ach Süße, Hass ist doch nichts Gutes.

Andererseits kann man es so betrachten wie Arun Gandhi in seinem Buch „Wut ist ein Geschenk". Ich zitiere:

> „Wut ist für einen Menschen wie Benzin für ein Auto,
> sie treibt einen an, damit man weiterkommt,
> an einen besseren Ort.
> Ohne sie hätte man keinerlei Motivation,
> sich einem Problem zu stellen.
> Wut ist Energie, die uns zwingt, zu definieren,
> was gerecht ist und was ungerecht."

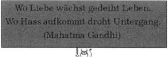

Wo Liebe wächst gedeiht Leben.
Wo Hass aufkommt droht Untergang.
(Mahatma Gandhi)

13.09

Gestern und heute hab ich Helmut gesehen. Wir sind heimlich zur Grotte, die eigentlich abgesperrt ist und haben immer Händchen gehalten. Mich hat nur genervt, dass er so viel geraucht hat!

16.09.

Heute waren Gisi und ich in der Stadt. Wir haben Christian und Christoph getroffen, mit denen es voll lustig war. Christoph geht in die HTL. Ich finde, er ist fesch und lustig.

Christoph R. haben wir auch gesehen. Der ist auch voll fesch. Wenn es morgen schön ist, gehen wir wieder zur Grotte. Hoffentlich ist es nicht so schön.

Christian? Christoph? 😵 Hä? 🎭 Tja, in den 80er Jahren war der Name Christian und Christoph ziemlich modern. Im Ranking steht Christian laufend an Platz 1 und Christoph immer noch zwischen Platz 17 - 19 der beliebtesten Vornamen der Jahres 1979 - 1982. Da kann man schon ein bisschen durcheinanderkommen.

19.09.
Sonntag waren wir zu dritt in der Grotte - Helmut, einer seiner Kumpels und ich. Gisi war leider nicht mit, weil Jörg abgesagt hat. Sie will jetzt mit ihm Schluss machen und schaut sich schon fleißig nach anderen um. Christoph F. hat mir ein Zettelchen geschrieben „wenn er größer wird, dann könnte ja mal was aus uns werden" – Ich fass es nicht! Ich wusste zwar, dass er mich mag, aber SO!?

Vermisst Du es auch manchmal? Dieses Zettelchen schreiben in der Schule?

20.09.
Gestern hab ich bei Jörg angerufen und dann war Gisi total HAPPY! Sie hat mir ihre CD, die Bravo Hits 8, geborgt. Das 10. Lied ist voll gut. Das 6. (No Good) ist auch spitze und „1, 2 Polizei" auch. Aber jetzt höre ich auf mit dem unwichtigen Zeug. Am Sonntag, 17.09., hab ich Helmut heimbegleitet und zum Schluss haben wir uns dann ein Abschiedsbussi auf den Mund gegeben.

Eins zwei Polizei
Drei vier Grenadier
Fünf sechs alte Hexe
Sieben acht gute Nacht

Nach 14 gleichen Strophen - mit „gehobenerem Alter" gefühlten 100 Strophen - hört das Lied denn gar nie mehr auf - sollte man den Text hoffentlich innehaben! 😊 Wie entzückend - ein Abschiedsbussi (man beachte „Bussi", nicht Kuss!) nach „nur" 2,5 Monaten…

21.09.
Liebes Tagebuch, Du bist nun aus. Dein Nachkomme wird mehr erfahren. Dich bewahre ich gut auf, immerhin sind in Dir die wichtigsten Dinge meines bisherigen Lebens enthalten.

Tagebuch Nr. 2 - ich bin bald 13,5 Jahre alt oder

„Von Himmelhoch jauchzend zu Tode betrübt innerhalb eines Wimpernschlags, oder zwei."

27.09.1994

Im Bad lag heute im Aschenbecher eine Zigarette. Ich hab sie genommen, angezündet und ca. zwei oder drei Züge gemacht. Dann hab ich mich fast angekotzt! Ich hab gehustet und fast geweint, weil ich so dumm bin! Ich hab Zähne geputzt, Zahnpasta geschluckt und einen Kaugummi genommen. Eins ist sicher: ich werde NIE rauchen! Ich gehe jetzt mit Gisi in die Stadt.

27.09. - etwas später:

Gisi weiß, dass ich rauchen probiert hab, Helmut auch. Er hat gesagt, wenn ich anfange, macht er Schluss. Ich hab ihn so gern. Mama weiß auch, dass ich versucht hab, zu rauchen. Sie hat mich geschimpft, dass ich solange ich hier ein und ausgehe nicht rauchen darf. Ich hab ihr versichert, ich werde niemals, wirklich niemals rauchen, aber Mama hat ihre Zweifel. Naja.

Erinnert ihr Euch an Eure allererste Zigarette? Ich vermute, es gibt niemanden, der es nicht zumindest einmal probiert hat. Hand aufs Herz, für gewöhnlich sind wir mit einem guten Geruchs- und Geschmackssinn ausgestattet worden, und niemandem, aber schon gar niemandem können die ersten Zigaretten schmecken! Was vielleicht mein Glück war: ich hab's allein versucht, ohne Gruppe, ohne Zwang, ohne das Gefühl cool sein zu müssen oder mithalten zu wollen. Also konnte und durfte ich die Zigarette völlig uncool wieder ausdämpfen und mich aushusten. Das kannst Du in einer Runde nie bringen. Da gilt maximal hüsteln und weiterpaffen. Alles andere wäre peinlich.

Ich bin meinem damaligen Vorsatz wohlgemerkt immer treu geblieben und sehr stolz darauf. Worauf bist Du stolz? 😊😊

Eltern Kettenraucher. Erster Freund Raucher. Das sind nicht gerade die einfachsten Voraussetzungen um Nichtraucher zu bleiben. Und in dem Alter muss man ja noch lässig sein und dazugehören. Möglicherweise dachte ich, dass es mich bei Heli weniger stören würde, wenn ich selber rauche?! Was bin ich froh, dass ich es trotzdem bleiben ließ! *Schulterklopf* Erspart habe ich mir deshalb aber leider nichts, falls jemand die Hoffnung hegt, durch Nichtrauchen reich zu werden. Dafür gibts bessere Wege.

02.10.

Das Wochenende war super! Mama ist mit Uroma und Patrick zu Oma nach Oberösterreich gefahren. Ich hab bei Gisi bleiben dürfen und Heli nichts davon gesagt, weil ich ihn bei der KJ Party ein bisschen beobachten und dann überraschen wollte. Leider hat da etwas nicht geklappt. Er war beleidigt. Jörg hätte auch kommen sollen, aber hat sich den Finger gequetscht. Gisi wollte unbedingt mit ihm reden.

Dafür hat T.L. Gisi angebaggert, aber sie will nichts von ihm. Gisi hat Jörg einen Brief geschrieben, in dem steht, dass sie besser Schluss machen sollten, weil sie sich nie sehen und er sich auch nie meldet. Alle sagen, dass es längst aus ist und Jörg nur zu feige ist, es Gisi zu sagen. Ich würde ihr gern helfen. Bei der KJ Party war M.Sch. total mies drauf und hat nur gepafft und heute haben wir ihn wie verrückt gesucht, weil er von Zuhause abgehauen ist. Seine Mum ist total fertig. Später haben T.L und Heli uns nach Hause begleitet. Es hat zu regnen begonnen und wir haben uns in unserer Garage verkrochen. Heli hat mich dann ganz lieb gehalten und hin und wieder ein Bussi gegeben. Dann hat T.L. die Garagentür von außen zugemacht und Heli und ich waren uns ganz nah. Wir haben geflüstert, uns festgehalten und geküsst. Es war so schön und irgendwie so romantisch.

„Überraschen" 🌑 So sagt man da also dazu? Das konnte nur in die Hose gehen. Aber der Rest der Geschichte ist einfach nur kribbelig, hibbelig schön.

03.10.

M.Sch. ist zum Glück wieder zuhause. Ich hab zwei Wochen Hausarrest bekommen und weiß nicht mal so recht wofür. Oh Scheiße, die Welt ist soooo ungerecht. Bald wird mich Heli wirklich nicht mehr mögen. Dann macht er Schluss, weil wir uns nie sehen können. Wenn es so weitergeht, werde ich zugrunde gehen. Ich werde es meiner Mama ewig vorwerfen. Eines weiß ich, ich hasse sie für das und für alles andere - wie sie zu mir ist. Ich werde NIE wie sie und ich werde NIE rauchen. Das sind meine wichtigsten Vorsätze und ich weiß, dass Weinen jetzt gar nichts hilft, aber es ist wahrscheinlich aus Angst, dass ich alle meine Freunde verliere. Dann werde ich zur Außenseiterin. Aber bevor das geschieht, trete ich in den Hungerstreik! Ich hoffe Heli ruft mal an.

Übrigens hat mir mein Onkel einen Computer geschenkt – einen Amiga, ich kann nur leider noch nicht damit umgehen!

In den Hungerstreik nämlich. 🌑 Noch mehr Drama ging nicht.
Die schlechte Nachricht an dieser Stelle: Spätestens wenn Du selber Kinder hast, wirst Du wie Deine Mama! Natürlich zeigst Du andere Facetten, andere Charakterzüge, andere Prägungen, aber, zwischendrin, kommt sie immer mal wieder durch - Deine Mama. Ob Du willst oder nicht! 🌑 Da fallen plötzlich diese vielberühmten Sätze und Verbote, die Du nie aussprechen wolltest, und Du erwischst Dich teilweise dabei, gleich zu handeln, ähnlich zu erziehen. Die gute Nachricht: Du wirst wie Deine Mama! Du kannst es Dir aussuchen, ob und inwieweit Du diesem Mama-Anteil Raum geben willst. Ich weiß auf jeden Fall zu 100%, dass Deine Mama neben all ihren möglichen Fehlern auch ganz schön viel richtig gemacht hat. Woher ich das wissen will? Weil Du ein unglaublich toller Mensch bist.

Falls es Dir wider Erwarten doch gelingen sollte, nie wie Deine Mama zu sein, dann sei doch bitte so lieb und schreib ein Buch darüber. Aber vorher ruf mich an und lass mich wissen wie es geht! 😊😜

04.10.

Heute hat Heli angerufen. Ich hab ihn ja sooo gern. In der Schule, in Geschichte, haben Gisi und ich uns voll abgedroschen über die Aussage „verkürzter Muskel" Wir wissen nämlich nicht, ob im Pimperl einer drin ist! *hihi* Den Christoph F. hat Gisi heute auch voll aufgezogen. Ich hab ihn gefragt ob ihm meine Halskette gefällt, worauf er meinte: „Schönes Verlobungsgeschenk". Ich: „Bist verrückt, von meiner Oma". Gisi: „Mir hast gesagt, vom Heli". Chris war dann sauer. Er ist sowieso ein Spinner. Fraglich, warum sein Name so oft in meinem Tagebuch vorkommt. Da könnte man fast glauben, dass ich ihn mag. Gisi hat Jörg zwei Briefe geschrieben. Im ersten macht sie Schluss, den hatte sie schon in den Briefkasten geworfen, aber wieder herausgeholt. Den zweiten, in dem nur liebe Sachen stehen, hat sie abgeschickt. Bin gespannt ob er sich meldet. Er ist kein schlechter Kerl, er hat nur dämliche Arbeitskollegen. Von wegen Gisi wäre zu jung für Jörg.

Vorsichtshalber habe ich auf Wikipedia nachgelesen und folgendes rausgefunden „blablabla versteift den Penis und bietet Ansatzstellen für Muskulatur, mit deren Hilfe der Penis vorgestreckt werden kann blablabla" Also doch ein Muskel vorhanden! INTERESSANT! 🙂

06.10.

Heute am Nachmittag hat Gisi weinend bei mir angerufen und ist dann zu mir gekommen. Jörg hat mit ihr Schluss gemacht – er hat eine andere. Zum Ablenken sind wir dann heimlich in die Stadt. Wir sind dann Heli und seinen Freunden begegnet. Während ich mich mit T.L. unterhalten habe, hat Heli Gisi angebaggert! Soll er doch gleich sie fragen! Möchte wissen, ob er das mit allen Mädchen so macht – das ist echt Scheiße! Ich hab jetzt miese Laune. In Mathe komm ich nicht mit, Englisch kann ich nicht und Gisi lacht mich deshalb aus. Ich hab schon wieder so ein grausiges Gefühl und es geht und geht nicht weg.

Mann, Mann, Mann 🖤 *Halloooooo? Gehts noch?* 🖤

09.10

Meine Eltern streiten sich, weil Papa zu spät nach Hause gekommen ist und wegen mir! Wegen mir werden Patrick und ich keinen Papa mehr haben, wegen mir wird Mama unglücklich sein, wegen mir….Es ist zum Heulen und wieder einmal meine Schuld! Mama hat schon geweint! Sie will sich von Papa trennen, weil das so nicht weitergeht. Es ist alles so verflucht Scheiße! Falls es wirklich aus sein sollte, geht es Patrick so wie mir früher und ich hab wieder keinen Papa. Ich weiß nicht, was ich machen soll.

Was ich Dir an dieser Stelle mitgeben möchte:

> **90% Deiner Probleme werden durch Deine eigenen Gedanken hervorgerufen!**

11.10

Am Wochenende ist nochmal alles gut gegangen – sie haben sich ausgeredet! Von gestern auf heute hab ich bei Gisi übernachtet. Am Nachmittag sind Gisi und ich in die Stadt. Vorher hab ich Heli wegen Gisi abgesagt. Irgendwie war er dann schon am Telefon beleidigt. In der Stadt, als wir ihn gesehen haben, war er so richtig komisch und gemein. Später hab ich ihn angerufen und wollte wissen, was los ist. Ab jetzt werde ich Helmut sehen, so oft ich darf. Wenn ich nicht lernen muss, treffe ich mich dann mit Gisi. Sie ist nur leider jetzt schon immer sauer und nennt Heli einen Trottel.

Ehrlich gesagt, verstehe ich ihn. Immerhin ist ER mein Freund und Gisi meine Freundin, die ich sowieso jeden Tage sehe. Ich will keinen von beiden verlieren. Die zwei sind mir die wichtigsten Freunde, aber wenn es so weitergeht, verliere ich Heli oder Gisi spinnt. Kompliziert. Ich nehme mir vor, dass ich ab jetzt nicht mehr so zurückhaltend bin, vielleicht hilft das auch ein bisschen weiter. Ein schwacher Trost ist es, dass ich in Mathe bisher noch prima mitkomme. Nur in Englisch und Geschichte könnte ich besser sein.

Weil ich gerade daran denke, schreibe ich jetzt alle Namen auf, die mir für ein Baby mal gefallen könnten:

Bianca, Caroline, Cornelia, Carina, Denise, Justine, Nadine, Nadja, Tanja, Tatiana, Yvonne bei den Mädchen

André, Andreas, Christian, Christoph, Daniel, David, Marco, Mario, Manuel, Pascal, Patrick bei den Jungs

So und jetzt Schluss für heute. Tschüsschen. Bye bye. Tschau. Adios. Good bye. Tschüss. Grüße.

Diese Gedankengänge. 🌀 Da kann man nur den Kopf schütteln. Mitten unterm Schreiben, Gefühlschaos und Freund hin, Gefühlschaos und Freundin her, fallen der 13-jährigen Jenny plötzlich Namen für Babys ein. Blöd nur, dass sie beim Mamawerden ihre alten Tagebücher nicht durchstudiert hat. Dann wäre die Namensfindung möglicherweise eeeeetwas schneller vorangegangen. Was ich sehr spannend finde ist, dass sich mein Geschmack in Sachen Namen während über 20 Jahren nicht wesentlich verändert hat. Ich bin noch am Wickelwackel, ob ich das jetzt gut oder erschreckend finden soll! 😳😳

Streit. So ein trauriges Thema. Armes Mäuschen. Gibt sich selbst die Schuld daran, falls es mit den Eltern nicht gut gehen würde.

Woher kommen diese Gedanken? Wie kann man Kindern das lehren, so etwas nie zu denken, weil es ja nicht stimmt? Wie lehrt man Kindern, dass sie nicht dafür verantwortlich sind, dass Mama und Papa sich liebhaben? Was muss man als Elternteil dafür tun? Ich glaube und hoffe, dass der richtige Weg so aussieht: reden, reden, reden. Erklären, erklären, erklären. Kinder verstehen das, auch wenn sie noch klein sind. Das habe ich von meinem großen Spatz lernen dürfen. Ich glaube, manchmal ist es sogar wichtig, dass Eltern sich vor den Kindern streiten und nicht erst dann, wenn die Kinder im Bett sind und untertags so tun, als ob nichts wäre. Kinder sind ja nicht doof. Sie spüren das. Was das angeht, sind sie wie kleine Spürhunde. Auch wenn sie es noch nicht verstehen, können sie es riechen, ups, ich meine, spüren. Wenn dann nämlich wirklich mal was sein sollte, dann fallen die Kinder aus allen Wolken, nachdem sie bis dahin nur eitel Wonne, Sonnenschein kennengelernt haben. Das nennt man dann traumatisches Erlebnis, habe ich mir erklären lassen. Wenn sich Eltern streiten, dann gehe ich selbstverständlich davon aus, dass man immer respektvoll miteinander umgeht. Ich finde es sogar wichtig, dass Kinder lernen, dass man sich streiten darf und dann wieder ausspricht und versöhnt. Das gehört nun einmal zum Leben dazu. Eltern streiten sich und ja, Eltern versöhnen sich und ja, es stimmt, Eltern streiten sich wegen den Kindern. Eines kann ich heute mit „Erwachsenenaugen" mit Gewissheit sagen: Wenn sich Eltern wegen Kindern streiten, dann nicht wirklich wegen der Kinder, sondern wegen der jeweils eigenen Einstellung, eigenen Erwartungen, Differenzen oder Meinungsverschiedenheiten zwischen den Erwachsenen. Trennen sich Eltern wegen ihrer Kinder? Das kommt sicher vor, ist allerdings nicht so schlimm wie es sich anhört. Man ist nur im Laufe der Zeit, im Laufe des Lebens mit Kindern draufgekommen, dass man die Welt anders sieht als der Partner. Dass man sich vom Leben anderes erwartet als der Partner, dass man seinen Kindern andere Werte mitgeben und beibringen möchte als der Partner. Mit solchen Themen war man ja ohne Kinder noch nicht konfrontiert. Woher soll man das also wissen? Kinder zeigen uns so viel von uns selbst, Seiten von uns, die wir ohne Kinder gar nie entdecken würden. Kinder reizen uns oft bis aufs Blut. Sie halten uns den Spiegel vor die Nase - in allen möglichen Bereich. Damit umgehen zu können, das ist die große Challenge.

Es ist nicht das Kinder haben an sich. Es geht darum, den Spagat hinzubekommen zwischen Kindern, Partnerschaft, Haushalt, Arbeit, Hobbys plus Zeit für sich. Es ist wichtig, sich als Paar nicht aus den Augen zu verlieren, als Paar an einem Strang zu ziehen, auch wenn man nicht immer einer Meinung ist und wenig Zeit übrig bleibt für Beziehungspflege. Ja, Kinder beanspruchen Zeit. Das tun eine erfolgreiche Karriere und diverse Hobbys unbestritten auch. Es liegt immer am Paar selbst, den goldenen Mittelweg für sich zu entdecken und zu pflegen. Wir Eltern DÜRFEN um Hilfe bitten - Omas, Opas, Tanten, Onkels, Schwestern, Brüder, beste Freunde, liebe Nachbarn, Babysitter, Leihomas - und sie ganz ohne Schuldgefühle annehmen. Das mit den ach so armen Trennungskindern sehe ich inzwischen ein bisschen anders. Während ich mich relativ oft bemitleidet habe, weil ich mehr oder weniger ohne Papa aufgewachsen bin, gibt es ganz viele Menschen, die sich bemitleiden, WEIL die Eltern zusammengeblieben sind. Immer Streit. Immer Unfrieden. Nach außen hin ach wie lustig, ach wie fein, schaut her, was wir für eine tolle Familie sind. Ja, ja, außen hui, innen pfui. Was lernen die Kinder? Auch nichts Gescheites. 🐵🐵 Also besser mal trennen, als ständig nur unglücklich zu sein. Ich denke dabei immer an einen ganz lieben Mann in meinem Leben, dem der 10-jährige, verletzte, traurige Junge aus den Augen schaute, als er mir erzählte, er hätte sich nichts sehnlicher gewünscht, als dass sich seine Eltern getrennt hätten. Also ihr seht, falls ihr Euch in einer der beiden Situationen befindet, was ja in der heutigen Zeit schon eher die Regel als die Ausnahme darstellt: es gibt immer zwei Seiten der Medaille. Möglicherweise können wir Trennungskinder uns sogar glücklich schätzen, dass unsere Eltern so stark waren, sich getrennt haben und uns somit gezeigt haben, dass wir unser Leben und unser Glück selbst in der Hand haben. Wenn Dich etwas nicht glücklich macht, kann es weg. Definitiv.

Merke:
Was Dich nicht glücklich macht,
kann weg!

13.10.

T.L. will jetzt was von Leni, aber Leni nicht von ihm, jetzt hab ich ihm erzählt, dass Leni schon auf jemand anders ein Auge geworfen hat! In Wirklichkeit gefällt er Leni kein bisschen, aber das wäre verletzend, es so zu sagen. Beim Geschichte-Test hoffe ich auf einen Dreier. Heute hab ich mein Zimmer umgestellt. Mir gefällt es, Mama nicht, aber das ist mir egal. Morgen muss ich ein Referat über das gesunde Frühstück halten, also muss ich jetzt noch etwas vorbereiten.

Ehrlich sein, aber nicht verletzend oder gar primitiv unter der Gürtellinie. Egal wie alt Du bist. Wir müssen im Umgang mit Menschen keine Empathie-Wunderwuzzis sein. Die Antwort auf „Wie würde ich mich dabei fühlen?" hilft bei fast allem.

> Wer sich selbst erkennt, behandelt jeden auf der Welt
> mit Liebe und Respekt
> (Önder Demir)

14.10.

Bin gerade von der Schule nach Hause gekommen. Stürme vor Freude rauf in mein umgestelltes Zimmer und was seh ich? Die blöden, arschverdrehten …. (Oma + Mama) haben es einfach wieder umgestellt. Einfach häßlich, grauenhaft, ekelhaft usw. Ich richte mir mein Zimmer, wie es mir gefällt und die stellen es einfach um! Katastrophal! Das stell ich wieder um! Zum Glück kommt jetzt dann Gisi, dann vergesse ich meinen Ärger schneller.

Na, na, na, so „grauslich" denken. Hattet ihr diese Phase auch? Im Laufe meiner Pubertät habe ich mein Zimmer gefühlte 1000x umgestellt. Gehört wohl auf eine gewisse Art und Weise zur Selbstfindung dazu! *gg* Theorien gibt es mehrere dazu. Fakt ist, je nachdem wie ein Raum (eine Wohnung, ein Haus) eingerichtet ist, verändert sich auch die Energie darin. Glaubst Du nicht? 😊

Stell Dir bitte eine richtig dunkle, zugestellte Wohnung mit sehr altmodischen, nicht zusammenpassenden Möbeln vor. Kannst Du Dich hier wohl fühlen, frei atmen und fühlst Dich motiviert und leistungsfähig? Eher nicht! Vollgestopfte Räume sind nicht gut für die Psyche, habe ich mir sagen lassen. Farben und Möbel können sogar der Auslöser für Müdigkeit und depressive Gedanken sein. Das muss man sich mal vorstellen! Die Einrichtung an sich kann sehr viel Positives im eigenen Leben bewirken: neue Kraft und Energie schöpfen, wieder aufatmen. Für den ersten Schritt reicht es in 99% der Fälle, wenn wir uns die Zeit nehmen, ordentlich auszumisten. Entrümpeln. Das gilt mit ziemlich großer Wahrscheinlichkeit auch für andere Deiner Lebensbereiche.

15.10.

Das Zimmer gefällt mir doch. Das war gestern nur die anfängliche Wut. Ich war gestern noch mit Gisi in der Stadt. Es war total lustig. Gisi gefällt jetzt Mario. Er ist auch wirklich fesch. Schade, dass sie nicht bei mir übernachten konnte, weil Oma noch hier ist. Heute um 17:30 war Helmut mit zwei Freunden da, die beide ganz schön beschwipst waren, Heli auch ein kleines bisschen. Sie haben irgendein Kartenspiel gespielt, Emma treiben oder so. T.L. wollte unbedingt etwas wegen Leni wissen, und hat vor lauter Frust sogar eine geraucht. Ausgerechnet T.L.!

Der Christoph, der Cousin von Gisi, steht übrigens auf die Irene, und Irene hat mir jetzt Fotos von sich mitgegeben, auf denen sie total lieb drauf ist, und eines davon ist für Christoph. Marcel T. steht auf Gisi. Blöd, dass er nicht ein, zwei Jahre älter und größer ist. Er ist nämlich total lieb und obendrein auch noch fesch!

Die Luft ist gefüllt mit Testosteron, Androgenen, Östrogenen, Gestagenen und wie sie alle heißen, die fiesen Sexualhormone von Mann und Frau, die für so viel Kummer im Teenageralter verantwortlich sind. Süß. Kennt ihr den Film „Alles steht Kopf" von Pixar? Mit der Emotionszentrale und dem Kontrollzentrum etc.? Ich stell mir nämlich grad bildlich vor, wie diese kleinen Kerlchen und Ladies in unserem Körper sich krumm und schief lachen, während sie mit Bauchweh vor lauter Lachen, Knöpfchen für Knöpfchen in uns drücken. Im Minutentakt. Traurig. Fröhlich. Wütend. Verliebt. Verunsichert. Verzaubert. Lustig. Überzeugt. Motiviert. Am Boden zerstört. Von himmelhoch jauchzend bis zu Tode betrübt - innerhalb eines Wimpernschlages, oder zwei.

16.10.

Heute waren Mama, Patrick, Gisi und ich auf dem Maxlaunmarkt. Das ist eine Messe für Technik, Bauen und Wohnen mit riesengroßem Vergnügungspark, zu der wir jedes Jahr hinfahren. Es war recht lustig, bis Gisi von Jörg geredet hat. Dann musste ich nämlich an Heli denken und hab mich gefragt, was er wohl mit seinen Kumpels so anstellt. Blöd, dass ich kein Vertrauen zu ihm hab. Wahrscheinlich ist das die Angst, dass ich ihn verlieren könnte. Blöd, wie ich da dahinschwafle. Erst vor kurzem hab ich zu Buben und Freund noch igitt gesagt und jetzt!? Naja. Tschüss.

Einsicht ist der beste Weg zur Besserung. 😊

23.10.

Heute waren Gisi, T.L. und ich bei Heli. Es war voll lustig. Dann bin ich nach Hause gekommen, habe Jause hergerichtet und bin in mein Zimmer. Ein bisschen später fängt Mama zum Schreien an von wegen Familienleben, bla bla bla und wenn mir etwas nicht passt, soll ich ausziehen. Sie gibt mir die Schuld, aber vielleicht sollte sie besser mal bei sich selbst suchen, ob es an ihr liegt. Tut es nämlich. Es interessiert mich nicht, die ganze Zeit nur angemotzt zu werden. Bis Donnerstag ist jetzt Sensepause, da darf ich Heli einmal noch sehen, bevor wir dann nach Oberösterreich fahren. Mist. Ich freue mich zwar auf Oma, aber Heli ist soooooooo wahnsinnig lieb. Ich bin soooo glücklich, ich könnte die ganze Welt umarmen. Ich habe Glück, dass ich ihn als 1. Freund habe und nicht jemand anderen. Da stört mich nicht mal mehr, dass er raucht.

Ich wünsche Gisi, dass sie auch so einen super Typen findet. T.L. wär einer, nur gefällt er ihr leider gar nicht und ist kleiner als sie.

05.11.
Hoffentlich darf ich am 12. November zur Party gehen! Hoffentlich! Gisi hat es so schön! Ihre Eltern hätte ich auch gerne! Klaus macht mir schon wieder die ganze Zeit Vorwürfe, dass ich zu wenig Familiensinn habe! Er nervt mich nochmal zu Tode. Der soll sich mal die anderen in meinem Alter ansehen, dann wäre er froh! Immer mault er nur an mir rum. Mist, jetzt kommen mir die Tränen, obwohl ich nicht heulen will! Erwartet er nicht ein bisschen zu viel von mir? Wir sind doch nicht mehr von vor 20 Jahren! Ich denke, ich werde später mal meine Tagebücher wegwerfen, damit ich mich nicht immer an diese Phasen erinnern muss!

Tja, das Problem beim Tagebuch schreiben im Teenager-Alter ist wohl, dass man oft schreibt, wenn man unglücklich, traurig, zornig, verzweifelt, verwirrt etc. ist. Wenn man später mal nachliest, entsteht ein falscher Eindruck, von einem Leben, das man so gar nicht hatte, weil man in Wirklichkeit nur ein kleines, verunsichertes Mädchen war, meistens glücklich - ich meine hey, wir leben in einem echt gesegneten Land - das nichts anderes gesucht hat als die Liebe: die Liebe der Eltern, die Liebe von Freunden, die Liebe in Form einer Beziehung, kurzum: Liebe von außen. All diese Mädchen wissen das Eine, das einzig Wahre nicht: das Einzige was sie suchen müssten, ist die Liebe zu sich selbst! Könnte ich allen 13-jährigen Mädchen auf der Welt, die Tagebuch schreiben, einen Tipp geben, würde ich ihnen sagen: Süße! Du bist schön, Du bist klug, Du bist stark, Du wirst geliebt, Du bist wertvoll und Du kannst alles, was Du willst, schaffen auf dieser Welt. Als Beweis würde ich sie „sanft überreden" (mein Schwesterherz weiß was das bedeutet *gg*) jeden Tag am Abend den absoluten Glücksmoment des Tages aufzuschreiben und morgens fünf Dankbarkeitsmomente vom Vortag. Probier es mal aus. Sagen wir 30 Tage lang. Dir fällt nichts ein? Blödsinn. Du kannst für alles dankbar sein. Und wenn's dafür ist, dass Du Dir Deinen Allerwertesten selbst putzen kannst.

06.11.

Hab mit Helmut telefoniert und Mama hat gelauscht und mich dann ausgefragt! Sie hat mir den Tipp gegeben, dass ich Helmut vor die Wahl stellen soll! Gisi oder ich! Denn verarschen brauch ich mich nicht lassen! Gisi hat das auch nicht nötig! Es ist besser, wenn wir die Wahrheit wissen. Es ist alles so kompliziert. Ich hab ihn doch lieb. Das geht doch nicht. Bin ich noch zu jung und kindisch um das zu verstehen? Wieso tut Helmut das überhaupt? Mit Gisi flirten. Er hat doch behauptet er würde nur mich liebhaben. Diese Ungewissheit ist schrecklich. Hoffentlich darf ich ihn heute treffen, damit ich mich mit ihm ausreden kann. Entweder komm ich dann heim und heule, oder ich bin glücklich. Ich hoffe das zweite. Ich hab ihn doch sicher lieber als Gisi ihn lieb hat. Außerdem hab ich das Gefühl, dass aus Gisi und Mario was werden könnte. Ich werde Helmut treffen und mich mit ihm ausreden. Halt mir die Daumen.

28.11.

Heute bin ich allein daheim (über Nacht). Gestern war ich bei Gisi. Helmut war heute heimlich bei mir. Helmut und ich sind schon fünf Monate zusammen. Wir waren im Dunkeln, haben Kuschelrock gehört und geknutscht. Dann hätte er gehen müssen, ist aber noch ein bisschen dageblieben und - oh my God - Ich habe den ersten Zungenkuss bekommen!!! Ich kann es selbst noch gar nicht glauben! Voll stark!

Na? Habe ich zu viel versprochen? 😊 Diesmal in die andere Richtung. Von zu Tode betrübt zu himmelhochjauchzend. Klingt so, als hätten wir uns „ausgesprochen". *gg*

08.12.94

Gisi hat von meinem ersten Zungenkuss natürlich gleich erfahren. Ich war so richtig happy. Gisi hätte Jörg so gerne zurück. Ach, ich halte ihr sooooo sehr die Daumen, dass sie bald soviel Glück hat wie ich. Weil ich so viel Zeit mit Heli verbringe, leben wir uns immer mehr auseinander. Mir kommt vor, sie hat Leni schon lieber als mich. Am 05.12. war übrigens Krampustag und wir sind ordentlich durchgedroschen worden. Mario wurde von der Polizei abgeführt, weil er angeblich einen Böller geschossen haben soll. Gisi war dann total down.

So ein Blödsinn. Denen hat nur sein Gesicht nicht gefallen. Ja, soll vorkommen. Wegen Aussehen und/oder Herkunft im Visier der Polizei. Man darf ihnen nicht böse sein. Sie sind doch auch nur Menschen, machen nur ihre Arbeit und das während andere Party machen. Da wäre mit Dir und mir vermutlich auch nicht gut Kirschen essen. 😊

16.12.

Gestern hat es das erste Mal geschneit. Ich darf Helmut nicht mehr sehen, weil er am Dienstag bei mir war. Das war so: ich war von Sonntagnachmittag bis Mittwochnachmittag allein daheim. Am Dienstag habe ich bei Oma angerufen und gefragt, ob Helmut seine CD die er mir geborgt hat, abholen kommen darf. Oma hat gesagt, dass er spätestens um 19:00 das Haus verlassen muss. Mama und Papa hatten aber gesagt, dass niemand außer Gisi zu mir kommen darf, und jetzt werfen sie mir vor, dass sie mir nicht vertrauen können. Zum Glück wissen sie nicht, dass er jeden Abend da war. Wir haben doch nur ein bisschen geküsst. Morgen darf ich mit Gisi und ihren Eltern in die Therme Loipersdorf fahren und nächste

Woche kommt sie drei Tage zu uns. Ich freue mich schon. Zum Glück darf ich wenigstens sie noch sehen.

Die Liebe fragt die Freundschaft:
Wofür bist Du da?
Die Freundschaft antwortet:
„Ich trockne die Tränen, die Du angerichtet hast!"

16.12 - ein bisschen später:
Scheiße, scheiße, scheiße. Mir gehts so mies. Ich habe mir alles verhaut. Alles, aber wirklich alles. Vorher hat Papa mir eine Standpauke gehalten. Es ist so schrecklich. Ich darf Helmut nicht mehr sehen. Er darf nur mehr zu mir kommen, wenn jemand zuhause ist. Papa hat gesagt, sie hätten mir vertraut und ich habe ihr Vertrauen missbraucht. Oh Gott, oh Gott, ich kann nicht mehr. Es ist alles so eng geworden. Wieso habe ich das nur getan? Warum? Oh mein Gott, hoffentlich hat Helmut mich auch dann noch gern, wenn wir uns nur mehr so selten sehen können. Wieso bin ich auch so dumm und frag Oma am Telefon? Sie hätten es nie erfahren. Und nun? Sitze ich hier und heule. Na toll. Ich dachte auch noch, wenn ich frage, wissen sie, dass sie sich auf mich verlassen können. Sie werden mir nie wieder vertrauen. Warum nur bin ich so dumm? Doch nicht etwa weil ich verliebt bin? Was soll ich nur tun? Es ist hoffnungslos! Ich kann doch nicht den Rest meiner Teenie-Zeit ohne Vertrauen leben. So ein Scheiß. Wie kann man nur so dämlich sein?

18.12.
Gestern hat Helmut angerufen und Andeutungen gemacht, dass er mit mir Schluss macht. Ich bin fix und fertig und hab mal wieder geheult. Alles aufs Spiel gesetzt und verloren. Ich werde nicht damit fertig, es ist alles so Scheiße. Ich hoffe, wir können uns ausreden, aber irgendwas wird zwischen uns bleiben - meine Eltern.

Ich persönlich hasse sie für das alles. Nur weil Klaus mich zu jung findet und Brigitte (Mama) zu ihm hält. Klaus hat eigentlich gar nichts zu melden. Er ist ja nicht einmal verwandt mit mir. Nur mein Stiefvater. Ich weiß, das klingt hart, aber sie alle sind so gemein. Alle männlichen Vorbilder, Ralf und Klaus auch. Ich kann bald nicht mehr weinen. Dann bleibt nur noch Hass, Hass und wieder Hass. Ich wäre so gern schon älter, dann hätte ich nicht so viele Probleme mit meinen Eltern. In meinem Kopf dreht sich alles. Ich bin verzweifelt. Alles ist so verwirrend. Wie komme ich da nur wieder raus aus diesem Irrgarten von Gedanken und Gefühlen?

18.12. - etwas später:

Heute habe ich Heli heimlich getroffen und mich mit ihm ausgesprochen. Jetzt ist alles wieder gut. Zumindest mit Heli. Von morgen bis Mittwoch wird Gisi bei uns sein. Mit Heli hab ich ausgemacht, dass er jetzt zwei Tage nicht anruft. Ich denke, meine Eltern können das ja gar nicht durchhalten. Ich muss jetzt immer brav sein und möglichst wenig lästig. Das gemeine ist, meine Eltern wissen genau, mit was sie mich am meisten strafen können. Ich darf mir das nicht mehr so sehr anmerken lassen. Heli und ich schaffen es länger als ein halbes Jahr, das weiß ich ganz genau, wir haben uns viel zu gern. Er hat mich heute ganz lieb in den Arm genommen und getröstet. Zu Weihnachten werde ich ihm einen Teddybären mit einer Aufschrift schenken. Nicht viel und vielleicht ein bisschen kindisch aber süss oder? Ich bin so verwirrt, ich könnte Purzelbäume schlagen. Jetzt ist bald Weihnachten, das Fest der Liebe. Ich darf heuer beim Christbaumschmücken helfen. Ich bin schon gespannt, was ich bekommen werde. Auf alle Fälle: Ich bin mehr als in den ersten Monaten in Helmut verliebt!!!

Sein Steckbrief:

Augen: blau
Haare: fast schwarz
Mund: zum Küssen schön
Figur: groß, sehr schlank, perfekt zum Knuddeln
Hobbys: Radfahren, Freunde treffen
Schlechte Angewohnheiten: rauchen, flirten

21.12.
Klaus ist gemein! Gisi und ich haben ihn gefragt ob ich zu einem Hüttenwochenende mitfahren darf. Er sagt, ich hätte genug zu lernen und ich darf nicht. Ich könnte ihn auf den Mond schießen. Mama hätte sicher „vielleicht" gesagt, aber wenn er daheim ist, hat sie nichts zu melden - nicht einmal wenn es um ihre eigene Tochter geht. Schweinerei. Unterbutterung. Am liebsten würde ich heulen, aber erstens will ich nicht schon wieder und zweitens: Was bringt's?

23.12.
Klaus ist so gemein! Gestern hat er noch gesagt, ich darf Helmut sehen, heute darf ich nicht mehr. Nächste Woche darf ich erst. Ich hab Helmut angerufen und jetzt heule ich erst recht wieder. Er hat überhaupt nicht enttäuscht geklungen, sogar irgendwie erleichtert. Jetzt habe ich ihn schon zwei Wochen nicht mehr gesehen. Er fehlt mir so. Gestern habe ich ihm den Teddy gekauft. Bald sind wir ein halbes Jahr zusammen, falls er nicht Schluss macht. Oh mein Gott, ich würde ihn sogar verstehen. Wie können Eltern nur so gemein sein? Wenn Helmut wegen Klaus mit mir Schluss macht, tu ich mir irgendwas an. Das kann er doch nicht machen! Bin ich so gemein und versuche ihn und Mama auseinander zu bringen? Er versteht meine Gefühle nicht. Er denkt, in meinem Alter kennt man noch keine Liebe, Sehnsucht, etc. Ich glaube, da wäre nicht einmal Ralf so gemein! Wieso hat Mama nichts mehr zu melden?

Das darf doch nicht wahr sein! Und für ihn gebe ich 300 Schilling aus! Wäre nicht Patrick, wäre ich über jeden Streit der beiden froh. Am liebsten wäre mir, wenn Mama mich gar nicht erst bekommen hätte, dann würde ich niemandem mehr auf den Wecker gehen und in die Quere kommen. Eines weiß ich mit Sicherheit: ich werde meinem Kind niemals Freundschaften verbieten! Nie, nie, nie! Vielleicht kann ich mit Oma reden, vielleicht hilft sie mir.

Papa, Du hast mir zwar nicht das Leben geschenkt,
aber das Leben hat mir Dich geschenkt.
Du hast mein Leben besser gemacht.
Danke, dass Du mich immer wie Deine eigenen Kinder geliebt hast.

24.12.1994
Heilig Abend. Ich hab ein neues Tagebuch bekommen. Was ich Dir abschließend sagen möchte:

♡ Mein Leben beginnt

Ich liebe das Leben
die Freiheit die Liebe
die Freunde die Sonne
das Meer Musik den Strand
die Freude Boys den Winter
den Schnee die Tiere
schlafen die Stille Geld
Klamotten Essen fortgehen
radfahren schwimmen

Na also. Jetzt hätte ich mir schon beinahe Sorgen gemacht um die kleine Jenny. Wie sie da so vor sich hin leidet und hin hasst.

Tagebuch Nr. 3 - ich werde bald 14 Jahre alt oder

Verlieben, verlieren, vergessen, verzeihen, gehören, zerstören, hassen, verlassen, unzertrennlich sein und keine Sekunde bereuen

24.12.1994

Heute habe ich Dich bekommen. Heute ist nämlich Heilig Abend. Ich habe Skischuhe, Skier, Stiefel, zwei Pullis, einen Body, Taschenrechner, 1800 Schilling, ein Kettchen mit Anhänger mit Uhrzeit und Geburtsdatum, die CD „Rock Christmas 4" und Dich bekommen. Stiefel auch. Wow, mit so viel hab ich nicht gerechnet. Ein kleiner Rückblick, damit Du auf dem Laufenden bist: Ich hab meistens Zoff mit meinen Eltern, wegen mir und meinem Freund Helmut. Ich hoffe, ich darf ihn morgen treffen, ich hab ihn nämlich wahnsinnig gern. Gisi, meine beste Freundin hat Chancen bei Mario. Ich halte ihr die Daumen. So, jetzt ab ins Bett. Küsschen, Deine Jennifer

25.12.

Heute war ich mit Heli Eislaufen, aber nur sehr kurz. Wir sind zu ihm nach Hause und waren die meiste Zeit in seinem Zimmer. Ich hab Heli dann mal gesagt, dass ich feige bin. Zuerst hat er sich nicht ausgekannt, aber beim Heimgehen hat er dann gesagt, dass das nicht feige ist, sondern zurückhaltend, und dass ich ja noch jünger bin und ihm das nichts ausmacht. Am 01.01. sind wir schon sechs Monate zusammen, das sind 185 Tage, 4440 Stunden, 266400 Minuten, 45984000 Sekunden.

Damals gab es noch keinen Google Datumsrechner 😊 Feige sein ist übrigens super! Super! Super! Super! Also, wenn es nach mir geht, kann mein kleines Mäuschen feige sein, bis sie mindestens (!) 18 ist. Mal im Ernst, mit 13, nicht ganz 14, muss man doch wirklich noch nicht wissen, wie sich so ein Lump von einem 15-jährigen anfühlt, nicht mal von außerhalb der Jeans. 😊

27.12.

Heute war ich mit Gisi Eislaufen. Zweimal hab ich eine volle Bauchlandung gemacht und einmal eine Arschlandung. Daheim hab ich dann gemerkt, dass ich mein Kettchen mit dem Anhänger von Heli verloren habe. Ich bin ins Bad gelaufen, hab alles untersucht und geweint. Ich werde morgen früh gleich zum Eislaufplatz fahren und wenn ich Glück habe, finde ich es wieder.

Ts. Ts. Ts. Immer diese vulgäre Ausdrucksweise. Die gute Nachricht: Vulgäre Menschen sind laut Studien gesünder, attraktiver, entspannter und sexier! 😎

31.12.

Oma, Onkel, Tante und Priscilla sind gestern gekommen, Oma ist geblieben, die anderen sind heute weitergefahren. Ich würde mich heute gerne volllaufen lassen, geht aber wahrscheinlich nicht. Schade. Naja, ich geh jetzt abtrocknen, das letzte Mal im Jahr 1994! Das war ein sehr, sehr schönes Jahr!

Abtrocknen. Ihr wisst schon, man duscht und muss sich danach selbst abtrocknen. Es gab es Zeiten, in denen man das auch mit Geschirr noch so ähnlich gehandhabt hat. Ja, es gab tatsächlich Zeiten, da hatten wir noch keinen Geschirrspüler. Da musste man das schmutzige Geschirr zuerst per Hand (!) abwaschen und dann auch noch per Hand (!) abtrocknen und wegräumen. Bevor das nicht erledigt war, durfte man nicht Fortgehen. Das waren noch Zeiten. Nicht unbedingt die „guten" von den „alten" 😎

01.01.1995

Von gestern auf heute war ich mit Papa und Mama auf einer Silvesterparty beim Gasthaus Schnürer. Heli hab ich nur kurz gesehen, er war von ein paar Radlern und einem Glühwein schon ganz schön betrunken. Ich selbst hatte sechs Glühwein und drei Gläser Sekt. Ich bin mir nicht sicher, ob ich beschwipst bin oder nicht. Das Feuerwerk war total schön. Ich hoffe für Irene, die auch oben war, wird dieses Jahr besser und ich hoffe Gisi und Jörg sind in diesem Moment wieder zusammen. Ich habe Schluckauf und mein Schädel brummt. Es ist jetzt 02:00 früh. Heute werde ich bis Mittag schlafen und am Nachmittag würde ich Heli gerne treffen. Ich hoffe, dass sich Gisi mal aus Salzburg, von ihrem Hüttenausflug, zu dem ich ja nicht mit durfte, meldet. Udo P., der auch bei der Silvesterfeier dabei war, lädt mich demnächst auf ein Getränk ein. Helmut hat gestern übrigens zugegeben, dass er zu feige wäre, um Kondome zu kaufen und auch zu feige wäre, um mit einem Mädchen zu schlafen. Das kann ruhig noch lange so bleiben!

Ganz, ganz lange...ihr wisst schon: bis 18 mindestens

01.01. - etwas später:
Meine Eltern sind, wie schon so oft, gemein. Heli war hier, wir haben geknutscht. Patrick wurde dann ins Bett gebracht und weil er noch geweint hat, bin ich zu ihm rüber und hab ihn getröstet. Dann bin ich zurück und habe Heli gerade einen Schmatzer raufgedrückt, als Mama in der Tür steht und fragt, ob wir Hunger haben. Jetzt ist Heli weg und ich habe gefragt, was wir uns heute noch im Fernsehen anschauen und Papa sagt: „Du gar nichts" - weil ich zu fertig bin, weil ich nicht mit spazieren ging und nicht mit ihnen gejausnet habe. Deshalb muss ich jetzt schlafen gehen. Mir wurscht, ich bin sowieso müde. Gisi hat wahrscheinlich mit Mareike noch die größte Gaudi. Ach, ein Himmelreich für ihre Eltern!

Wie fies. Wie poetisch.

06.01.95
Gestern Abend war ich mit Gisi bei einer Schneedisco beim Reiterbauer - ein Skilift bei uns in der Nähe. Mario, Marios Bruder Heli, Hansi, Olli, und Sebi waren auch da. Wir hatten alle voll die

Gaudi. Heute war ich dann mit Gisi, Kathi und Mareike am Eislaufplatz. Mein Heli war total abweisend. Dafür waren M.Sch. und Olli extrem lieb heute. Heli hat mich dann nach Hause begleitet, nachdem Kathi es ihm mehr oder weniger aufgeschwatzt hat. Er hat mich dann begleitet und mir gesagt, dass er sich gestern mit einer anderen verabredet hat. Er hat gesagt, dass es ein Fehler war und dass es ihm angeblich leid tut. Er sagte auch, dass seine Freunde ihn hindern würden, dass er mit mir Schluss macht. Was würde das bringen, wenn er sich in eine andere verknallt hat?! Manchmal würde ich auch gerne wissen, was ihm wichtiger wäre, würde ich ihn vor die Wahl stellen: Zigaretten oder ich. Ich möchte das Risiko jedenfalls nicht eingehen. Alles ganz schön enttäuschend. Naja, wir werden sehen, wie es weitergeht…

09.01.
Heli hat mich gestern sehr enttäuscht. Die „andere" hat ihn gefragt, ob er mit ihr gehen will und er hat „ja, ja" zu ihr gesagt. Das hat jetzt zwar noch ein paar mehr Hintergründe, aber die will ich gerade nicht aufwärmen. Er hat mir versichert, dass er nur mich mag. Ich will ihm glauben, aber Vertrauen fassen geht so recht schwer. Wie auch immer. Ich lerne jetzt noch ein bisschen für die Schule. Schadet sicherlich nicht.

Mädchen, Mädchen, Mädchen. Hast Du denn keinen Funken Selbstwert? Da kann man nur den Kopf schütteln. Und am besten gleich das ganze Mädchen dazu. Wann ist das passiert? Warum ist das passiert? Warum um Himmels Willen lässt Du Dir so etwas gefallen? Warum tolerierst Du so ein Verhalten Dir gegenüber? Und die noch wichtigere Frage jetzt an Dich, liebes großes Mädchen - hast DU Deinen wahren Wert wenigstens spätestens nach der Pubertät gefunden??? Da sind wir ja im Ausnahmezustand und müssen manchmal mit uns selbst ein Auge zudrücken. Aber mit 20+ zählt diese Ausrede nicht mehr. 🌑 Also, kannst Du mir offen, aufrichtig, ehrlich, geradeaus in die Augen blicken und mir sagen:

„Ich bin eine wertvolle Frau"? Ohne Pokerface. Ohne Maske. Aus vollem Herzen. Ohne ziehen in der Herzgegend. Mich beschleicht das dunkle Gefühl, dass der Großteil von uns noch daran arbeiten darf. 😊

Du bist es wert, geliebt zu werden!
Vor allem von Dir selbst!

09.01. - etwas später

Wieso sind meine Eltern so verdammt streng? Ich sitze in einer Zwickmühle, aus der ich nicht rauskomme - meinen Eltern. Manchmal wäre mir lieber, sie würden sich nicht so viel aus mir machen. Alle dürfen bis 18:00 - 20:00 - 21:00 oder später wegbleiben, nur ich muss um 17:30 zuhause sein. Ich hasse sie, ich hasse sie, ich hasse sie. Sie verhauen mir ALLES.

„ALLES" nämlich. So hat sich das damals angefühlt. Es ist schon spannend, was man alles vergisst. Wenn ich meine Gefühle von damals außer Acht lasse, dann muss ich ehrlich eingestehen, dass ich es meinen Oldies gar nicht mehr übel nehme, dass sie so streng waren. Ganz im Gegenteil sogar. Streng sein ist ok. Grenzen setzen ist auch ok. Wobei ich denke, dass es auch ein bisschen aufs Kind drauf ankommt. Da gibt es die von Haus aus recht vernünftigen - so wie mich (😇), die so eine extrem strenge Hand nicht unbedingt brauchen würden, und trotzdem nicht komplett aus dem Ufer laufen würden. Dann gibt es sicherlich die Sorte, denen es bei Gott nicht geschadet hätte, inklusive einer gesunden „Watschen", die in den 80er und 90er Jahren noch zum ganz normalen Erziehungswahnsinn gezählt hat. 😬 Heutzutage darf man das gar nicht mehr denken, geschweige denn laut sagen. Ihr wisst ja, wie ich das meine und vor allem, welche Kinder von damals ich damit meine - nicht wahr? 😊😊

Ich habe sogar mal mit einer ganz lieben Sozialpädagogin, einer ehemals guten Freundin, über das Strengsein gesprochen, weil ich mir Sorgen machte, ob mein Göttergatte und ich nicht zu streng wären mit unserem Junior. Sie hat mir meine Sorgen zum Glück genommen.

Es wäre schön, wenn ich das jetzt bei der einen oder anderen von Euch auch schaffen würde. Sie meinte: „Schau Dir Dein Kind einfach mal an. Beobachte es. Es ist fröhlich, es ist offen, es ist freundlich, es ist glücklich. Kinder brauchen Regeln und Grenzen." Dann hat sie mir von einem Beispiel einer Familie erzählt, in der es keine Grenzen gab... in welcher der Bub ständig verhätschelt wurde. Es waren immer die Klassenkollegen schuld, dann die Lehrer, Klassenwechsel, bis hin zum Schulwechsel. Dem Kind wurde immer die Stange gehalten, einfach nie durchgegriffen - bis zu dem Tag, an dem das Kind etwas nicht durfte und deshalb mit dem Messer auf die Mama losging - so dass sie sich im Bad verbarrikadieren musste, weil sie für ihr ach so liebes Schätzchen nicht die Hand ins Feuer gelegt hätte. Tragisch. Traurig. Total schlimm, oder? Dann besser einmal zu streng und vom Kind verflucht und gehasst werden als später dann das große Malheur. Das „Eltern-hassen" dauert meistens nur 10 Minuten, maximal eine Stunde.

Auf die brave Jenny bezogen, hätten die Oldies ruhig etwas weniger streng sein können. Behaupte ich jetzt einfach mal so. Gisis Eltern waren schließlich auch weitaus entspannter und aus ihr ist auch etwas geworden, wobei ihr großer und älterer Bruder sicher einen Anteil mitgetragen hat. Erste Kinder und Mädchen noch dazu, sind halt ein sehr spezielles Thema. Nichtsdestotrotz, es hat schon so gepasst wie es war. Mit dem Wissen von heute, glaube ich, sie konnten einfach nicht aus ihrer Haut. Auch nicht, wenn sie gewollt hätten. Beide hatten ihre Geschichte, die sie geprägt hatte. Ich bin mir sicher, sie haben ihr absolut Bestes gegeben, was ihnen möglich war. Was die Mama betrifft, schätze ich, sie hatte ganz schön Schiss. Ich habe sie zwar nicht danach gefragt, aber wisst ihr, sie hat mich mit 17 Jahren bekommen! 17! Und dann kommt ihr noch nicht einmal 14-jähriges Mädchen daher und ist verliebt. In einen zwei Jahre älteren Jungen, der vielleicht schon eine Flause mehr im Kopf hat oder noch schlimmer, einen Stock tiefer. Das blöde als Elternteil ist: Man kann nicht hineinschauen in den Kopf der Teenager-Tochter. Ist die jetzt tatsächlich brav oder tut sie nur so? Und dann fällt einem ein, wie man selber war. Oder wie die Jungs damals waren. Ich weiß gar nicht, wie früh ich schon aufgeklärt wurde, auf alle Fälle definitiv früh genug.

Ich glaube, ich wusste schon alles über's Baby-kriegen, gerade dass ich wusste, dass es einen Unterschied zwischen Männchen und Weibchen gibt. Naja, etwas überspitzt formuliert, möglicherweise. 😁 Aus der Sicht einer Mama würde ICH meinem Mädchen in so einer Situation einen Keuschheitsgürtel anlegen. 🐷

17.01.1995

Ich habe mir meine Haare abschneiden lassen. Gisi auch. Am Sonntag ist Helmut Skikurs gefahren. Er hat gesagt, er fängt dort nichts an und falls doch was sein sollte, würde er es mir sagen. Und dann? Soll ich dann Schluss machen? Wäre nämlich wahnsinnig gemein von ihm und nicht das erste Mal. Scheinbar mag Udo P. mich. Er hat angeblich gesagt, wenn zwischen Helmut und mir nichts mehr ist, würde er mich fragen. Angenommen es wäre so, ich weiß nicht, was ich sagen würde. Eher ja. Ok, ich bin gemein, noch bin ich ja mit Helmut zusammen, aber ich weiß einfach nicht so recht. Naja, wir werden sehen, wie es beim Skikurs war, und dann kann ich mich ja immer noch entscheiden.

Könnt ihr Euch noch daran erinnern bzw. habt ihr das auch gemacht? Gemeinsam mit der besten Freundin Haare schneiden? Die gleiche Frisur?! An der Freundin sieht's super süß aus und an Dir selbst super scheiße? 🙈🙉

Toll. Diesen Moment werde ich nie vergessen. Gisi und ich - wir hatten beide echt lange, gesunde Haare. Nicht ganz arschlang, oder ein kleines bisschen süßer formuliert - nicht ganz bis zum Popo. Statt uns dem Unterrichtsbuch zu widmen, haben wir regelmäßig unsere Haarspitzen studiert und notfalls mit der Schere ein bisschen Spliss weggeschnitten. Hm, da frag ich mich doch gerade, haben das die Lehrer eigentlich nicht gesehen oder nicht sehen wollen? Na egal, auf alle Fälle, Gisi in blond, ich in braun, sie ohne Stirnfransen, ich mit.

Das ging bis zu dem Tag, an dem wir gemeinsam zum "Struwwelpeter" gingen, sich meine herzallerliebste Gisi die Haare soooo gerne schneiden lassen wollte, sich aber alleine nicht getraut hat. Was macht man also als einzig wahre beste Freundin? Logisch, zur seelischen Unterstützung auch die Haare abschneiden. Natürlich. Was sonst.

Mama hatte ich gesagt, ich würde zum Spitzen schneiden gehen. Die hat dann beinahe der Schlag getroffen, als ich mit nur mehr kinnlangen Haaren nach Hause kam. Die Jungs am Eislaufplatz haben sich halb krummgelacht, als Gisi und ich im Partnerlook anmarschiert sind. Ich persönlich finde es bezaubernd, wie tief wahre Freundschaft gehen kann.

Man sollte nicht traurig sein, wenn etwas vorbei ist, ganz im Gegenteil, man sollte glücklich darüber sein, was man hatte. Das meine ich zu 100% so, aber wenn ich jetzt so in mich hineinspüre...diese Freundschaft damals war schon etwas ganz, ganz Besonderes. Wir waren so absolut unverfälscht, so echt, so leicht, so unbefangen, so einfach wir. Wir sind teilweise stundenlang am Boden in unseren Zimmern „herumgewalgen" (**Walgen**, *verb.* welches hin und her rollen bedeutet), haben Musik gehört, haben über Gott und die Welt geschnattert ohne darüber nachzudenken, wie wir unsere Worte wählen, damit der andere sie nur ja nicht falsch versteht und wir haben gelacht. Was haben wir gelacht. Einfach nur so. Ohne Grund. Wir waren einfach nur wir. Wann warst Du das letzte Mal einfach nur DU?

Du bist wundervoll, einzigartig,
etwas ganz besonderes,
unbeschreiblich, fantastisch,
unglaublich perfekt, so wie Du bist!

Hast Du Dich das schon mal gefragt? Wann hast Du das letzte Mal in Deinem "Erwachsenenleben" jemanden kennengelernt bei dem Du von Anfang an immer nur DU warst? Ohne Dich auch nur eine Sekunde zu verstellen? Ohne Maske? Ohne etwas von Dir zu verstecken? Ohne zu überlegen, was oder wie oder worüber Du mit diesem Menschen sprichst? Wann hast Du das letzte Mal jemanden angelächelt oder angesprochen - einfach nur so, weil Dir dieser Mensch sympathisch war? Oder, und jetzt halte Dich fest, wann hast Du das letzte Mal aus vollem Herzen so richtig mit jemandem gemeinsam gelacht? So, dass Dir vor lauter Lachen die Tränen runtergekullert sind und Du Bauchweh bekommen hast? Wann hast Du Dich das letzte Mal vor jemandem "nackig" gemacht?? Dein Herz geöffnet, Schwächen eingestanden oder einfach nur zwecks einem "Hoppala" über Dich bzw. mit Dir selbst lachen können???

Ist es nicht wahnsinnig traurig und beinahe bestürzend, dass wir im Laufe des Lebens vergessen, wie wundervoll wir in Wahrheit sind? Verlernen, wie perfekt und fantastisch wir sind? Nicht mehr daran glauben können, dass uns irgendjemand auf dieser Welt genau so braucht, wie wir gerade sind?

Wenn es doch nur so einfach wäre... Ja, ich weiß, wir machen uns dezent ins Höschen bei dem Gedanken, mal wieder wir selbst zu sein. So echt und unverfälscht und leicht und wertfrei wie damals mit unseren süßen 12, 13, 14 Jahren. Was könnten bloß die anderen denken, was könnten sie sagen? Werden sie mich mögen? Finden sie mich lieb? Finden sie mich lustig? Finden sie mich hübsch? Was denken sie über mich? Lächeln sie zurück oder weisen sie mich ab? Ja, wir haben alle Angst davor, verletzt zu werden, ausgelacht zu werden, ausgeschlossen zu werden, nicht "dazuzugehören". Ich bin doch selbst immer noch mittendrin in diesem gelebten Gesellschaftswahnsinn, aber es gelingt mir immer öfter und immer länger "auszubrechen". Juhuiiiii! 🐚 Ich schwöre Euch, es ist absolut genial. Nachdem ich sicher auch schon mindestens 20 Jahre in der Rolle des Mädchens stecke, das anderen gefallen will, das von anderen gemocht werden will, das dazugehören will, das nicht anecken will, und der ganze „Schmuh", der da dazugehört, muss ich mich selbst immer wieder austricksen. 🐵🙈

Der Trick geht so: (fast) jedes Mal wenn ich neue Menschen kennenlerne und merke, dass ich aus dieser ewigen Gewohnheit heraus meine vielgeliebte Maske aufsetzen möchte, frag ich mich ganz einfach: BRAUCHE ich diesen Menschen in meinem Leben, wenn er oder sie mich nicht so mag wie ich wirklich bin? MUSS ich ihr oder ihm gefallen? MUSS sie oder er mich mögen? Fehlt mir etwas in meinem Leben, wenn dieser Mensch den Weg privat oder beruflich nicht mit mir weitergeht? Und die Antwort ist jedesmal NEIN. Ein klares Nein. Mensch, ja, ok, manchmal ist die Antwort ein: "wäre schade, wenn nicht", aber dann beruht das meistens auch auf Gegenseitigkeit. Probiere es doch mal aus. Öffne Dich, öffne Dein Herz, steh zu Dir.

Ich habe erst vor kurzem ein Buch gelesen ("Why not" - von Lars Amend). Einer der Gedanken darin war für mich soooo überwältigend, und deshalb möchte ich ihn Dir mitgeben und hoffe, dass er Dich durch all Deine Selbstzweifel trägt und Dich stützt und stärkt und immer daran erinnert, wie wichtig es ist, DU zu sein und DU zu bleiben - in all Deinen Varianten und Farben und Stimmungen, mit allen Ecken und Kanten, Rundungen, Entwicklungen und Nicht-Entwicklungen! Das volle Programm DU eben! 😊

> "Ist es nicht unglaublich, dass das gleiche Universum,
> das Meere und Berge und Wälder
> und Flüsse und Blumen und Stern
> und Galaxien erschaffen hat, der Meinung war,
> dass diese Welt auch jemanden wie DICH braucht?"

20.01.

Helmut kommt morgen wieder nach Hause. Bin gespannt was er mir zu sagen hat. Ich hoffe für ihn - sonst ist er einen Kopf kürzer - und für mich, dass er nichts angestellt hat. Ich bin total wütend auf ihn und weiß nicht einmal so recht wieso. Berti A. haben wir jetzt auch mal getroffen. Er ist total lieb. Leider klein und jung. Da fällt mir ein, ich darf nicht vergessen, Jörg zu fragen, was er täte, wenn die Gisi etwas täte, was sie normalerweise nur täte, wenn sie noch zusammen wären. Kompliziert. Ich geh jetzt erst mal Eislaufen.

Warum wütend. Da hätte ich eine Erklärung dafür. *Ähäm*. Mir fehlen die Worte.

28.01.

Ich habe Jörg gefragt, aber er meinte „nichts", weil er eine Freundin hat. Heli hab ich am Samstag getroffen. Wir haben uns gestritten, weil ich so misstrauisch bin. Heute gehen wir zur KJ-Party. Bin schon gespannt wie es wird.

28.01. - etwas später

KJ-Party war ein voller Erfolg. Gisi ist wieder mit Jörg zusammen. Sie hatte heute ihren ersten Zungenkuss. Sie ist voll happy, und ich freu mich für sie mit. Morgen gehen wir wieder alle eislaufen.

Mhm. Katholische Jugend - Party. Sehr religiös. Major Tom '94. Peter Schilling. Wort für Wort. Volle Lautstärke. Bis zur Heiserkeit. Das Gefühl der Schwerelosigkeit. Unbekümmert durch die Nacht tanzen und singen. Sich treiben lassen. Glücklich sein. Leicht sein.

Völlig losgelöst
von der Erde
schwebt das Raumschiff
völlig schwereloooooooooooooos

03.02.

Meine liebe Gisi hat gestern mit Jörg Schluss gemacht, weil er immer noch mit einer Carmen gegangen ist. Und ich habe mal wieder Hausarrest. Dafür hat Heli mich heute von der Schule abgeholt. Scheiße, ich weiß nicht mehr ein noch aus. Am liebsten würde ich von Zuhause abhauen. Sie tyrannisieren mich. Ich komm mir vor wie in einem Gefängnis. Wäre nicht die Schule, Heli, Gisi und mein kleiner Bruder Patrick, ich wüsste nicht, was ich tun würde. Wenn es so weitergeht, hau ich vielleicht in den Ferien ab. Ich wüsste auch wohin. Ich mag mit niemandem darüber reden, weil sowieso schon alle meine Eltern für „deppat" erklären. Das sind doch keine Zustände. So kann das doch nicht weitergehen. Manchmal würde ich auch gerne in den Hungerstreik treten, aber dann darf ich erst recht nichts mehr machen. Ich habe Glück, dass ich meinen Ärger nicht mit Zigaretten abdampfen muss. Wenn ich nicht den festen Willen hätte, würde ich wahrscheinlich zu rauchen anfangen. Ich hatte schon eine halbe Marlboro und eine HB - aber nie wieder. Ach Gott, wieso kann meine Teenagerzeit nicht auch so schön sein wie das von Gisi, Kathi, usw.? Was habe ich meinen Eltern getan? Eines weiß ich, wenn sie es mit Patrick einmal gleich machen, dann werde ich ihm helfen, so gut es nur geht.

Wollten wir nicht alle irgendwann mal von Zuhause weglaufen? Und wenn es nur für ein paar Stunden gewesen wäre? Ach. Ich glaube irgendwann sind wohl alle Eltern „gemein". Und dabei doch nur, weil sie uns lieben und das Beste für uns wollen. Gar nicht so einfach, das zu erkennen, wenn man sich gerade selbst finden will. Ich schimpfe mit meinen Kindern, manchmal auch laut, manchmal inklusive einem echten Brüller. Ihr wisst schon: bellende Hunde beißen nicht. Auf jeden Fall hat mich mein Kleiner mal gefragt: „Mama, warum schimpfst Du eigentlich mit mir?" Und während mir diese kleine Frage fast mein Herz gebrochen hätte, weil so viel Traurigkeit daraus gesprochen hat, habe ich darüber nachgedacht. Warum schimpfen Eltern? Mal abgesehen davon, dass zum Ende der Nerven die Kinder meistens noch wach sind. Würde ich mit den kleinen Schätzen schimpfen, wenn sie mir egal wären? Regt Dich jemand auf, der Dir egal ist? Siehst Du, mich auch nicht. Ich habe meinem Spatz dann erklärt, dass ich / wir nur schimpfen, WEIL wir sie so sehr lieben. Weil wir das Beste für sie wollen. Das Allerbeste. Nebenbei bemerkt, habe ich das so überzeugend vermittelt, dass mein Kleiner jetzt manchmal sagt: Danke Mama, dass Du mit mir schimpfst, denn dann wird mal was aus mir. 🙈🙉

Fester Wille: Du bist stark, wenn Du etwas wirklich willst. Und ihr kennt doch sicher alle den Spruch:

Wo ein Wille ist,
ist auch ein Weg!

05.02.95

Am Samstag hab ich Helmut von 04:30 bis 05:45 getroffen. Ich hab mich heimlich weggeschlichen von daheim. Wir waren in der Garage seiner Eltern, haben uns ins Auto gesetzt, gequatscht und geküsst! Am Sonntag wollten wir uns um 03:00 wieder treffen, aber er scheint mich vergessen zu haben. Bin dann nach einer halben Stunde wieder nach Hause gefahren, und während der Heimfahrt ging mein Rad kaputt. Deshalb musste ich dann das Rad schieben. Er hat sich bis jetzt noch nicht einmal entschuldigt! Ich habe jetzt eine Wut auf ihn. Gisi würde ich auch gerne wiedersehen. Sie fehlt mir total, obwohl ich sie in der Schule sehe. Das ist aber nicht das Gleiche. Meine Eltern machen mich voll fertig. Wie komm ich da nur raus? Ich muss doch wohl nicht warten, bis ich 18 bin?

Wer sein Rad liebt - schiebt. Scherz beiseite: Gefährlich, gefährlich, gefährlich. Verdammt gefährlich. Überlegen darf man da nicht. Auch nicht im Nachhinein. Was da alles passieren hätte können. 💀 War das jugendlicher Leichtsinn? Wahnsinn? Dummheit? Übermut? Die Grenze zwischen Mut und Dummheit ist ja bekanntlich sehr schmal. Egal wie alt man ist. Oder war es damals pure Verzweiflung? Verliebt sein? So eine Geschichte wie die von Romeo und Julia, nur ein bisschen anders und nicht ganz so dramatisch? 😐 Jetzt mal im Ernst, das war mit dem Rad eine Strecke von ca. 15 Minuten. Gar nicht auszumalen, wenn ich z.B. gestürzt wäre, wenn mich wer mit dem Auto überfahren hätte oder wenn ich in kriminelle Hände geraten wäre. Wenn Du Mama bist und Dir vorstellst, Du wirst mitten in der Nacht von der Polizei oder wem auch immer geweckt, Dein Kind sei im Krankenhaus und Du läufst ins Zimmer weil Du davon ausgehst, dass es sich nur um einen Irrtum handeln kann, dass Dein Kind wohl behütet in seinem Bett schläft und sich in diesem Moment herausstellt, dass es kein Missverständnis ist - würdest Du jemals wieder in Ruhe schlafen können??? Würdest Du Dir Vorwürfe machen? Oder dem Kind? Oder wärst Du einfach nur froh, dass „nichts Schlimmeres" passiert ist? Lieber Teenie, falls Du gerade Deine süße Teenie-Nase in dieses Buch steckst, weil es Dich interessiert, wie man manche Dinge als ältere Ausgabe Deines jungen Ichs sehen könnte: MACH SO ETWAS NIEMALS! 1000 Ausrufezeichen! Komm bloß nicht auf dumme Gedanken!

Finde bitte eine andere Lösung! Vertrau mir bitte: es gibt sie! Selbst wenn ich sie damals nicht gefunden habe: Du bist klug, stark und mutig und findest ganz bestimmt einen anderen Weg!!! Mal abgesehen davon: wenn schon, denn schon blöde Ideen, dann sollte Bitteschön der Junge zu Dir kommen. Ich mein ja nur... 😇😏

An die ganz strengen Mamas da draußen, versucht doch Euren Kindern ein bisschen mehr zu vertrauen. Sprecht mit ihnen - über Eure Sorgen, Eure Befürchtungen, Eure Beweggründe, Eure Ängste. Eure Kinder dürfen wissen, dass Ihr auch nicht alles wisst, und Ihr die Weisheit auch nicht mit dem Löffel gefressen habt. Fast immer lassen sich schöne Kompromisse für beide Seiten finden - die dann unter Umständen nicht ganz so riskant sind. Genau betrachtet, vielleicht sollten wir Mamas wirklich manchmal ein X für ein U durchgehen lassen und fünf Gerade sein lassen. Einfach nur, weil unsere Schätze zu 99,9% eh selbst spüren, wissen und draufkommen, was richtig und was falsch ist. Wenn ihr sie in den ersten 10 Jahren einigermaßen gut gefestigt habt, ihnen gute Werte mitgegeben habt, ihnen ein gutes Vorbild wart und seid, dann braucht ihr wirklich keine Angst haben. Ausnahmen bestätigen die Regel. Ich habe zwar noch leicht reden, weil ich noch nicht in dieser Situation bin, aber wenn, möchte ich mir diesen schönen Gedanken immer vor Augen halten:

Solange Kinder klein sind,
gib ihnen tiefe Wurzeln.
wenn sie älter geworden sind,
gib ihnen Flügel.

07.02.

Heute war ich mit Gisi und Mareike im JUZ (Jugendzentrum) und im TC (Terrassencafé). Heute ist mir so richtig aufgefallen, wie viele Verehrer Gisi hat. Seit heute hat sie wieder einen Freund - Marc U. - irgendwie beneide ich Gisi, nur in Sachen Freund nicht, ich denke, wir haben beide tolle Typen.

12.02.

Gestern war Faschingsparty im JUZ — eher langweilig. Heute war ich zuerst Tischtennis spielen und dann mit Heli spazieren. Wir waren im alten Kino. Schaut schlimm aus da - überall liegen die Trümmer herum. Heute hätte ich mich in der Früh wieder mit Heli verabredet, aber ich dumme Kuh muss ja verschlafen. Genau, letztens hat mein Liebling mich nicht vergessen, sondern einen anderen Zeitpunkt genommen. In der Garage sind wir am Montag etwas weiter als sonst gegangen und haben ein bisschen gefummelt. Im Zeugnis bekomme ich keinen einzigen Dreier! Mehr Freiheiten habe ich aber trotzdem nicht. Tja, was soll's, solange ich Freunde habe, die zu mir stehen, egal was ist, ist mir das egal.

Na also, dann wäre ja alles geklärt!

17.02.95

Wir haben heute Zeugnis bekommen. Ferien! Hört sich spitze an, aber nicht für mich! Ich habe einen Monat Hausarrest! Ich hoffe bloß, dass sie das nicht einhalten! Ich bin so blöd, dass es blöder gar nicht geht. Ich habe mir in die Hand ein kleines Herz eingeritzt und meine Eltern haben es gesehen. Ich habe sicher seit zwei Jahren oder so keine Watsche mehr bekommen, aber diesmal bin ich wohl zu weit gegangen. Sie sind total enttäuscht von mir. Was sie mit Hausarrest bezwecken wollen, verstehe ich nicht, denn rückgängig kann ich es sowieso nicht mehr machen. Ehrlich gesagt, wenn sie mich nicht dafür bestraft hätten, ich würde es nicht einmal bereuen. Helmut hat gesagt, dass er zu mir hält, egal was ist. Ich werde mich heute bei ihm bedanken. Papa sagt, ich hätte einmal gesagt, sie könnten mich mit nichts mehr bestrafen als mit Helmut-Entzug und sagt, dass er das nicht einsieht, dass ich mit 13 Jahren schon so denke und noch mehr so Scheiß halt. Ich hab seit Mittwoch ca. drei Stunden geweint. Womit verdiene ich Gisi, Heli und alle meine anderen guten Freunde? Warum hab ausgerechnet ich so ein Pech und werde fast immer bei allem erwischt? Gut, ich vergönne es sonst auch niemandem, aber trotzdem. Fragen über Fragen und keine Antworten. Ich hoffe, ich kann meine Traurigkeit überspielen oder vergessen. Sonst vertreibe ich mir noch alle Freunde. Gisi ist sowieso schon mehr mit Leni zusammen. Manchmal haut das mit der guten Stimmung bei mir eben nicht so hin, aber dass sie mich deshalb jetzt allein lässt? Vielleicht ist es ja nach den Ferien wieder besser. Ich hab so viel Angst, alle meine Freunde zu verlieren!

„Gimme more drama, Baby!"

18.02.

Helmut wurde in der Nacht erwischt und seine Eltern sind stocksauer. Hoffentlich erzählen sie es nicht meinen Eltern. Jetzt habe ich Hausarrest und er auch. Hoffentlich wollen uns seine Eltern jetzt nicht auch noch auseinanderbringen.

19.02.

Meine Eltern streiten. Helmuts Eltern denken, dass er spazieren war, er hat zum Glück nichts von mir erzählt. Gisi ist krank, kann deshalb nicht zu mir kommen, aber zur Geburtstagsfeier von Marc kann sie schon gehen. Tja, was soll's. Mama meinte, ich soll die Koffer packen. Hoffentlich wird alles wieder gut. Nicht für mich, sondern für Patrick.

Habt ihr auch diese "eine" Freundin, die "nie" Zeit hat???

Die wie es scheint für alles und jeden Zeit hat, nur für Dich irgendwie nicht??? Die Du so gerne treffen möchtest, weil Du sie wirklich von Herzen magst, aber irgendwie ein schlechter Stern über Euren Treffen steht???

Ich sag nur „Prioritätensetzung". Sie zieht sich wie es scheint, durchs ganze Leben. Beginnt wie es aussieht bereits im Teenageralter und schließt niemanden, absolut niemanden auf der ganzen großen Welt aus! Jaaaaaa gö, das will man nicht hören und noch weniger wahrhaben? 🐵

No, na, natürlich ist es einfacher, die Freundin dafür zu „verurteilen" nie Zeit zu haben, auf sie sauer zu sein, von ihr enttäuscht zu sein, ihr Vorwürfe zu machen und an sie Erwartungen zu haben. Interessant ist nur, wenn diese Freundin, der man da leicht und gerne Vorwürfe macht, dann einmal Zeit hat, dann passt es, wie der Teufel es oft haben will, bei Dir gerade nicht.

Dann „musst" Du genau an diesem Tag einkaufen, „musst" endlich einmal putzen, weil Du es eh schon so lange aufgeschoben hast, „musst" die Kinder zum Fußballtraining bringen, hast schon eine andere Verabredung, „musst" im Garten arbeiten, dem Partner den Buckel wischen oder Du „musst" auf der Couch bleiben, weil du so froh bist, endlich einmal nichts zu tun. Ach so, und wenn Sonntag ist, dann müsstest Du vor die Tür und Dich anziehen - was möglicherweise Deine komplette Routine und in Folge Deinen Sonntag zerstören könnte. Oder hat Deine Freundin erst abends Zeit - nach 19:00??? Oh mein Gott, wo denkt sie hin!! Du musst doch auch schlafen. Immerhin musst Du am nächsten Tag wieder arbeiten und brauchst Deinen Schönheitsschlaf. Der geht nun mal vor. Mal abgesehen davon, dass Essengehen nach 19:00 bei Dir sowieso nicht drin ist. Ich sag nur Kohlehydrate oder Kalorien - die kleinen Viecherl, die über Nacht die Kleidung enger nähen! Nein, nein, das geht nun mal wirklich nicht.

Also schlägst Du Deiner Freundin einen anderen Tag vor, an dem es dann aber leider, leider bei der Freundin wieder nicht geht, weil sie ausgerechnet an diesem Tag ihrem Hund versprochen hat, ihn zu streicheln... 🐶🐶 ...oder das oder das oder das tun „muss"... (Oder wie in meinem Fall, man sich seine Selbstständigkeit aufbauen möchte und bekannterweise von nichts ja nichts kommt.)

Tja, und dann postest Du ganz traurig und enttäuscht auf Facebook oder sonst irgendwo kluge Sprüchlein, fühlst Dich total vernachlässigt und im Stich gelassen von Deiner Freundin und der Welt.

> "Keine Zeit ist keine Tatsache, sondern Deine Entscheidung!
> Zeit hat man nicht.
> Die nimmt man sich für das was einem wichtig ist."

Ach, was sind wir alle scheinheilig. Inklusive mir.

In Wahrheit können wir diese Bilder auf unseren Profilen hin und her posten und jeder von uns wird Recht behalten. Du bist im Recht.

Deine Freundin aber auch. Diese Diskussion ist endlos. Die Frage ist, was willst Du? Was ist Dir wichtiger? Recht behalten oder Deine Freundin?

Am besten wäre es, wenn sich jeder mal selbst an der Nase packt. Vor seiner eigenen Türe kehrt. Weil es uns genau betrachtet allen gleich geht!!!

Diesen Gedanken noch ein bisschen weiter gesponnen, würde es uns viel mehr bringen, uns gegenseitig zu verstehen, uns zu unterstützen, anstatt uns gegenseitig Vorwürfe zu machen. Die wenige Zeit, in der wir es dann schaffen, zwischen Arbeit, Familie, Hobbys und Schlaf uns doch einmal zu treffen, können wir dann einfach unbeschwert genießen, es uns gut gehen lassen und unsere Freundschaft immer wieder hochleben lassen. Hand aufs Herz: in einer echten Freundschaft weißt Du ja sowieso, dass Du Tag und Nacht vor der Türe stehen könntest und mit offenen Armen aufgenommen werden würdest. Auch wenn die Wäsche oder die Kinder dann mal warten müssen. 🌍 Denn: nicht täglicher Kontakt, sondern die Gewissheit, dass man sich aufeinander verlassen kann, macht eine wahre Freundschaft aus.

26.02.

Ich dachte nie, dass man seine eigene Mutter so hassen kann. Ich finde dieses Gefühl erschreckend. Aber ja, ich hasse meine Mutter. Ich bin so enttäuscht. Ich glaube in den Osterferien hau ich ab. Ich weiß nicht wohin, aber ich muss weg! Vielleicht fahr ich mit dem Zug zu meiner Oma. Sie kann mich ja nicht draußen stehenlassen. Sonst geh ich zum Onkel, aber der hat ja selbst genug Probleme. Ich weiß nicht mehr ein noch aus. Warum hilft mir keiner? Was soll ich tun? Ich dreh durch! Bitte, ich muss hier weg. Ich schaffe es nicht mehr. Ich kann doch aber Patrick nicht im Stich lassen! Hilf mir doch wer! Ich war noch nie in einer so schlechten Verfassung!

An dieser Stelle möchte festhalten, dass ich meine Mama sehr liebe. Und dass wir Arsch und Hose waren - zumindest bis sie weggezogen ist. Beste Freundin. Liebste Wegbegleiterin. Wohlfühlmensch. Auswege-Aufzeigerin. An-mich-Glauberin. Vertraute in dunklen und in hellen Stunden. Grenzensetzerin. Unterstützerin. Mama, der vielleicht einzige Mensch auf der ganzen weiten Welt, der einen immer liebt, egal wie man sich benimmt, wie man aussieht, was man macht oder lässt. Eine Mama ist der einzige Mensch auf der Welt, der dich schon liebt, bevor er Dich kennt und dann später, OBWOHL er Dich kennt.

Sollte sich das an dieser Stelle für Dich nicht stimmig anfühlen, möchte ich Dir gerne einen Gedanken mitgeben, der Dein Herz ein kleines Stück heilen kann:

Mama, ich achte und ehre Dich dafür,
dass Du mir mein Leben geschenkt hast.
Heute als Erwachsene weiß ich,
dass Du damit Deinen Auftrag erfüllt hast und
danke Dir, denn ich liebe es am Leben zu sein.

28.02.

Ich bin wieder einigermaßen in Ordnung. Heute durfte ich sogar in die Stadt. Helmut hab ich auch gesehen. Es ist so komisch, wenn ich mit ihm zusammen bin, bin ich irgendwie glücklich, aber kaum sehe ich ihn eine Zeit lang nicht, denke ich übers Schlussmachen nach. Heute sind wir 5 Minuten zu spät gekommen, da hat Klaus schon aufgedreht und Heli die Schuld gegeben. Mir kommt vor, sie schieben für alles Heli die Schuld zu. Dass ich so bin, wie ich bin, dass ich gerne weggehe und, und, und. Ich könnte Listen schreiben. Wenn ich mit ihm Schluss machen würde und mich selbstverständlich nicht verändern würde, würden sie erkennen, dass ich nun einmal nicht das brave, liebe Superkind bin, das sie sich wünschen und dass ich das nie sein werde. Bald komme ich nicht mehr klar mit meinem Familienstress, meinen Freunden und Helmut. Meine Familie und meine Freundinnen, vor allem Gisi brauch ich. Sie ist der beste Kumpel, den man sich vorstellen kann. Ich kann mit ihr über alles reden und wir haben fast immer Gaudi. Bleibt Heli. Ach, ich weiß auch nicht. Es zeigen mir sicher alle den Vogel und Heli wird mich auch nicht verstehen, weil wir gesagt haben, dass uns die Familie niemals auseinanderbringen kann. Es ist mir auf einmal irgendwie egal, ob er anruft oder nicht, ob wir uns treffen oder nicht. Warum fühle ich nur so, er ist doch immer so lieb zu mir. Es ist wahrscheinlich, weil ich fast sicher bin, dass er mir nicht treu ist. Aber ehrlich gesagt, habe ich sogar schon daran gedacht, dass wir noch lange zusammen sein werden und dass Helmut der Erste sein wird, mit dem ich sexuelle Erfahrungen sammeln werde. Morgen kennen wir uns acht Monate. Gott, einmal denke ich so, dann schreibe ich so, dann wieder anders. Sagen wir mal so: ich bin verunsichert darüber, ob ich alle vier Sachen - Eltern, Freunde, Freund und Schule - bewältigen kann und bin hin und her gerissen zwischen Liebe und Freiheit, stehe aber mehr zur Liebe. Ich glaube, ich bin zu müde, um klare Gedanken zu fassen. Bitte halte mich nicht für blöd. Genau, Marc U., Gisis Freund war vor kurzem bei ihr daheim. Gisi hat echt gestaunt, als ihre Mutter ihr das von sich aus vorgeschlagen hat. Ich wünsche den beiden jahrelanges Liebesglück!

Rebell. Das war jetzt das erste Wort, das mir dazu eingefallen ist. Dann kam lang nichts. Toll. Da will man einmal schreiben und es fällt einem nichts ein. Also habe ich gegoogelt, um möglicherweise einen brauchbaren Input zu bekommen. Was ich gefunden habe war ein lustiger Spruch inklusive einem herzhaften Lachen.

> „Ich würde mich nicht übertrieben rebellisch nennen, aber ich habe schon einmal bei einem Blockseminar ein Ringbuch dabei gehabt."
> (@Regendelfin)

Übrigens, ich war genau genommen das, was man unter braves, liebes Superkind versteht, aber leider liegt das meistens im Auge des Betrachters und möglicherweise konnten es meine Eltern damals nicht erkennen. Ich hatte gute Noten, hab daheim im Haushalt geholfen - inklusive abwaschen, abtrocknen, bügeln und was ich sonst so bis heute nicht ausstehen kann, hatte liebe „normale" Freunde, eine „normale" Frisur, „normale" Klamotten, keine heimlichen Zigaretten (bis auf diese 2x), keinen heimlichen Alkohol, keine heimlichen Drogen. Die heimlichen Treffen mit dem Freund waren zu meiner Verteidigung schon ein bisschen „elternverschuldet" - oder wie seht ihr das? 😄

19.03.
Seit zwei Wochen besuche ich einen Tanzkurs! Heute war ich auf einer Brautkleiderausstellung. Voller Kack. Infosa - Messe war auch ein voller Scheiß. Eh klar, mit den Eltern. Mama meckert schon wieder den ganzen Tag herum und Papa hat etwas dagegen, dass ich mit Helmut „intim" werde. (Knutschfleck, Zungenkuss). Wenn der wüsste.

08.04.95
Ich weiß, dass ich lange nicht geschrieben habe, aber ich will nicht immer nur Schlechtes schreiben. Gisi und ich gehen jetzt regelmäßig joggengehen. Es geht mir hin und wieder alles so auf die Nerven, dass ich mir sogar schon gewünscht habe, meine Mutter hätte mich nie bekommen. Auf den Vokabeltest hab ich eine vier, Mathe vier, Geschichte drei. Ich werde total schlecht und hoffe, das hat nur damit zu tun, dass ich manchmal lernfaul bin. In der Nacht habe ich oft so schreckliche, traurige Träume, dass ich davon aufwache. Hätte ich nicht meine Freunde, ich wüsste nicht was ich dann machen würde. Nach außen hin überspiele ich alles, aber innerlich bin ich fast aufgefressen. Ich frage mich, wie Eltern so etwas zustande bringen. In mir ist alles so leer, ich kann nicht mehr denken, vielleicht will ich es auch gar nicht mehr.

Da gingen wir also regelmäßig joggengehen. Ob das so etwas wie ein „Freud'scher Versprecher" war? Weil ich lieber gehen wollte als joggen? (Ich kann mich leider nicht die Bohne an diese Phase erinnern) Oder ist es schlicht und einfach miserables deutsch? 😜😊 Oder es lag daran, dass ich zu der Zeit „lernfaul" war?

Sind wir nicht alle ein bisschen lernfaul, wenn es darum geht, sich irgendein von Lehrern vorgekautes Wissen reinziehen zu müssen, das einen „Nüsse" interessiert? Und das noch dazu zu einem Zeitpunkt, zu dem die Hormone im Körper eine emotionale Achterbahnfahrt veranstalten. Wie in der echten Achterbahn kann dieses erwachsen werden, ganz schön viel Angst auslösen. Gefühlsschwankungen gehören zur Tagesordnung (ist Euch sicher noch gar nicht aufgefallen 😊😊), der Körper verändert sich, Schamhaare und Brüste wachsen und hey - sowas ist wirklich überwältigend. Da ist es doch fast logisch, dass diese Hormonstöße Teenager im wahrsten Sinn des Wortes unberechenbar machen. Übrigens soll Tagebuch schreiben eine therapeutische Wirkung haben und dabei helfen, zu entdecken, dass ein Problem gar nicht so schlimm war, wie man ursprünglich gedacht hatte. Also falls Du ein Teeniemädchen in Deiner Nähe hast - hilft es nichts, schadet es nichts... 😊 Obendrein kann es auch uns großen Mädchen nicht schaden.

Jetzt zurück zur Schule. Wahrscheinlich braucht man Chemie, Physik, Biologie, Geschichte und wie sie sonst noch alle heißen um die wenigen Kinder herauszufinden, denen das gefällt. Diese Jobs, in denen das von Bedeutung ist, müssen ja auch irgendwie gesichert werden. Wie sonst soll man herausfinden, wo seine Interessen liegen, als durch lernen und ausprobieren?

Aber ich bin da mit mir selbst am Wickel Wackel. Gibt es nicht eine bessere Form des Unterrichts? Ich glaube, ich würde das Schulsystem komplett revolutionieren. (Für alle die das Wort nicht verstehen: vollständig und grundlegend verändern 😊) In meinem Bekanntenkreis - und der ist echt sehr groß - kenne ich nämlich nur ganz wenige Menschen, die zur Schulzeit schon wussten, wofür sie sich interessieren, wofür ihr Herz schlägt, wo ihre Stärken liegen. Die Leidenschaft für bestimmte Dinge, bestimmtes Wissen und Projekte, das wahre Potenzial und die echten Stärken, haben sich meistens erst viel später gezeigt oder entwickelt.

Wenn man diese Leidenschaft entdeckt, herausfindet, wofür man brennt, was man gerne macht, was einem Spaß und Freude bereitet, dann will man von sich aus sowieso alles darüber wissen. Dann ist man nicht mehr zu halten. Da kann kommen, wer oder was wolle. Dann hat man einen echten Grund, etwas zu lernen. Einen Antrieb. Ein Motiv. Eine Vision. Dann findet man immer Wege und Mittel, um alles Wichtige herauszufinden. Man studiert, man liest, man besucht Kurse, Seminare, man recherchiert, man setzt sich mit Menschen in Verbindung, die das, was Du erreichen möchtest, vor Dir schon geschafft haben, oder zumindest auf diesem oder einem ähnlichen Weg sind. Genau dann ist es möglich, die Beste zu werden. Die Schnellste. Die Erfolgreichste. Die Glücklichste.

Was machen wir? Wo hängen wir größtenteils fest? In der netten, bequemen Durchschnittlichkeit. Wir sind in der Schule also bereits weder schlecht noch gut, sondern durchschnittlich, haben durchschnittlich gutes Wissen, durchschnittlich erfüllende Jobs mit einem durchschnittlich guten Einkommen, haben durchschnittlich funktionierende Partnerschaften mit einem durchschnittlichen Sexualleben, 1,63 durchschnittlich brave Kinder (durchschnittliche Kinderzahl pro Familie mit Kindern lt. Statistik 2019), ernähren uns durchschnittlich ganz gesund, wir sind durchschnittlich schön, haben zusammengefasst ein durchschnittlich zufriedenstellendes Leben. Im Durchschnitt haben wir es alle ja ganz gut erwischt.

Markus Hengstschläger hat das in seinem Buch „Die Durchschnittsfalle" gut beschrieben: „In der vielbeschworenen Leistungsgesellschaft ist die Hervorbringung durchschnittlicher Allround-Könner zur obersten Priorität geworden. Aber wer bestimmt, was „normal" ist? Wir kennen die Herausforderungen nicht, die uns die Zukunft stellen wird. Bewältigen können wir sie nur, wenn wir jene einzigartigen Talente fördern, die in uns allen schlummern.

Es muss die Norm werden, von der Norm abzuweichen. Oder anders ausgedrückt: Wir brauchen Peaks und Freaks!"

> Du bist nicht hier um durchschnittlich zu sein,
> Du bist hier um GROSSARTIG zu sein!

09.04.

Oh Gott, war es heute lustig!!! Vergiss bitte all die grauenhaften vorherigen Seiten. Gestern beim Tanzkurs hat mich alles voll erwischt und ich bin heulend aufs Klo gelaufen. Helmut ist mir nachgekommen. Ich war drauf und dran mit ihm Schluss zu machen. Ich habe zum ersten Mal vor Helmut so richtig geweint. Ich bin halb ersoffen vor lauter weinen. Zum Schluss haben wir abgemacht, uns eine Woche nicht zu treffen und auch nicht anzurufen. Heute habe ich ihn aber angerufen und wir haben uns getroffen. Wir sind dann vor dem Il Gelato, dem Eiscafé in unserer Stadt, gesessen und haben uns gegenseitig verarscht und getreten. Uns hat alles weh getan. Sebi, Hansi, Mario und Olli haben wir auch getroffen. Dann sind wir nach Hause, ich bin vorne auf der Radstange gesessen und Helmut hat absichtlich gewackelt und wir haben voll viel gekichert. Beim Gartentor wollte ich dann noch ein bisschen mit ihm knutschen, da hat er dann gesagt, er will nicht mit Brille. Also habe ich sie ihm weggenommen und bin davongelaufen und er ist mir nach. Ich bin über die Wiese und beim Zaun dann stehengeblieben. Dann sind wir lachend zurück. Ich habe heute fast nur gelacht. Hoffentlich darf ich am Freitag mit Gisi nach Loipersdorf. Halte mir bitte die Daumen.

Ähm. Dafür bin ich wohl schon zu alt, um das zu verstehen. Das ist mir eindeutig zu hoch. Das zählt wohl zu den kleinen feinen Unterschieden zwischen Teenies und „Thirties". Ja gut, OK, „late Thirties", OOOOOOKAYYYYYY, erwischt, early Fourties. 😊😊😊

Zumindest lachen ist gut, denn wie Louis de Funès der gute alte Komiker, ach was hab ich seine Filme als Kind gern gemocht, so schön gesagt hat:

> „Lachen ist für die Seele dasselbe,
> wie Sauerstoff für die Lunge."

16.04.

Gestern war Osterfeuer. Gisi und ich haben vier Jungs kennengelernt und dann mit Jörg, Sebi und Hansi so richtig viel Spaß gehabt. Was Helmut angeht, frag ich mich wieder einmal, wozu es überhaupt gut ist. Ich weiß nicht, was ich will. Ich schnall's einfach nicht. Hauptsache, ich hab Gisi. Sie hat in etwa das gleiche Problem. Ich hab Helmut jetzt schon seit Donnerstag nicht gesehen, und er fehlt mir irgendwie kein bisserl…

Aha. Sie hat in etwa das gleiche Problem…so wie, nach unzählig vielen Gesprächen (Recherchen) bestätigt, ca. 90% aller Mädchen in unserem Alter damals… 😊 Das Spannende daran ist, dass sich dieses „nicht zu wissen, was man will" NICHT plötzlich einstellt, sobald man eine bestimmte Altersgrenze überschritten und die Teenie-Phase überwunden hat. Man ist als Jugendlicher versucht zu denken, dass man alles weiß, wenn man denn endlich erwachsen ist. NÖ. Dem ist leider nicht so. Der einzige Vorteil, den Erwachsene gegenüber Jugendlichen haben ist der, dass man zumindest meistens weiß , was man auf KEINEN Fall will. Immerhin.

22.04.

Es geht mir wieder gut. Meinen Vierer in Mathe hab ich hergezeigt und durfte trotzdem das erste Mal bis 18:30 wegbleiben! Jörg hat den Führerschein geschafft und Hansi fährt eh schon lange. Olli ist doch nicht blöd und alle miteinander sind super Kumpel. Am Abend ist Tanzkurs. Heute mach ich mit Helmut Schluss. Komisches Gefühl. Es wurde aber schon viel zu lange aufgeschoben. Meine Ängste: er redet nicht mehr mit mir und ich finde keinen anderen Freund. Aber Freiheit ist ja auch schön! Gisi wird dieses Wochenende mit Marc Schluss machen. Er klammert und ist ein verhätscheltes Vatersöhnchen! Ich freu mich schon wahnsinnig auf heute, bin mir nur noch nicht sicher, wie ich „es" Helmut beibringen soll!? Schönen Tag noch – Yours happy Jenny

Heyyyyyyy - bis 18:30. Wuhuuuu.
Natürlich, mit noch nicht einmal 14 Jahren ist das auch wahnsinnig realistisch sich zu denken, nie wieder einen Freund zu finden. Gleich realistisch wie mit 16, 21, 26, 37, 54 und wann immer in unserem Leben uns solche Gedanken plagen und uns mitunter an unglücklichen Beziehungen festhalten lassen.

22.04. - etwas später
Es ist jetzt 22:30. Mir geht es saumies. Am Nachmittag waren Gisi und ich mit Jörg, Mario, Olli, Hansi und Sebi Billard spielen. Danach sind wir zum Tanzkurs. Helmut und Marc waren beleidigt, weil wir nur mit anderen getanzt haben. Irgendwie war es hart. Obwohl ich es so wollte. Heli hat mich dann nach Hause gebracht. Zwei Mal musste ich ihm sagen, dass es aus ist. Beim ersten Mal, wir waren gerade beim Zaun in der Einbahnstrasse, stieg er aufs Fahrrad und ist weggefahren. Ich bin weinend zusammengesunken. Er ist zurückgekommen und hat mich noch bis nach Hause begleitet. Ich hab nur geweint, hab mich dann aber beruhigt und es ihm noch einmal gesagt. Dann ist er fort. Er hat sicherlich auch geweint. Ich bin ins Haus und hinter der Tür wieder zusammengesunken. Papa hat mich total lieb getröstet. Papa ist so lieb. Helmut redet kein Wort mehr mit mir. Hätte nie gedacht, dass ich so viel weinen muss. Jetzt kann ich es nicht mehr rückgängig machen. Gisi hat mit Marc auch Schluss gemacht.

23.04.

Bin vorher aufgewacht und denke seitdem nur noch an Helmut, und ich weine. Vorm Schlafen hab ich auch geweint und die ganzen Love-Posters heruntergerissen. Warum ist alles so schwer? Ich tu Helmut weh und mir selbst auch! Bitte lass mich das durchstehen! Erst jetzt weiß ich, wieviel mir an Helmut liegt. Wahrscheinlich habe ich mir alles verspielt. Hoffentlich kommt er zum Tanzkurs.

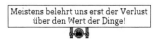

Meistens belehrt uns erst der Verlust
über den Wert der Dinge!

„Posters" *gg* Nein, das ist jetzt überhaupt nicht lustig. Das ist total dramatisch. Der erste wirkliche Liebeskummer. Tja.

Ach, wie muss das schrecklich sein. Selbst verursacht noch dazu. Wie man so schön sagt: „SSKM" . Das steht für: selbst Schuld, kein Mitleid. Wieso haben wir Frauen diesen riesengroßen Knall mit der Angst niemanden mehr zu finden? Es ist anscheinend piepegal, ob Du 14 bist oder 24 oder 30+. Ich habe in meinem ganzen Leben noch nie eine Frau getroffen, die keine Angst davor hatte, keinen Partner mehr abzubekommen, übrig zu bleiben. Wir reden hier jetzt aber nicht von Frauen, die hässlich sind, so wie die Nacht finster. Wir reden hier von wunderschönen, lieben, klugen, selbständigen, unabhängigen Frauen. Kann mir das einer erklären? Es spielt nämlich auch keine Rolle, aus welchen Familienverhältnissen sie stammen. Ob die Eltern geschieden sind oder seit 30 Jahren unzertrennlich, Fräulein Tochter geht der Popo ganz schön auf Grundeis, wenn sie nicht zumindest jemanden in Aussicht hat.

Wenn so eine fiese „Alleinsein-Angst" in Dir steckt, hältst Du oft sogar an einer Beziehung fest, die überhaupt nicht gesund für dich ist oder verbringst dein Leben mit einem Partner, den du nicht mehr liebst. Tolle Aussichten! Da sagen wir lieber mal der Angst den Kampf an!

Was ist die wahre Ursache dieser Angst? Selbstwert. Ich kann es in meinem Kopf drehen und wenden, wie ich will, es kann genau betrachtet gar nichts anderes sein. Wir kommen auf die Welt und sind absolut perfekt. Wir kommen nicht auf die Welt und denken uns:

„Manno, das Baby neben mir hat aber ein süßeres Stupsnäschen als ich." oder „Wenn ich brav schlafe, hat mich Papa sicher lieber als sonst". Also kurz gesagt: niemand kommt auf die Welt und denkt schlecht über sich. Dieses schlecht denken ist leider angelernt. Und großer Scheibenkleister, jetzt bin ich Mama und ich mache es auch. Und das, obwohl ich es besser wissen müsste. Es passiert einfach. Es passiert allen Eltern. Kinder verzeiht. (ja, auch wir unseren Eltern) 🙈🙉 Liebe Kinder, als klitzekleine Entschädigung kann ich Euch vorschlagen, selbst mal Kinder zu bekommen und es besser zu machen - oder eben wieder gleich. 😇

Unser ganzes Leben lang hören wir (zumindest auszugsweise): „Dafür bist Du zu klein, zu groß, zu jung, zu alt, zu dick, zu dünn, zu dumm, zu clever, zu schön, zu häßlich, zu ungeschickt, zu langsam, zu schnell... „ Jeder ist von irgendetwas zuviel. Von irgendetwas zuwenig. Woher soll man da denn den Selbstwert nehmen, wenn nicht stehlen!? Ein bisschen provokant formuliert: Du kannst es Dir aussuchen und Du kannst entscheiden ob Du Dich wertlos oder wertvoll fühlst. Wenn wir uns wertlos fühlen, brauchen wir blöderweise ständig diese Bestätigung von außen. Wir sind lieb und nett und brav und angepasst. Nur durch positive Rückmeldung fühlen wir uns wertvoll. Quatsch mit Soße! Hör auf damit, Dich anzupassen, nur damit man Dich vielleicht mag. Die Schriftstellerin Rita Mae Brown hat es sinngemäß so ausgedrückt: „Der Lohn für Anpassung ist, dass alle Dich mögen, außer Dir selbst." Sie ist auch diejenige mit dem coolen Spruch: „Wahnsinn ist, wenn man immer wieder das Gleiche tut, aber andere Resultate erwartet."

Lange Rede kurzer Sinn, wenn ich weiß, was ich wert bin, weiß ich auch, dass es immer wieder Menschen geben wird, die mir ihr Herz schenken werden. Wenn man genug Selbstwert hat, kennt man seine Stärken und kann mit seinen Schwächen umgehen. Also Mädels, ran an den Selbstwert, und Du brauchst nie mehr Angst vor dem Alleinsein haben! 🌙 Liebe Mamas, gebt Euer Bestes für Eure Prinzessinnen, um ihnen ein gutes Vorbild zu sein. Es geht nicht um das Kreieren von Kampfamazonen, die vor lauter Unabhängigkeit niemanden mehr ins Leben und schon gar nicht ins Herz lassen.

Es geht darum, Dich selbst zu mögen, mit Dir selbst im Reinen zu sein und mit Dir selbst allein sein zu können.

Spätestens als Mama von Kleinkindern lernt man allein sein normalerweise sehr zu schätzen, vor allem auf dem WC und unter der Dusche.

30.04.
Seit Montag bin ich wieder mit Helmut zusammen. Er hat mich angerufen. Gestern waren wir beim Tanzkurs. Gisi und Marc sind auch wieder zusammen. Gestern hatten wir beide Streit mit unseren Jungs, aber zum Glück ist alles wieder gut. Gisi ist mit Marc zwar zufrieden, aber auf der anderen Seite wäre sie gerne mit Mario zusammen. Ich hoffe für sie, dass sie das richtige für sich tut und drücke ihr dabei die Daumen. Heute hatten wir Firmung! Ich hab von meiner Firmpatin (Mama von Papa Klaus) eine wunderschöne gold-grüne Uhr bekommen. Jetzt ist es 13:30 und mir ist langweilig. Ich geh jetzt mit Oma und Mama Karten spielen.

30.04 - etwas später
Um 16:00 bin ich mit Gisi in die Stadt. Mit den Jungs sind wir dann zum Billard spielen nach Aichdorf gefahren. Um 19:30 war ich Zuhause! Meine Eltern wollen mich morgen überraschen und mit mir irgendwohin fahren. Hoffentlich ist schlechtes Wetter. Ich würde lieber daheimbleiben oder Helmut treffen.

Eigentlich würde ich gerne ins Pharao, in die Disco bei uns am Stadtrand, aber dafür bin ich ja noch zu jung. Mit meinen Eltern ist wieder alles in Ordnung. Oma ist da, ich bin wieder mit Helmut zusammen und eine gute Note hab ich auch wieder heimgebracht! Ich darf etwas länger fortbleiben und mit „den Jungs" haben wir auch immer viel Spaß! Im Großen und Ganzen also mal alles in Ordnung! PS: Von Dienstag bis Donnerstag waren Gisi und ich beim „Kastner & Öhler" in der Stadt schnuppern. Voll stark!

Mit „schnuppern" ist gemeint, dass wir in den Job hineinschnuppern durften. Wir haben drei Tage in verschiedenen Abteilungen mitgeholfen. Der erste Tag war die Hölle. Wir waren in der Kleiderabteilung, mussten Shirts nach Vorschrift zusammenlegen und wir MUSSTEN den ganzen Tag stehen. Ich hatte schon befürchtet, mir die Beine in den Bauch zu stehen und das Kreuz! Das Kreuz hat sich angefühlt, als würde es gleich brechen wollen. Mit 13 Jahren. Ich beneide echt keine klassische Verkäuferin. Respekt liebe Ladies. Schön, dass es Euch gibt, die ihr das vielleicht sogar gerne macht. Für mich fiel an diesen drei Tagen definitiv mein Entschluss, niemals Verkäuferin in einem Geschäft sein zu wollen. Warum es trotzdem „voll stark" war? Am dritten Tag waren wir in der Musikabteilung und durften den ganzen Tag Lieder abspielen, die uns gefielen. Als Dankeschön für diese drei echt brutal harten Tage (!!! 😊 !!!) haben Gisi und ich je ein Parfümfläschchen bekommen. Wenn ich mich richtig erinnere, war Leni in einer Firma, von der sie Geld bekam für diese drei Tage. Das wäre Gisi und mir natürlich auch lieber gewesen. Aber immerhin war es eine Erfahrung für's Leben - die sind ja, wie allgemein bekannt, unbezahlbar.

02.05.

Am Montag waren wir auf der Grazer Messe. Voll super. Es hat geschüttet wie aus Eimern. Ich war tropfnass. In Weiz waren wir auch. Heute ist Helmut bei mir gewesen. Ich sag nur „Ui Ui Ui, der geht ran. Zum Glück ist er mir nicht in die Hose. Am Bauch hatte ich zwei Knutschflecken. Morgen haben wir Englisch Schularbeit. Oma bleibt bis zu meinem Geburtstag bei uns.

Sapperlot.

04.05.

Gestern habe ich Mama mal meine Meinung gesagt. Ich hoffe, ich darf am Sonntag mit den Wagners (Gisi und ihren Eltern) zur Grazer Messe. Das wäre das Allerschärfste. Gisi und ich ohne unsere Jungs - oh oh.

Ich hoffe, dass morgen Kathi wieder in der Schule ist, sonst picken Leni und Gisi wieder den ganzen Tag aufeinander. Gisi und ich haben für unsere Jungs Rosen gekauft.

06.05.

Heute beim Tanzkurs war es voll lustig. Gisi und ich haben mit Helmut und Marc heute Partnerwechsel gemacht. Gisi ging nach dem Tanzkurs mit anderen Pizza essen und ich mit Helmut und Marc ins Pauls Café. Der Marc war ganz schön enttäuscht, weil Gisi ihn nicht mitgenommen hat zum Pizza essen. Er denkt, dass Gisi ihn als Abstellgleis verwendet, wenn mal niemand anderer Zeit hat. Er tut mir leid. Ich hoffe, dass die beiden zusammenbleiben, denn Marc hat Helmut und mich eingeladen, nächstes Jahr, wenn er den Führerschein hat, mit dem Wohnwagen Urlaub zu machen. Gisi kann sich schon auf ihr Geburtstagsgeschenk freuen, er hat dafür schon 3.000 Schilling gespart. So ein verrückter Kerl.

Jeder hat seine Gründe, warum er auf irgendetwas hofft, und ein Urlaub am See ist schon sehr verlockend. Da kann man der Freundin ruhig mal gut zureden. 😊

09.05.

Am Sonntag war ich mit den Wagners auf der Grazer Messe. Voll lustig. Ich hab 500 Schilling ausgegeben. Helmut und Marc haben uns überrascht und sind auch hingekommen. Von Helmut hab ich eine Lederkette mit Herzanhänger bekommen. Gisi weiß leider nicht, ob sie Marc oder Mario will. Sie tut mir so leid. Ich würde ihr gerne helfen.

13.05.

Ich weiß nicht, was mit mir los ist. Im Moment hasse ich so ziemlich alles und jeden. Morgen fahren wir für eine Woche auf die „Schullandwoche". Bin gespannt, wie es wird. Du und Gisi seid die einzigen, denen ich vertraue und alles sage. Weißt Du, die Welt erschreckt mich so oft. Manchmal denke ich über Dinge nach, die anderen unwichtig erscheinen und für viele selbstverständlich sind. Dann sitze ich irgendwo und denke über die Welt, die Menschen, die Dinge usw. nach.

Mir kommt vor, von Helmut lebe ich mich auch wieder weg. Er hat beleidigt aufgelegt und es macht mir nichts und ich frage mich, was es bringt.

Heute fällt mir nichts mehr ein, deshalb eine Kurzfassung zu mir: Ich heiße Jennifer Berger, bin 13 Jahre alt, werde in 10 Tagen 14, meine beste Freundin und Blutsschwester heißt Gisi Wagner. In der Schule bin ich etwas über dem Durchschnitt. Ich habe einen kleinen Bruder namens Patrick , höre gerne Techno, Dancefloor, Kuschelrock usw. Ich bin seit 10 Monaten mit meinem ersten Freund Helmut Gruber zusammen. Im Moment hege ich gegen alles und jeden Groll. Ich bin launisch, dickköpfig, humorvoll, rede gerne und viel – nur zur Zeit bin ich etwas stiller.

Du warst nie ein Kind, wie es andere sind.
Du hast so viel versucht, um dazuzugehören.
Du warst oft allein, hast geweint und geträumt,
Du könntest Dich befreien, einmal wie die anderen sein.
Frei, frei von Fesseln, kannst Du sein, wenn Du an Dich glaubst.
Kämpf Dich frei, such Deine Stärke, finde sie und hol Dich da raus.
Mach Dich selbst nicht klein, rede Dir bloß nichts ein.
Denn wer auch anders ist, ist genau so viel wert.
Du musst zu Dir stehn und wirst sehn.

20.05.

Heute bin ich von der Schullandwoche zurückgekommen. Die Woche war fast voll super. Am Sonntag wurden wir zu viert ins Zimmer einquartiert. Dort war es extrem staubig. Wir aßen schon in der ersten Nacht alles auf, was ich mitgebracht hatte.

Schullandwoche. Das waren noch Zeiten. Da wird von der Schule aus ein Ausflug für eine ganze Woche organisiert. Für die Kinder ein Erlebnis sondergleichen, für viele Eltern eine echte Katastrophe, denn natürlich gibt's diesen Ausflug nicht geschenkt. Mir tun diese Familien leid, die oft eh schon von der Hand in den Mund leben und dann mit solchen zusätzlichen Ausgaben konfrontiert werden. Jeder möchte seinem Kind so etwas Tolles ermöglichen, das Schätzchen nicht zu einem Außenseiter machen. Schwierig. Noch schwieriger seit ich mich mit dem Thema Persönlichkeitsentwicklung auseinandersetze. Denn in Wahrheit liegt es an uns selbst, welches Leben wir führen. Mit solchen Aussagen möchte ich mir jetzt und hier an dieser Stelle allerdings nicht die Finger verbrennen. Kann man nicht abstreiten, dass es sie gibt, diese Menschen die mehrere Jobs gleichzeitig haben oder beinahe rund um die Uhr (selbständig) arbeiten und bei denen trotzdem unter dem Strich kein Geld übrigbleibt. Oder jene, die unverschuldet keine Arbeit haben. Oder, oder...Das Thema ist voll depri. Das lass ich dann besser wieder sein.

28.05.

Ich habe diese Woche wieder mit Heli Schluss gemacht. Aber jetzt ist wieder alles gut. Am Samstag hat das Schwimmbad aufgemacht! Jetzt haben wir wieder total viel Spaß mit den Jungs! Nur Heli und Marc gehen nicht gerne ins Schwimmbad.

Irgendwie gut, irgendwie nicht. Weißt du schon, dass Leni mit Benny zusammen ist? Schon länger als einen Monat!

„Aber jetzt ist alles wieder gut." Musst Du an dieser Stelle auch so lachen wie ich? 🌑

03.06.
Gisi ist mit Marcs Familie am Ossiachersee in Kärnten urlauben. Bin gespannt, ob sie mir etwas zu beichten hat, wenn wie zurückkommt.

05.06.
Ich war gestern mit meiner Familie in Wien. Heli war auch dabei. Wir waren in Schönbrunn, am Donauturm und im Prater. Voll stark! Heute habe ich Mathe gelernt. Zuerst allein, dann mit Helmut. Wirklich fast nur Mathe. Meine Mama traut mir zu, dass ich schon mit Heli im Bett war! Also so was! Spinnen die Erwachsenen???

Die spinnen, die Römer, äh, ich meine, die spinnen, die Erwachsenen! *gg* Wobei, soooooo extrem weit hergeholt ist dieser Gedanke ja auch wieder nicht. Zugegeben, wenn man mal erwachsen ist, ist es möglicherweise wirklich schwer vorstellbar, dass jemand ein Jahr zusammen ist, ohne dass da irgendetwas sexuelles läuft. Klingt komisch, ist aber so.

08.06.
Gisi hat sich für Marc entschieden. Ich wünsche ihr das Beste. Gestern war sie bei mir und hatte eine CD dabei, die ich mir gleich auf Kassette gespielt hab. Gestern und vorgestern und vorvorgestern wurde Helmut von einem Mädchen gefragt - damit hat er mich verarscht und eifersüchtig gemacht. Vielleicht bin bald ich dran, ihn eifersüchtig zu machen, wenn ich ihm sage, dass ich heute mit Stefan R. Radfahren war.

Wir haben uns im „Gehag" beim Radfahren gesehen, sind dann gemeinsam Richtung Schwimmbad gefahren und haben uns prächtig unterhalten. Er ist voll lieb und fesch, aber jung und mit Freundin und, ach, nichts. Schon erschreckend, ich könnte mir vorstellen, untreu zu werden. Oh oh. Vielleicht treffe ich ihn bald wieder beim Radfahren. Gute Nacht.

Oooooooch. 🐵 Ihr denkt Euch vermutlich gerade, das passt jetzt aber gar nicht hierher, dieses oooooooch??? Dieses oooooooch ist aber nicht für Gisi, nicht für Marc, nicht für Heli, sondern für die Erinnerung an Stefan R. - schon ein Süßer. Nachdem er keine größere Rolle in meinem Leben eingenommen hatte, habe ich gar nicht mehr an ihn gedacht. Nehmt Euch mal ein paar Minuten Zeit und denkt zurück. Welche süßen Jungs gab es in Deinem Leben, die auch heute noch ein Lächeln auf Deine schönen Lippen zaubern?

18.06.

Vergiss, was ich voriges Mal geschrieben habe. Gestern habe ich zuerst mit Helmut und seinen Freunden gegrillt und am Abend war ich auf einer Party, die im Großen und Ganzen scheiße war. Ich bin allein durch die Stadt gegangen und hätte am liebsten geheult. Ich hab mich dann Gisi und Marc an den Hals gehängt. Beim Busbahnhof wollte ich einen Handstand machen, bin aber leider zusammengeknickt und habe mich am Kinn aufgeschürft. Meine Knie taten so weh, dass ich nicht einmal mehr gehen konnte. Heute hat mich Helmut angerufen und mich angeschnauzt, dass ich angeblich mit einem blonden Typen unterwegs gewesen sein soll und ich viel Spaß mit Blondi beim Mathe lernen haben soll. Manchmal kommt es mir vor, als hätte er nicht alle beisammen! Und mir kommt unsere Beziehung zum Einschlafen langweilig vor. Knutschen, Tischtennis, Mathe lernen oder streiten, Eifersucht und keine Zeit haben.

Gewöhn dich schon mal dran. So in etwa sieht ein Alltag aus. 🙈🙉

Naaaaa, Scherz, mit dem richtigen an Deiner Seite ist auch der Alltag ganz ok. Meistens jedenfalls. 😊

02.07.

Jetzt war ich schon ein paar Mal im Freibad schwimmen. Gestern war Sommerfest und Helmut und ich hatten unseren ersten Jahrestag. Heute hat er gesagt, dass er mich um 11:00 anruft, jetzt ist es schon 12:00. Scheiß drauf. Im Zeugnis hab ich gut abgeschnitten und am Dienstag habe ich Aufnahmeprüfung in der HAK (Handelsakademie)

Festnetztelefon. Mit Drehscheibe. Grün. Ooooh, da werde ich direkt nostalgisch.

04.07.95

Aufnahmeprüfung für die HAK geschafft!!!!! 😊 Zur Feier geh ich mit Gisi chinesisch essen! Vielleicht kommen Helmut und Marc mit, würde mich freuen.

07.07.

Wir waren chinesisch essen. Es war recht lustig. Gestern haben wir Zeugnisse bekommen. Heute sind wir um 02:30 Richtung Deutschland gestartet. Patrick hat im Auto gekotzt und ich hätte beinahe mitgekotzt. Hier auf dem Grundstück von Papas Papa ist es wunderschön! Ich habe ein eigenes Zimmer und in fast jedem Zimmer sind bodenlange Spiegel. Im Garten sind zwei kleine Teiche und EIN SWIMMINGPOOL! Leider ist er kaputt und stinkt! Drei Hunde haben sie auch.

Rate mal, von wo aus ich gerade schreibe – aus einer Hängematte! Ca. 10 km weiter gibt es ein riesiges Schwimmbad. Beim Herfahren hab ich schon mehrere fesche Jungs gesehen. Wenn die hier ein Rad haben, gehe ich am Abend radfahren. Bis jetzt habe ich nur positive Eindrücke. Auf dem Weg zum Zimmer sieht es aus wie im „Rotlichtmiliö". Alles ganz rot, aber gemütlich. Ende der Woche fahren wir für zwei Wochen nach Frankreich! Bericht folgt!

Wie beeindruckend bodenlange Spiegel sein können war mir nicht mehr bewusst. Ist es nicht aufregend und spannend, wie Kinder oder Teenager die Welt wahrnehmen? Und warum habe ich den Swimmingpool so cool gefunden, obwohl absolut unbrauchbar? Fragen über Fragen. Ach, „Rotlichtmilieu". Schade irgendwie, dass man mit den Augen keine Fotos machen kann, die man bei Bedarf abrufen kann. Das wär's.

08.07.
Heute war ich allein im Schwimmbad. Am Anfang war es langweilig, ich bin mit mürrischem Gesicht durch die Gegend gelaufen und niemand hat mich angeschaut. Ich habe dann Gisi angerufen und dann ging's mir wieder besser. Meine Laune hat sich gebessert, dann bin ich mit strahlendem Gesicht durch die Gegend gelaufen und dann haben mich fast alle Jungs, darunter sehr viele hübsche, angeschaut. Ein Junge hat dann ganz intensiven Augenkontakt mit mir angefangen. Später haben wir miteinander geplaudert. Er heißt Andreas und ist 17. Er hat einen lieben, noch fescheren Bruder namens Raffael. Der hat auch mit mir geflirtet, hat aber eine Freundin namens Sandra. Andreas hat versprochen, mir zu schreiben. Er hat gesagt, dass ich ein total liebes, hübsches, direktes Mädchen bin. Ich musste mit einer Blume „Er liebt mich, er liebt mich nicht" spielen und dabei kam heraus „er liebt mich". Die Frage, ob ich einen Freund habe, habe ich offen gelassen! Hoffentlich ist es morgen schön, dann gehe ich wieder schwimmen.

Ich habe heute das erste Mal in meinem Leben ein Glühwürmchen gesehen! Da fällt mir ein: Andreas denkt, dass ich 15 bin und schon in die HAK gehe!

Schau, schau. Wie man in den Wald hineinschreit, so schreit es heraus. What goes around, comes around. Immer.

09.07.
Heute war ich wieder im Schwimmbad. Andreas, 17, dunkelblonde Haare, braun-grün-graue Augen, ein Stück größer als ich, fesch, gestern kennengelernt, war auch wieder da! Wir haben wieder gequatscht und irgendwann hat er dann angedeutet, dass er sich in mich verliebt hat. Er hat mir seine Hand in meine gedrückt, ist mir immer durch die Haare und über die Lippen gefahren und hat mir Komplimente über Komplimente gemacht! Zum zweiten Mal hat mir ein Bub gesagt, dass ich eine super Figur habe - jedes mal im Urlaub. Ich hab ihm natürlich klar gemacht, dass er sich von mir kein Bussi erwarten darf, damit „es uns nicht so schwer fällt uns wieder trennen zu müssen"! Gott, kam ich mir mies vor! Spielte mit Andreas Gefühlen und hinterging Helmut. Bevor Andi ging, legte er seine Hand um mich, zog mich zu sich und gab mir ein Bussi mitten auf den Mund. Eigentlich wollte er mehr, aber ich bin erschrocken über mich selbst mit dem Kopf zurückgefahren. Er hat gesagt, wenn er den Führerschein macht, dann kommt er mich mal besuchen! Gott, ich bin echt total fertig. Ich komm mir so mies vor!

09.07. etwas später
War mit Patrick Tiere anschauen und mit Papa Tischtennis spielen. Jetzt muss ich noch etwas loswerden. Am Vormittag habe ich Helmut angerufen. Er hat mir gefehlt und tut es immer noch. Das Bussi von Andi war eigentlich ein kleiner Knutscher. Ich bin verzweifelt. Mich knutscht ein Junge, für den ich keine Liebe und nichts übrig habe, spiele mit seinen Gefühlen und das allerschlimmste, zuhause ist mein Heli.

Ich kam mir schon beim Händchen halten so gemein vor. Aber vielleicht war es die Erfahrung ja wert, denn jetzt merk ich erst, wie lieb ich Heli habe und ich habe zum ersten Mal in meinem Leben mit jemand anders als mit Heli geknutscht. Der Knutscher von Andi war so komplett anders. Seine Lippen waren so weich, zärtlich und ehrlich. Heli ist zärtlich-fordernd, meistens stürmisch. Irgendwie haben beide Knutscher etwas anziehendes. Sie sind so verschieden. Ich bin eine dumme Kuh, aber ich konnte ja fast nicht aus! Bitte lass mich schnell alles vergessen. Ich werde niemandem, außer Gisi davon erzählen. Ich hoffe nur, dass Helmut nicht so dumm und gemein ist, wie ich es bin!

Ach, seufz, was war ich blauäugig & naiv...klar Andi hatte sicher wahnsinnig viele Gefühle für mich...ein 17-jähriger Junge der weiß, dass er mich nie wieder sehen wird. Natürlich. Ganz ehrlich? Rückblickend betrachtet hätte ich viel mehr knutschen sollen. Viel öfter in Augen versinken. Viel mehr Händchen halten sollen. Mich viel öfter und intensiver verlieben sollen.

16.07.
Am 14.07. sind wir mitten in der Nacht in Deutschland abgefahren, sind durch Belgien gefahren und kamen dann um ca. 07:00 in der Nähe von Paris an! Erster Weg – Disneyland – mit Zugrundfahrt, Begrüßung von Mickey und Minnie und vieles, vieles mehr! Einfach unbeschreiblich! Kurz gesagt: super! Am Nachmittag haben wir dann unser Hotelzimmer bezogen. Dann gingen wir essen und danach haben wir mal für zwei Stunden geschlafen. Als wir durch Paris fuhren, standen beinahe an jeder Ecke so fesche Burschen, dass dir hören und sehen vergeht. Wir haben dann noch ein paar Sehenswürdigkeiten in Paris besucht und am Abend waren wir im Sexviertel (Pigalle (?) Platz) unterwegs! Jedes Haus ein Sex-Shop oder so etwas ähnliches. Dort war es total spannend! Alle Altersgruppen waren vertreten – von schlafenden Babys im

Kinderwagen bis hin zu starrenden Opas. Ein Blumenverkäufer ist zu uns hergekommen und hat gemeint, er heiratet mich!

In der gleichen Nacht bzw. in der Früh um 03:00 sind wir dann noch weitergefahren! Wir kamen durch Marseille – dort lag das Meer riesengroß vor uns und später wurde die Landschaft sogar nochmal um ein vieles schöner! Ich schwöre, das war das Schönste, das ich bisher in meinem ganzen Leben gesehen habe!!! Unsere Zimmer sind wunderschön! Es ist sowieso der volle Wahnsinn hier. In der Mitte aller Appartements ist ein Swimmingpool. Wir sind jetzt übrigens an der Côte d'Azur – hier stehen sogar Palmen und das Meer ist total sauber, angenehm warm und absolut traumhaft! Das Wasser ist so salzig, dass sogar die Haut klebt davon!

Das Erste Mal ist schon etwas sehr Besonderes. Beindruckend. Bedeutend. Unvergesslich. Spektakulär. Tiefgehend. Überwältigend. ✹😎 Ja, überwältigend war das Wort, das ich gesucht habe. Ähm, das gilt jetzt nicht pauschal für alle ersten Male, aber für dieses definitiv und für viele andere. Also nicht, dass ihr das falsch versteht. Was Schönheit entdecken und sehen angeht, bin ich echt begnadet.

Kennt ihr den?
Wenn das Kind das erste Mal „Mama" sagt,
ist das ein besonderer Moment.
Ich will nicht meckern, aber beim 100.000 Mal,
lässt der Zauber etwas nach.

So in etwa habe ich das gemeint. 🐵🐵 Ich möchte Euch einen, meinen Gedanken mitgeben. Es ist leicht, unendlich viele solcher magischen Momente zu erleben. Wenn ich nach Paris reise, wird es besonders sein, den Eiffelturm zu sehen. Niagarafälle. Disneyland. Petersdom in Rom. Grand Canyon. Chinesische Mauer. Machu Picchu. Pyramiden von Gizeh. Taj Mahal. Um nur einige zu nennen. Da weißt Du im Voraus schon, dass Du sehr beeindruckt sein wirst. Was sag ich, da MUSST Du überwältigt sein!

Die Gefahr bei sowas besteht eher darin, dass man von Haus aus so hohe Erwartungen hat, dass man dann hoffentlich nicht enttäuscht ist. Ich habe ja vorhin schon erwähnt, dass ich, was das angeht, sehr begnadet bin. Das könnt ihr Euch dann so vorstellen, dass ich z.B. ganz entzückt mit dem Herzallerliebsten in einem Hop-on Hop-Off Bus durch Paris „cruise", ein altes Gebäude von außen sehe und mich aufgeregt frage, was das wohl zu erzählen hätte. „Stell Dir vor, wenn dieses Haus sprechen könnte…" . Kurz vorm hyperventilieren. Herzallerliebster ist etwas weniger begnadet, was das angeht, wenn ihr mich fragt. „Mausl, Häuser können nicht sprechen." Punkt. Aber ich verliere mich schon wieder in Details. Mein Ziel war, Euch für die kleinen, täglichen Wunder zu begeistern, Eure Augen für die kleinen, wesentlichen Dinge zu öffnen und von diesen überwältigt zu sein. Auch wenn Dein Wesen eher dem meines Herzallerliebsten entspricht: versuche es. Glück entsteht durch Aufmerksamkeit auf kleine Dinge. Vogelzwitschern. Sonnenschein. Ein kleines Blümchen. Ein Bienchen. Der vorbeifliegende Schmetterling. Der Geruch an einem heißen Sommertag nach dem kleinen Regenschauer. Die Sonne wenn sie den Tag begrüßt oder sich verabschiedet. Oder hey, geh doch mal im Regen spazieren oder joggen. BEWUSST. Absichtlich. Der Regenbogen. Die kleine Raupe, die beim Wandern Deinen Weg kreuzt. Das Lachen und Kichern von Kindern, die irgendwo in Deiner Nähe spielen. Das Wasser beim Duschen, wie es über Deinen Kopf und Deinen Körper läuft. Das echt tolle Lied, das gerade im Radio läuft. Um das ganze abzukürzen: ich glaube ihr habt die Botschaft bereits verstanden. 😎 Wisst ihr, was mir z.B. passiert ist? Weil ich nicht im Moment gelebt habe? Weil ich unachtsam war, unaufmerksam. (passiert mir leider immer noch viel zu oft) Weil man denkt, dass man daheim bereits alles kennt? Ich bin in meinem alten Leben vier Jahre lang jeden Tag von Montag bis Freitag meine Strecke zur Arbeit gefahren. Um dann eines Tages, Jahre später (!!!) festzustellen, dass auf genau diesem Weg eine Burg zu sehen ist. Eine Burg nämlich.

Achtsam zu sein, heißt
zum Entdecker zu werden!

Immer noch 16.07.

Heute sind wir zuallererst frühstücken gegangen, später bin ich mit Patrick in den Swimmingpool und noch später alleine ans Meer. Dort sieht man riesengroße Schiffe, ganz viele Flugzeuge weil in der Nähe ein Flughafen ist, und ein Zug fährt auch neben dem Strand entlang.

Am Strand hat mich Nadir angesprochen – ausschließlich französisch, aber total fesch! 18 Jahre alt. Wir haben uns mit Händen und Füßen verständigt. Etwas später hat er versucht mich abzuschmusen, aber ich hab meinen Kopf immer rechtzeitig weggedreht und der Knutscher landete auf der Wange! Aber das Lustigste kommt erst: Als wir aus dem Wasser gehen wollten konnte er nicht – er hatte einen Steifen! Ich konnte mir das Grinsen dann echt nicht mehr verkneifen! Zum Glück ist er dann gleich mal abgehauen - der ist sicher ein Aufreißer! Er hat mir seine Telefonnummer gegeben, aber ich rufe ihn sicher nicht an.

Noch bevor Nadir zum Strand gekommen ist, hatten ein anderer Junge und ich schon Blickkontakt. Als Nadir dann weg war, haben wir mit dem Blickkontakt wieder angefangen. Er ist dann ins Wasser und ich auch, weil ich am Körper überall Sand hatte. Er ist mir nachgeschwommen und hat mit mir zu reden begonnen - englisch. Er ist aus der Nähe von Paris, gleichzeitig angekommen, fährt gleichzeitig wieder ab. Er ist 15, geht zur Schule, seine Hobbys habe ich vergessen, er hilft bei der Feuerwehr, hat eine Schwester und ist auch wahnsinnig fesch. Also ehrlich, ich frage mich, warum sich so fesche Burschen mit mir abgeben, obwohl sonst so viele wirklich fesche Mädchen rumlaufen! Er heißt David und denkt ich bin 15. Morgen sehen wir uns wieder. Mit Helmut habe ich auch telefoniert. Zuhause ist das Wetter schlecht. Heli hat sauer-beleidigt geklungen. Ich habe heute eine Telefonwertkarte bekommen und kann jetzt noch öfter telefonieren.

Am Abend waren wir in einem Schicki-micki-Restaurant. Papa hat 1.266 Schilling bezahlt. Einen Sonnenbrand habe ich auch schon. Und ich kann schon ein bisschen französisch:

Boschur - guten Tag
Orewa - Auf Wiedersehen
Schetem - Ich liebe Dich
Mon Ami - mein Freund
Mon Amur - Meine Liebe
Mon Scheri - mein Liebling
Schetem a Mon Amur - Ich liebe Dich mein Liebling
Sava - Wie gehts?
Merci - Danke
Wi - Ja
Schase - Kassa

Und der Rest fällt mir nicht mehr ein. PS: Ich habe alles so geschrieben, wie man es ausspricht. Good Night. Yours Jenny.

Wenigstens geht es allen gleich, wo man hinsieht. Hormone Hormone Hormone. *gg* Schon ein Kompliment wenn einer nur durch Deinen Anblick von Dir „begeistert" ist. Hahaha. Ich bilde mir ein, es schon mal erwähnt zu haben. Ich bin überzeugt davon, dass die meisten von uns selbst ihren „Marktwert" relativ richtig einschätzen können. Wir haben doch alle Augen im Kopf. Da gibt es die Models. Da gibt es die, die es weniger gut erwischt haben. Und wir sind meistens irgendwo dazwischen. Vielleicht waren auch die Jungs nur in meinen Augen so unglaublich hübsch. Möglicherweise waren es Durchschnittstypen mit einer echt genialen Ausstrahlung. Oder vielleicht war es der Sand, das Meer, die Sonne und die Kombination aus allem, dass ich überall nur Schönheit gesehen habe. Wurscht. Was zählt ist Deine Wirkung, Dein Auftreten, Dein Gepflegtsein - und weit weniger als oft fälschlicherweise angenommen, Dein Äußeres. Bist Du nicht auch der Meinung, dass glückliche, lachende, strahlende Menschen die schönsten Menschen überhaupt sind? Und hast Du nicht auch schon oft bemerkt, dass wahre Schönheit sowieso von innen kommt??? Und Nein, das sind keine abgedroschenen Phrasen, um die Menschen zu trösten, die gerade auf dem Klo waren, als Gott die Schönheit verteilt hat. DAS ist zweifelsfrei und unanfechtbar Tatsache. 😎

1.266 Schilling - das sind EUR 92,00 - das ist sogar im Jahr 2022 noch ein stolzer Preis für ein Abendessen für drei Personen. Man gönnt sich ja sonst nichts.

17.07

Heute habe ich David wieder am Strand getroffen. Er hat die schönsten blauen Augen, die ich je gesehen habe. Während er in meinem Wörterbuch geblättert hat, habe ich ihn die ganze Zeit angestarrt. Er sieht so gut aus. Er hat blonde Haare, ist groß und ein bisschen dürr. Er kann bruchweise deutsch. Ich befürchte, dass ich mich in David verlieben könnte. Schrecklich. Schade, dass Gisi nicht hier ist, dann wär das alles nicht passiert!

„Ich schwöre, das war das Schönste, das ich bisher in meinem ganzen Leben gesehen habe!!!" - „Er hat die schönsten blauen Augen, die ich je gesehen habe." Dieser Urlaub hat es in sich. Könnten doch nur alle Urlaube so sein. Da fällt mir auf: Ich hätte meine Partnerwahl von Beginn an anders angehen sollen. „Ein bisschen dürr." Wie der Großteil der Jungs, in die ich mal verliebt war und der „Junge", in den ich seit mittlerweile 14 Jahren verliebt bin. Kein Wunder, dass man sich daneben dann ein klein wenig dicklich vorkommt und dass andere mutmaßen, dass man ihm alles wegisst. Dem armen Teufel. Ich habe schon versucht, ihm Gewicht raufzufüttern. Zwecklos. 😔

19.07.

Gestern am Strand hab ich David wieder getroffen und Helmut angerufen. Wir haben lange telefoniert, von meinen Bekanntschaften habe ich ihm aber nichts erzählt. Heute habe ich David wieder am Strand getroffen. Nadir ist auch wieder gekommen und David hat Übersetzer gespielt. Nadir wollte mir als

Erinnerung an ihn einen Ring schenken und er hat gesagt, dass er mich liebt und noch viele andere Sachen. Irgendwie wäre ich dann doch gerne mit ihm allein gewesen, aber David ist wie eine Klette an mir gehangen. Am Abend bin ich mit meiner Familie wieder essen gefahren. Danach haben wir Juan-Les-Pins besucht. Irgendwann fahr ich da mit Papa allein hin. Als wir heimfahren wollten, hat sich Papa verfahren. Ich wollte noch gerne zum Strand, durfte aber nicht, da es schon Mitternacht war. Morgen gehe ich wieder zum Strand und treffe David und Nadir. Ich denke, dass Nadir ein Aufreißer ist, aber auf der anderen Seite, warum kommt er wieder, gibt mir seine Telefonnummer und will mir ein Andenken von sich schenken?

20.07.
Heute habe ich David wieder getroffen. Er war mit seiner letzten Freundin ein Jahr zusammen und sie hat vor ca. zwei Wochen Schluss gemacht. Morgen sagt er mir etwas, er muss vorher nachdenken über ihn und mich. Er hat heute gesagt, er mag mich, ich gefalle ihm und er will kiss me, but he is not ready, because it is difficult for him to forget his ex-girlfriend. Naja, heute Abend fahren Papa und ich fort. Bericht morgen.

21.07.
Gestern waren Papa und ich bis 02:00 in der Früh in Juan-les-Pins. Es war recht lustig. Zwei Typen haben mich angequatscht. Einer hat ausgeschaut wie Nadir. Irgendwie hab ich mir immer gewünscht, er wäre es. Schade, dass er nicht mehr zum Strand gekommen ist. Blöder David.   David hat heute gemeint, dass er nichts mit mir anfangen möchte, weil wir uns nie mehr wiedersehen werden!

Heute am Abend bin ich zum Strand – dort hat mich der total fesche Junge vom Strandrestaurant angesprochen! Mit dem hab ich schon eine Weile Augenkontakt und Hallo sagen einstudiert!

Ich sag Dir, so wunderschöne Augen hab ich noch nie gesehen! Sie sind grün! Nur grün! Er hat dunkelbraun-schwarze Haare, ist braungebrannt und einfach umwerfend! Ich denke schon den ganzen Abend nur an ihn!

Jetzt war ich gerade nochmal am Strand, aber er war leider nicht mehr da! Ich hab riesengroß in den Sand geschrieben: I LIKE YOUR EYES! Hoffentlich sieht er es! Ich befürchte, wenn ich ihn öfter sehen würde, könnte ich mich in ihn verlieben! Oh Shit! So kenne ich mich gar nicht! Außer Helmut haben mich jetzt schon zwei Burschen geküsst, und das während ich mit ihm zusammen bin. Ehrlich gesagt, bei Nadir bin ich mir nicht einmal mies vorgekommen, weil er nicht wirklich etwas von mir wollte und ich nicht von ihm. Heute habe ich ein Mädchen kennengelernt. Sie fährt morgen leider wieder nach Hause. Schade, sonst hätte ich mit ihr nach Juan -les-Pins fahren können. Sie ist aus Norwegen. Vier Jungs haben uns angequatscht, aber die haben die Sause gemacht, als sie gemerkt haben, dass wir nicht fürs Bett zu haben sind. Morgen lege ich mich an einen anderen Strandabschnitt - wegen David. Ich hoffe, dass ich morgen am Abend „Grün-Auge" wiedersehe!

Apropos fürs Bett zu haben...falls zwischenzeitlich möglicherweise, vielleicht, eventuell einmal ein falscher Eindruck entstehen könnte, möchte ich dazu gleich vorweg Stellung nehmen. Haha. Dieses Wortspiel war jetzt unbeabsichtigt. Ich sag nur Hormone, Hormone, Hormone. Verschauen, verlieben, Schmetterlinge im Bauch, ein bisschen knutschen, manchmal vielleicht auch ein kleines bisschen mehr, aber die Jungs, die zu mir ins Bett gekommen sind, kann ich bis heute definitiv an meinen Händen abzählen. Also nicht mehrmals, sondern an meinen beiden Händen. Nicht dass ich jemandem eine Rechenschaft schuldig wäre. Irgendwie bin ich sogar ein kleines bisschen stolz drauf, sagen zu können, dass ich noch nie einen One-Night-Stand hatte. Aber sowas ist ja bekanntlich Ansichtssache.

Wie es einer meiner heißgeliebten Ex-Freunde mal so schön erklärte, warum fremdgehen kein Problem darstellen sollte: er wird ja nicht weniger, er ist ja keine Seife. Wo er Recht hat, hat er Recht.

22.07.
Heute treffe ich um 15:00 Grün-Auge, den feschen Jungen vom Restaurant! ☺ Er hat gelesen, was ich in den Sand geschrieben habe und sich gerade vorher bei mir dafür bedankt! Mann, bin ich happy!

Einfach mal mutig sein. Mut wird belohnt. Mit Mut fangen die schönsten Geschichten an.

22.07 - etwas später
Gerade hat mir David, den ich heute für 1,5 Stunden gesehen habe, seine Liebe gestanden und ganz oft gesagt: „Just one kiss bitte". Ich hab mich mit „Sorry" von ihm verabschiedet!

Von 15:00-17:30 hab ich Lionel getroffen - so heißt Grün-Auge! Aus der Nähe betrachtet sind seine Augen grün-blau-grau! Er ist wahnsinnig hübsch. Er kommt aus Luxemburg und ist einfach ein Traumtyp! Zuerst sind wir nur spazieren gegangen - ohne Händchen halten oder so. Dann ins Wasser - nichts. Beim draußen liegen ist er dann einfach, ganz unerwartet zu mir herübergekommen und hat mich abgeknutscht. Er wollte mir die Zunge in den Mund stecken, aber ich habe meine Lippen zusammengepresst. Er hat „Sorry" gesagt. Später musste er dann wieder zur Arbeit. Morgen treffe ich ihn wieder. Er ist so lieb. Er ist 20 und ich hab gesagt, dass ich 16 bin. Er studiert irgendwas. Er kann etwas deutsch, etwas englisch, gut französisch und noch eine Sprache voll gut. Es ist voll witzig mit ihm.

Ich habe hier mit 15 Jungs und einem Mädchen geredet. Sechs Buben waren nur die Begleiter von den anderen. Von neun wollten zwei nichts von mir. Das ist alles so ein Durcheinander.

Mittlerweile habe ich mit insgesamt vier Jungs geknutscht. Ich befürchte, ich bin nicht ganz dicht. Ich liebe Heli und knutsche herum. Ok. Zwei ohne Gefühle, aber bei Lionel, weiß ich nicht so recht. Meine Gedanken sind so durcheinander. Bitte denke nicht falsch über mich. Meine Gedanken rasen überall hin und nirgends.

Tja, manchmal bleiben auch ein paar Herzen auf der Strecke. Ihr könnt Euch nicht vorstellen, wie verzweifelt dieser junge, süße David damals war. Wie traurig. Wenn man einmal Liebeskummer hatte, schwört man zwar, dass man so etwas nie jemandem antun könnte, aber mittlerweile glaube ich, dass es leider unvermeidlich ist. Irgendwann ist selbst der allernetteste Mensch für irgendjemanden ein Arsch. Freilich, nicht absichtlich, aber es passiert nun einmal, dass man Gefühle nicht erwidern kann, dass sich jemand unsterblich in Dich verliebt, der in Dir jedoch nicht einmal das kleinste Fünkchen entzündet. Ach was, sag ich, Ihr kennt dieses Gefühl doch bestimmt alle. Vor allem, wenn man auf der Suche ist: Diejenigen, die man will, kriegt man nicht, diejenigen, die man kriegt, will man nicht. Bis es irgendwann halt doch passt. Bis dahin ist immer einer der Herzensbrecher, ob er will oder nicht.

23.07
Gestern war ich von 22:00 – 23:10 am Strand! Ich spaziere so am Strand entlang, als mir plötzlich ein Mann zuschreit! Er hatte eine bewusstlose Frau in der Hand, die im Gesicht und am Körper total weiß war und hat versucht sie aus dem Wasser zu ziehen! Ich hab ihm schnell dabei geholfen und bin dann sofort ins nächste Strandrestaurant gelaufen! Die haben mich nicht verstanden, sind mit mir mitgekommen, haben dann sofort die Rettung informiert und die Frau wurde dann zum Glück gleich versorgt! Ich sag Dir, soviel Angst hatte ich noch nie in meinem Leben! Was, wenn die Frau gestorben wäre oder die Rettung nicht gekommen wäre oder, oder, oder?

Um 23:00 wartete ich vor dem Oasis Plage Restaurant auf Lionel, um kurz Hallo zu sagen. Er hat sich wahnsinnig gefreut! Ich bin dann gleich heim. Mama und Papa haben schon geschlafen, aber Papa ist aufgestanden und wir sind dann noch nach Juan-Les-Pins gefahren. Dort bin ich 2 Stunden nur herumgelaufen. Neun Jungs haben mit mir geflirtet.

Wißt ihr, man vergisst viel im Leben, ich sogar fast alles. Bemerkenswert wie schnell das bei mir geht. Da wollte ich eigentlich noch sauer sein auf meinen Göttergatten, weil er am Vortag etwas gesagt hat, was mir nicht in den Kram passte, habe ich es über Nacht tatsächlich vergessen. Jetzt weiß ich in der Früh also nur noch, dass ich sauer sein müsste. Blöd irgendwie, denn wenn man nicht mehr weiß, warum, fällt das mit dem sauer sein sehr schwer. Allerdings hat es auch Vorteile. Bevor ich den Faden verliere: manche Dinge im Leben vergisst man nie. Ich wußte nicht mehr, dass ich an diesem Tag die größte Angst in meinem bisherigen Leben hatte, aber ich kann mich sehr gut an dieses Gefühl erinnern. Und an die Situation. Als ich spazieren ging und den Mann über der Frau sah und im ersten Moment gedacht habe, die würden unanständige Sachen miteinander machen am Strand. Ist ja jetzt nicht sooooo extrem abwegig. Und dann ruft mir dieser Mann plötzlich zu. Bis ich endlich kapiere, dass er um Hilfe schreit und nicht um einen Dreier, keine Ahnung, wieviel Zeit bis dahin verging. Weil so etwas Schlimmes für mich so undenkbar war. Und dann die Frau mit ihrem leblosen, weißen Körper. Und dann ins Restaurant und mit leerem Hirn nur „help" zustande gebracht. Keinen Tau in diesem Moment, was Rettung auf Englisch heißt oder Notfall, oder welche Worte man in solchen Momenten sonst noch brauchen könnte. Die haben sich nicht ausgekannt: Da steht ein 14-jähriges Mädchen vor ihnen, das mit den Händen fuchtelt und relativ hysterisch „help" kreischt, aber sonst nichts herausbekommt. Zum Glück ging alles gut. Ich hoffe es. Ich hoffe, dass der Mann und diese Frau manchmal zurückdenken und dankbar sind, dass ich in diesem Moment vorbeikam und ihnen geholfen habe. Sie haben ja keinen Namen von mir. Nichts. Möglicherweise war ich für die beiden so etwas wie ein Engel, der ihnen geschickt wurde.

Möglicherweise bist DU ganz oft ein Engel für jemanden und weißt es nicht. Oft rettet nämlich auch ein Lächeln oder ein ehrlich gemeintes Kompliment jemandem den Tag.

23.07. - etwas später

Heute hab ich Lionel wieder getroffen! Ich bin mit ihm zu seinem Zuhause und habe seine Mutter, seine Nichte, seinen Neffen und seinen besten Freund kennengelernt! Am Strand haben wir viel geknutscht. Er hat mit dem Mund und seiner Zunge meinen Arm liebkost und hat irgendwas auf Französisch gesagt. So etwas hat noch nie jemand bei oder mit mir gemacht. Ich weiß nicht, was ich tun soll. Lionel hat übrigens am 01. Jänner Geburtstag!

24.07.1995

Gestern waren wir in Cannes. Wir haben uns dort ein Feuerwerk angesehen, das hunderttausend mal schöner war, als bei uns zu Silvester. Es war einfach traumhaft. Ich habe viele Fotos gemacht. Heute habe ich am Strand wieder drei Jungs kennengelernt. Zwei davon waren 18 und einer 20. Der 20-jährige, der fescheste von den dreien, hatte dunkle Haare und blau-gelb-braune Augen, hat mir auf den Hintern gegriffen und wollte mich abknutschen. Ich habe ihn erfolgreich abgewehrt und er konnte dann echt nicht aus dem Wasser, weil er einen Steifen hatte. Kurz darauf ist dieser Nicolai dann bei zwei Mädchen gesessen und hat wie wild geflirtet. Ich hab einen Dreckpatzen in die Hand genommen, bin zu ihm hin und hab ihm lächelnd den Patzen auf den Bauch geschmissen, mich umgedreht und bin gegangen. Ich sag dir, das war so eine Genugtuung, dass ich dann richtig gute Laune bekam. War der doch tatsächlich nur auf Sex aus. Ich bin dann zu Lionel und hab dort bei ihm am Strand geschlafen. Er ist voll süß. Vielleicht sehe ich ihn heute sogar noch einmal.

Hahaha. Wie genial. So gesund. Für Körper, Geist und Seele. Emotionen leben und nicht runterschlucken. Ich bin stolz auf die 14-jährige Jenny. Sehr stolz. Wir sollten uns alle mal ein Scheibchen abschneiden.

27.07
Ich sag Dir, schon die ganze Zeit denke ich nur an Helmut. Als ich das letzte Mal, das war gestern, Lionel getroffen habe, bin ich gleich wieder weg ohne auch nur die kleinste Berührung. Irgendwie tut es mir so leid und irgendwie hätte ich ihn sehr gerne noch einmal gesehen, aber irgendwie bin ich froh, dass es nicht so ist. Morgen gehe ich zum letzten Mal zum Strand.

Heute kam der dritte Junge daher, der einfach nur „geil" war. Um ca. 18:00 hat er mich angeredet. Er heißt Adnil und ist 21. Ich bin wieder einmal 16. Wir sind zum Schwimmen ins Wasser und er hat sofort versucht zu grabschen. Ich bin gleich abgehauen. Zum Abschied ein Bussi auf die Wange, mehr gab es nicht. Er ist aus Belgien und auch er konnte nicht aus dem Wasser, weil er einen Steifen hatte. Ich konnte mir das Lachen nur schwer verkneifen.

Könnte ich die Zeit zurückdrehen, ich würde mich verabschieden. Mit allem was dazugehört. Ich würde weinen, küssen, umarmen. Es womöglich bereuen. Aber ich würde mich verabschieden. Bitte seid so lieb. Verabschiedet Euch immer. Immer. Immer. Mit einem Bussi. Einer Umarmung. Von Euren Schätzen. Euren Kindern. Euren Eltern. Euren Geschwistern. Euren Freunden. Auch an den Tagen, an denen ihr sie gerade ein kleines bisschen weniger liebt als sonst. Denn der allerschlimmste Abschied ist der, wenn man einen Menschen zum letzten Mal sieht und das nicht weiß. Hand aufs Herz - wirklich WISSEN können wir es nie.

01.08.

Bin wieder zurück in Österreich! Mit Heli ist alles in Ordnung. Gisi ist gemein. Zu mir sagt sie, sie hat keine Zeit, weil sie Marc den ganzen Tag sieht und was ist? Mit Leni trifft sie sich. Geh ich halt allein ins Schwimmbad. Mir doch egal. Ich kenne genug andere Leute.

01.08. - etwas später

Im Schwimmbad war doch niemand. Bis Chris und Andi gekommen sind. Die beiden sind echt in Ordnung. Chris ist 15, hat schwarze Haare und dunkelbraune Augen. Andi ist 18, braune Haare, blond gefärbt, blaue Augen. Chris hat mir überall Sonnencreme raufgeschüttet und dann haben die beiden versucht sie zu verschmieren. Danach habe ich den Jungs zentnerweise Creme raufgeschmiert und sie dann eingecremt. Die haben es sich gefallen lassen. Wir sind dann noch Billard spielen gewesen. Chris war total charmant und wir sind dann eingehakt dagesessen. Um 17:15, kurz bevor Heli kam, habe ich mich verabschiedet. Chris hat mir die Hand gegeben, mich zu sich gezogen und mir ein Bussi auf den Mund gedrückt. Dann meinte er „Gleichberechtigung" und ich musste mir von Andi auch noch ein Bussi gefallen lassen.

Später ist dann Heli noch gekommen, wollte mich eifersüchtig machen und hat gesagt, dass er mich betrogen hat! Daraufhin hab ich ihm die ganze Wahrheit gesagt, aber er hat mir nichts geglaubt!

Hoffentlich ist Gisi morgen auch wieder nicht im Schwimmbad! Sie versucht sicherlich, die Jungs anzumachen und die meisten Jungs fallen ja auf sie rein - sie ist ja immerhin fesch. Zum Glück gehört Charakter auch dazu – den hat sie aber nicht! Ich habe leider festgestellt, dass immer alles nach ihrer Nase tanzt, ansonsten spinnt sie. Heli wollte mir das schon öfter klarmachen, aber ich bin ja eine gutmütige, naive Göre.

In Frankreich bin ich zum ersten Mal nicht in Gisis Schatten gestanden. Ich wurde bewundert und begehrt. Stärkt das Selbstbewusstsein enorm und ich frage mich schon, warum das so ist. Je mehr ich schreibe, desto mehr Wut bekomme ich. Aber ich bin sicher wieder so blöd und spiele mit. Wer weiß, vielleicht finde ich in der HAK neue, bessere Freundinnen! Mag sein, dass ich gemein bin, aber da bin ich ja nicht allein. Am besten wäre es Gisi mit gleicher Münze heimzuzahlen. Ob sie dann kapiert, wie schrecklich das ist?

Heute weiß ich es besser. Meistens. Nicht immer. Sicher, keine Rede. Es gibt sie, diese Menschen, die einfach schön sind. Die, die auf Anhieb jeder hübsch findet. Egal ob Mann oder Frau. Diejenigen, bei denen den Männern der Mund offen bleibt und fast der Sabber das Kinn runterläuft und bei denen sogar Frauen hinterherschauen. Gelb vor Neid oder neidlos anerkennend. (Ich bemühe mich immer für zweiteres, weil es das Leben leichter und schöner macht.) Gisi gehört nun mal dazu. Immer noch. Erst vor kurzem war ich beim Hofer einkaufen und da war auch so eine Lady. Einfach eine Erscheinung. Mir fiel kein anderes Wort ein. „Sie sind eine Erscheinung". Von Frau zu Frau. Wenn das mal kein Kompliment ist, dann weiß ich auch nicht. Auf jeden Fall gibt es dann auch diese Menschen, die erst auf den zweiten Blick schön sind. Oder die optisch nicht unbedingt schön sind im klassischen Sinn, aber die einen Raum betreten und diesen Raum füllen und deren Schönheit man irgendwie nicht erklären kann. Ich bin überzeugt, man weiß ziemlich genau, zu welcher Kategorie man selbst zählt. Und ja, es stimmt schon. Rein optisch betrachtet und auf die Mehrheit der Menschen bezogen ist und war Gisi die klassische Schönheit. Ich zähle mich selbst eher zu denen, die die Schönheit jetzt nicht unbedingt löffelweise gefressen haben, aber zumindest immerhin ein kleines Löffelchen abbekommen haben. Wir haben ja schon festgestellt, dass das mit der Schönheit und der Wirkung auf das andere Geschlecht gar nicht so sehr von dieser optischen Schönheit abhängt. Ihr erinnert Euch an die Geschichte mit dem Lächeln? Die Ausstrahlung macht so gut wie alles wieder wett. Worauf ich hinauswill ist ja ganz etwas anderes. Ich stand in Wahrheit nie in Gisis Schatten.

Ich habe mich selbst dorthin gestellt. Nicht Gisi, nicht die Jungs, das war ich ganz allein. Weil ich mich damals verglichen habe, weil ich mich nicht so geliebt und akzeptiert habe wie ich war. Das doofe daran. ist, dass es mir immer noch passiert. Im Juni 2018 (jaaaa, manchmal gehöre ich zu den Spätzündern *gg*) habe ich es dann erkannt: Blume müsste man sein.

Eine Blume konkurriert nicht mit der Blume neben ihr.
Sie blüht einfach.

Ich liebe diesen Spruch. Sagt mehr als 1000 Worte.

Da fällt mir ein: Katze sein wäre auch ok. Katzen bewerten nicht und das Wichtigste: sie vergleichen sich nicht - sie sind perfekt so wie sie sind. Zur Erinnerung: das bist DU auch!!! Und ich übrigens auch. Und arbeiten darf man ja trotzdem immer an sich! 😄

PS: Katzen haben immer genug Mäuse. Da wird nicht darauf geachtet, wie viele Mäuse die Nachbarskatze hat, nö, die Katze schaut ganz allein auf sich (möglicherweise noch auf ihre Familien- und Freundekatzen), dass sie genug Mäuse hat, um es sich gut gehen zu lassen. Das sollten wir vielleicht auch mal probieren, wenn wir schon beim Thema sind.

04.08.
Ich bin eine blöde Kuh. Gisi ist die allerbeste Freundin überhaupt. Gestern hätte ich sie und Marc beinahe auseinander gebracht, weil ich alle Geheimnisse weitergesagt habe. Heute bin ich zu ihr und habe mich entschuldigt.

Blöde Kuh oder einfach nur pubertär. Die Grenze ist sehr dünn in diesem Alter. So oder so, das war unterste Schublade. Macht man nicht. Nicht mal dann, wenn man wirklich verletzt wird und eine Freundschaft, Beziehung oder was auch immer zerbricht. Geheimnis bleibt Geheimnis. Ehrensache. Obwohl, wenn ich so darüber nachdenke, ich habe diese Fehler als Teenager alle ausprobiert und definitiv daraus gelernt. Hätten diverse Tratschtanten, die es mit 30plus immer noch nicht besser wissen (Du weißt, ob DU gemeint bist), auch machen sollen. Für Fehler einstehen und dafür entschuldigen wäre vielleicht auch Thema für einen Kurs, den die eine oder andere Lady belegen könnte.

Immer noch 04.08.

Heute im Schwimmbad hat mich Heli angeschrien dass er für immer geht! Ich hatte zuvor aber schon mit Gisi darüber geredet und ihr erzählt, dass er mich nervt und dass ich mich sowieso für andere interessiere. Ich fand seinen Wutanfall so witzig und musste lachen, wollte ihn aber nicht verletzen und hab mich deshalb weggedreht! Jetzt dachte er, dass ich weine und kam nochmal auf mich zu, um mit mir zu reden. Er hat mich in den Arm genommen und ich hab gebeichtet, was in Frankreich so war! Er hat gemeint, dass er drüber wegsehen kann und dass er damit gerechnet hat und mir erzählt, dass er von sechs Mädchen gefragt wurde und bei vieren ja gesagt hat – toll! Vorher hat er dann noch angerufen, dass ich es nicht zu hart nehmen sollte, dass wir weiterhin gute Freunde bleiben können und er mir ein schönes Leben wünscht. Am ärgsten finde ich die Tatsache, dass es nach dieser Zeit, einem Jahr, einem Monat und vier Tagen, nicht mal besonders weh tut. Gar nicht eigentlich.

Marc, Gisis Freund hat gerade bei mir angerufen und mir erzählt, dass Heli angeblich total fertig ist. Marc hat so lange geredet, bis ich fast zum Weinen gekommen wäre. Ich hab nochmal bei Heli angerufen und mich für alles bedankt. Nach dem Telefonat hab ich nur noch HASS gefühlt! Ich hoffe für mich, dass ich bald einen lieben Freund finde! Die Sachen, die mich an Heli erinnern hab ich in einer Schachtel verstaut. Ich will jetzt mehr für meine Figur tun, hätte gerne neue Klamotten und einen neuen Look. Ich überlege schon die ganze Zeit, für wen ich mich interessiere.

Schade, dass Chris nicht von hier ist. (seufz) Ich glaube ich zieh nach Frankreich, mir fallen in Judenburg und Umgebung keine Jungs ein, für die ich mich interessiere oder die sich für mich interessieren würden! Chris R. ist auch nur bis zu einer Entfernung von 1,5 Meter fesch. Dann wirkt er auf einmal so alt. Jetzt bin ich verzweifelt. Leni und Kathi haben ja auch keinen Freund, sind aber hübscher als ich.

I was with my boyfriend longer than a year. All time I loved him, but now I only like him. It is difficult to believe. In my eyes are tears. My heart says that it is true what I do, but my head says I am silly. I think when I am with other boys, I will forget Heli.

Einfach mal aufs Herz hören. Das ist klüger als der Kopf. Und angeblich klüger als der Bauch. Weil es ja genau dazwischen liegt. Also zwischen Kopf und Bauch.

05.08.
Mein erster Gedanke beim Aufwachen: ich bin ohne Freund – irgendwie ist es doch hart!

05.08. - später
Heute war ich im Schwimmbad. Es war voll lustig mit den Jungs. Vor allem mit Jörg und Sebi. Heli habe ich auch gesehen - immer mit anderen Mädchen. Es ist so enttäuschend. Mir kommt es so vor, als hätte ihm nie etwas an mir gelegen. Er hätte mir zwar noch eine Chance gegeben, aber ich habe abgelehnt. Gisi sagt, dass es richtig war, aber Marc hat wieder die ganze Zeit auf mich eingeredet.

06.08.
Heute war ein aufregender Tag! Wir waren wieder alle im Schwimmbad! Ich hatte mit Jörg wieder voll den Spaß, und er hat mir sogar ein Getränk bezahlt und wir haben zusammen sein Eis gegessen! Beim Herumraufen kam ich mit meiner Wange ganz dicht

an seinen Mund und bekam ein Bussi! Später hat er mir sogar seine Hand gegeben, aber ich hab mir eigentlich nichts dabei gedacht. Von daheim aus habe ich dann bei ihm angerufen bzw. zurückgerufen und ich musste ihm einen Brief und Anrufe versprechen und dass ich ihm treu bleibe! Da wollte ich dann doch wissen, wie er das meint und hab ihn gefragt ob er denkt, dass wir zusammen sind. Seine Antwort war: „Ich hoffe schon". Irgendwie freut mich das, aber er ist Gisis Exfreund und Leni ist in ihn verknallt. Gisi sagt, dass ich es besser bleiben lassen sollte, denn Leni wird mich köpfen! Und was würden die anderen sagen? Aber heute haben mir nicht mal die Mädchen um Heli herum was ausgemacht. Ich bin ratlos! Ich kenne Jörg und weiß, wie gefährlich es mit ihm ist, aber trotzdem reizt es mich – sogar meine Eltern wissen schon von ihm! Ich dachte immer, dass ich bei Jörg nie im Leben Chancen hätte. Aber es heißt ja immer, dass probieren über studieren geht. Draußen gewittert es, wäre ich abergläubisch, würde ich denken, das ist für mich. Aber jetzt bin ich dann erst mal weg für zwei Wochen. Danach sieht womöglich alles wieder ganz anders aus!

Das Gewitter WAR für mich. 🌑

13.08.
Dem Telefon nach kommen Jörg und ich zusammen! Gisi hat auch gemeint, dass ich doch mit ihm zusammenkommen sollte, weil die Leni jetzt vor lauter Hass versucht, ihn mir auszuspannen! Hier ist tote Hose. Der einzige Vorteil, ich bekomme Geld von Ralf-Papa und Papaoma + Opa. Ich freu mich schon wieder auf daheim und auf Gisi! Gisi und Marc haben gerade Probleme miteinander. Heli hat auch einmal angerufen und mir erzählt, dass er mit der aus dem Schwimmbad zusammen ist und am Sonntag mit ihr geschlafen hat! Echt heavy! Jetzt ist es gleich halb eins in der Früh.

Normalerweise ruft Jörg gegen 21:00 an, bin gespannt was ihm dazwischengekommen ist. Morgen Vormittag rufe ich ihn und Gisi an. Am Freitag waren wir in einem kleinen Freizeitpark und einmal war ich mit Ralf Minigolfspielen.

Ich verstehe Leni. Ich verstehe die junge Jenny. In diesem Fall hatten wir noch Glück. Wir waren in einem Alter, in dem es noch mehr um Schwärmerei ging als um die wahre große echte Liebe. Bloß, was machst Du, wenn Dir sowas später passiert? Was machst Du, wenn Du Dich unsterblich in jemanden verliebst und der sich umgekehrt in Dich, Du aber genau weißt, dass Deine langjährige, gute, vielleicht sogar beste Freundin, ihr Herz bereits an ihn verloren hat? Wofür entscheidest Du Dich? Für die Freundschaft? Für die Liebe? Ich sag dazu nur „Scheibenkleister" und „Gott bewahre" jemals in so eine Situation zu kommen. Egal in oder aus welcher Richtung.

20.08.
Ich bin schon lange wieder daheim. Gestern waren Gisi und ich mit Jörg und Mario Billard spielen! Später waren wir bei Jörg und haben einen Film geschaut. Gisi hat Mario heute einen Brief gegeben und er ihr. Als wir ihn gelesen haben, mussten wir weinen. Gisi hat sich dennoch für Marc entschieden.

21.08.
Gisi hat Mario noch einmal geschrieben. Gerade vorher waren er und Sebi hier bei mir. Ich hab ein bisschen mit ihnen gequatscht. Sie sind echt OK. Mario geht jetzt ins Studio trainieren, anstatt seinen Frust zu ertränken. Er tut mir so leid. Er hat einen super Charakter und würde gut zu Gisi passen, obwohl natürlich Marc auch gut passt. Sebi gefällt mir auf einmal voll gut und ich finde ihn voll lieb. Bei Jörg weiß ich nicht, was es ist. Ich bin neugierig. Maximal ein bisschen verliebt. Aber Sebi könnte ich mir sogar als Freund vorstellen. Vielleicht schreibe ich ihm einen Brief.

22.08.

Gisi und ich treffen uns wieder mit Jörg und Mario zum Billardspielen! Ich bin gespannt, was daraus wird. Ich versuche, Jörg um den kleinen Finger zu wickeln! Bis jetzt hat immer noch er sich als erstes gemeldet! Meine Eltern werden immer blöder. Jetzt darf noch nicht einmal ein Junge zu uns kommen. Wahrscheinlich sind sie wo dagegengerannt. Hoffentlich geht das vorüber.

24.08.1995

Voriges Mal beim Billard spielen war Jörg total komisch, aber er hat sich heute dafür entschuldigt. Mario und ich telefonieren jetzt auch oft. Er ist wegen Gisi ziemlich down. Gisi verträgt sich mit Marc wieder, nur leider hat er jetzt etwas gegen mich und ihre Eltern noch dazu. Die Geschichte mit Jörg wird schön langsam etwas ernster. Eine Zeit lang sind wir in der Küche gesessen und haben einfach so gequatscht. In seinem Zimmer haben wir dann mit Bussi und Knutschen begonnen und mit Zungenkuss aufgehört. Seine Küsse sind ungewöhnlich, aber toll UND er schließt die Augen beim Küssen! Im Jänner bei Gisi hatte er sie offen – ich wüsste gerne, was das zu bedeuten hat! Ich hoffe nur, dass ich mich nicht hineinsteigere!

An dieser Stelle sollte vielleicht erwähnt werden, dass Marc dem typischen Traum jeder Schwiegermutter entsprach, von wegen hübsch, anständig inklusive anständig gekleidet, aus gutem Hause, mit Wohnmobil etc. etc., während Mario zeitgleich mit grünen Haaren, gepierct und durchaus mal mit Jogginghose daherkam. Und ja, es ist verdammt oberflächlich, und ja, Deine oberste Priorität sollte das Glück Deines Kindes sein, aber jetzt mal ganz ohne Scheiß. Wenn Du diese Jungs nicht persönlich kennst, wen würdest Du Dir für Dein Mädchen, Deine Prinzessin, wünschen? Ganz ehrlich? Ich würde die Freundin meiner Prinzessin fressen, wenn sie ihr scheinbar von einem Prinzen zu einem Frosch raten würde. Dass meist die Frösche die wahren Prinzen sind, stellt sich ja erst nach dem ersten Kuss heraus.

ICH Jennifer HOFFE, DASS

1) Ich nie wie meine Mutter werde (nicht so streng oder gemein)
2) Ich die Schule mache und schaffe, egal was kommt
3) Ich nie rauche, trinke oder Drogen nehme
4) Ich und Gisi immer gute Freundinnen sind (Blutsschwesternschaft)
5) Ich, bevor ich keinen Job habe und meine Wünsche und Launen ausgelebt habe, keine Kinder bekomme oder heirate
6) Ich die halbe Welt sehen kann, wenn ich groß bin (vorausgesetzt ich habe genug Geld)
7) Ich immer Freunde habe – in guten und schlechten Zeiten
8) Ich immer ein guter Freund bin und zuhören kann
9) Ich nicht so leben muss, wie viele Verwandte und Bekannte von mir (trostlos und irgendwie ohne Perspektive)
10) Ich lange lebe
11) Ich immer ehrlich bin
12) Ich mich in einer Liebesbeziehung nicht aufgebe

Wow! Kannst Du Dich erinnern, was Dir wichtig war oder gewesen wäre? Hast Du es irgendwo aufgeschrieben? Wenn ja - geh und krame es hervor. JETZT. Am Besten schon gestern. Es bewegt Dich. Es sorgt für ein Gänsehautgefühl. Und wenn Du Glück hast für Stolz. Und falls nicht, und Du hast Deine Liste rechtzeitig wieder entdeckt, dann kannst Du noch an Deiner Liste arbeiten. Auch wenn Du dafür vielleicht über Deinen Stolz und Schatten drüber springen musst. Und falls Du niemals eine geschrieben hast, dann nimm Dir jetzt die Zeit dafür. Stell Dir vor, Du bist 80 und blickst zurück. Auf DEIN Leben. Wie möchtest Du gewesen sein? Wenn es Dich berührt, dann weißt Du jetzt ja automatisch was zu tun ist. Sei mutig, es lohnt sich. Und wenn Du jetzt noch nicht überzeugt bist, dann lies doch mal das Buch von Alexandra Reinwarth „Das Leben ist zu kurz für später".

25.08.

Heute waren Gisi, Leni, Mario, Jörg und ich schwimmen. Warum auch immer, Jörg und ich waren etwas zerstritten. Er ist dann mit Leni etwas trinken gegangen! Mensch, war ich sauer! Gisi und Mario haben heute viel miteinander geredet. Später habe ich Jörg geholt und wir haben geredet. Ich hab Jörg gefragt, ob Mädchen für ihn nur ein Spiel sind. Seine Antwort war: „Nein, bei Dir meine ich es ernst, voll ernst". Dann haben wir uns ein Bussi gegeben und sind Hand in Hand zurückgegangen. Ich bekomme es etwas mit der Angst zu tun – der Angst mich zu verlieben! Mario hat auch gesagt, dass Jörg in dieser Hinsicht ein Trottel ist, und Gisi sagt, dass er gut im Herzen-brechen ist. Stell Dir vor, Leni ist nicht mal sauer auf mich. Das mit Leni tut mir so leid! Zuerst nehme ich ihr Gisi als beste Freundin und dann komm ich auch noch mit Jörg zusammen, obwohl sie in ihn verknallt ist – das ist alles nicht absichtlich, und ich kann mir echt nicht erklären, warum das so kam! Bitte hilf mir! Es wäre das erste Mal, dass ich mich richtig verlieben würde - aber bitte nicht ausgerechnet in Jörg! Ich denke jetzt, das mit Heli war eher Gewohnheit. Möglich, dass ich verliebt war, aber mal ehrlich, ich stelle mir das anders vor. Mit Schmetterlingen und allem Drum und Dran.

Ich glaube ich war in Lionel verliebt. Auf eine gewisse Art vermisse ich ihn.

Gisi wird in den nächsten zwei Monaten entscheiden, ob sie bei Marc bleibt. Gisis Eltern mögen mich nicht. Nicht gerade ein tolles Gefühl. Alle denken, dass ich es bin, die Gisi mit Mario zusammenbringen will. Wenn die wüssten.

Weißt Du, was ich hoffe? Dass ich andere nette Leute kennenlerne, dass ich mich mit meinen Eltern besser verstehe und noch vieles mehr. Außerdem ist mir heute ziemlich viel anderes durch den Kopf gegangen: warum gibt es Musik und so viele Arten davon? Wieso gibt es so viele reiche Menschen und noch viel mehr Arme? Für was ist Emanzipation (oder wie das heißt) und wer hat z.B. Socken usw. erfunden? Und außerdem wäre ich schon gerne 16 oder 17 oder 18 oder 19 Jahre alt. So. Gute Nacht.

...mit Schmetterlingen und allem Drum und Dran...mit zitternden Knien und ganz viel singen und tanzen und einer wunderschönen Titelmelodie...😊 ... Tja, was soll ich sagen, ich befürchte, alle Märchen, die mir jemals vorgelesen wurden, alle Bücher, die ich selbst gelesen habe und Walt Disney haben mir falsche Vorstellungen von Liebe vermittelt. Obwohl, ich habe es tatsächlich zwei Mal erleben dürfen. Diese zitternden, weichen Knie. Diesen Moment, wo Dich jemand wie zufällig berührt und Du das Gefühl hast, dass Deine Knie nachgeben. Ein Garant für die ewige Liebe sind diese verdammten Knie leider nicht. Nur im Film. Wenngleich man da auch nur den

Anfang der Beziehung sieht. Von wegen glücklich bis an ihr Lebensende. Und wenn sie nicht gestorben sind, dann leben sie noch heute. Pffffff. Ich würde all diese Liebesfilme und Traumpaare, die uns an die einzige wahre, große Liebe glauben lassen, gerne mal sehen nach 10 Jahren Beziehung und mehr.

Im Film „Für immer Liebe" mit Channing Tatum liebe ich die Szene in der Paige ihrer Mutter, die von ihrem Vater betrogen wurde, vorwirft die Augen verschlossen zu haben und die Mutter darauf antwortet: *"Nein. Ich habe mich dafür entschieden bei ihm zu bleiben wegen all der Dinge die er richtig gemacht hat. Und ihn nicht zu verlassen wegen dieser einen Sache die er falsch gemacht hat. Ich war bereit ihm zu vergeben."* DAS ist Liebe.

Um das klarzustellen: auch Schmetterlinge haben zwei Gesichter. Denn manchmal ist das gefährlichste Tier für einen Menschen der Schmetterling im Bauch. Und jeder der schon einmal unsterblich oder heimlich oder unsterblich UND heimlich verliebt war, weiß wovon ich rede. Dessen ungeachtet bin ich der Überzeugung, dass es Liebe gibt, die wachsen darf. Wie oft entsteht Liebe aus Freundschaft. Wie oft entsteht aus einem kleinen Fünkchen ein richtig großes Feuer. Man kann es drehen und wenden, wie man will. Was am Ende zählt ist nicht der Beginn einer Beziehung, sondern die Beständigkeit. Am einfachsten geht das meiner Meinung nach, wenn wir lernen, dass wir Mädchen nicht immer das Drama brauchen. Dass es sich auch gut anfühlen darf, wenn mal eine ganz lange Zeit alles absolut undramatisch abläuft. Dass wir uns nicht zwingend in Arschlöcher verlieben müssen um uns zu spüren.

26.08.

Ich bin heute irgendwie mies drauf. Gisi und Leni gehen heute schwimmen, ich habe aber null Bock drauf. Ich geh jetzt mal Schuhe kaufen und vielleicht rufe ich Mario mal an. Jörg will ich nicht anrufen, weil er sicher noch schläft und dann wieder sauer ist.

… Ich habe jetzt neue Schuhe und Mario, Sebi und Olli in der Stadt getroffen. Ich habe sie überredet ins Schwimmbad mitzukommen. Jetzt bin ich total gut drauf und freue mich irre aufs Schwimmbad. In Jörg verliebe ich mich wahrscheinlich doch nicht, weil er manchmal einfach so komisch ist.

26.08. - ein bisschen später

ICH HASSE KLAUS. Alle sind im Schwimmbad. Nur ich…oh scheisse, ich hasse Mama auch! Warum kann ich nicht so ein schönes Leben haben wie alle meine Freunde? Ich komme mir so ausgeschlossen vor! Ich hasse mein Leben. Ich verfluche meine Eltern – sie verhauen mir alle Freundschaften! Wenn sie wüssten, was sie anrichten! Ich passe bald überhaupt nicht mehr dazu. Ich würde gerne meine Sachen nehmen und weglaufen und bei Hausarrest einfach trotzdem gehen. Mit Gisis Zugkarte könnte ich überall hin abhauen. Na toll, jetzt wird auch noch das Wetter schön. Was habe ich verbrochen? Ich tu immer so fröhlich und unbeschwert und, als wären mir alle Probleme egal, spiele ich alles herunter, aber wies es in mir aussieht, weiß glaub ich keiner, nicht einmal Gisi. Es wäre für alle das Beste, wenn ich nie zur Welt gekommen wäre! Die Tränen laufen über meine Wange, warm und salzig! Tränen des Hasses, der Verachtung, des Verzweifelns, der Traurigkeit. Ich habe Angst meine Freunde zu verlieren und Angst davor, Klaus und Mama für immer zu verachten und zu hassen! Ich verliere den Boden unter den Füßen!

Och, armes Mäuschen…na, na, na, wer wird denn da gleich so dramatisch sein. Immer dieses hassen, weglaufen wollen und nicht mehr auf der Welt sein wollen. Wenn ich könnte, würde ich sie in den Arm nehmen. Ach halt. Ich kann ja. Das bin ja ich. Das klingt jetzt möglicherweise für Dich ein bisschen „spooky", vor allem wenn Du denkst, dass Spiritualität der neueste WC-Reiniger am Markt ist. Nichtsdestotrotz möchte ich Dich wissen lassen, dass Dein kleines, wütendes, verzweifeltes 14-jähriges Hormonbömbchen immer noch ein Teil von Dir ist und sich wahrscheinlich heute noch ungeliebt und alleingelassen fühlt. Unverstanden. Aus der Haut fahren möchte, sich das aber nicht traut. Nimm sie doch mal in den Arm. Frag sie doch mal was sie braucht. Sei doch mal ein bisschen lieb zu ihr, zu Dir.

26.08. - noch immer

...vorher hab ich die Musik voll aufgedreht und die Tür zugesperrt. Klaus ist hochgekommen und hat gegen die Tür gedroschen. Ich hab aufgemacht und er hat gemeint, ob ich nach einer Watsche bettle. Ich habe komplett gleichgültig und ruhig mit ihm geredet, ohne zu weinen. Er hat mir die Musik verboten. Ich hab mir ausgemalt, was ich gerne zu ihm sagen würde: Du bist nicht mein Vater, Du hast mir gar nichts zu sagen.

Aus der Sicht einer Mama verstehe ich Klaus heute nur zu gut. Wenn da nämlich steht: „voll aufgedreht", dann meine ich „voll aufgedreht" 😎 Und das ist echt laut. Da muss damals wohl das ganze Häuschen gebebt und gescheppert haben. Als Musik hatte ich ja nicht gerade irgendwelche sanften Symphonien drin.

Grundsätzlich bin ich der Meinung, dass man sagen sollte, was man sich denkt und wie man sich fühlt, damit man, wie es oft so schön heißt, keinen Kropf bekommt. Manchmal ist es jedoch besser, nichts zu sagen oder wenigstens einen kleinen Moment vergehen zu lassen, um nicht zu grob anzukommen. Einmal ausgesprochen kann man Worte nicht mehr zurücknehmen. Da gibt es sogar ein Lied dazu:

„lalalalalala ...eine Kleinigkeit nur als der Streit begann,
aber dann kam, was keiner vergessen kann,
denn aus Worten wurden tödliche Pfeile...lalalala..."

Ihr müsst wissen, meine Mama stand und steht auf Schlager und ich kenne dank ihr ganz schön viele Lieder und Texte...dieses ist übrigens von Claudia Jung „Stumme Signale". Was das Worte zurücknehmen angeht, wäre das durchaus oft sehr praktisch. Ach, das wäre eine tolle Erfindung. Eine Zurückspul-Taste fürs Leben.

Nicht so krass wie in dem Film „Klick" mit Adam Sandler, aber wenigstens ein paar Sekunden, für den Fall des Falles, dass man doch einmal zu impulsiv reagiert hat und verbal verletzend war. Man möchte seine Liebsten und auch die weniger Liebsten ja gar nicht wirklich verletzen, aber manchmal machen sie es einem schon verdammt schwer, oder wie seht ihr das? Habt ihr „Klick" gesehen? Ich habe ihn sicher schon mindestens fünf Mal gesehen und fünf Mal dabei Rotz und Wasser geheult. Die Message: Das Wichtigste im Leben ist die Familie. Zwischen den Zeilen: Lebe den Moment. Im Großen und Ganzen ein empfehlenswerter Film, sehr lustig, kurzweilig und wenn man möchte und dafür offen ist, tiefsinnig.

> Sende nicht Worte mit fliegender Eile.
> Zürnende Worte sind brennende Pfeile.

27.08.
Ich habe gestern noch einen Zetterl an Mama und Klaus geschrieben: „Entschuldigung wegen heute, bitte seid mir nicht mehr böse! Ich hab Euch lieb! Bussis Jennifer"
Stimmt zwar alles nicht, aber ich will, dass ich wieder Freiheiten bekomme.

Frau tut was Frau tun muss!

27.08.
Heute waren Gisi, Mario, Sebi, Jörg und ich im Pharao, Du weißt schon, in der Disco bei uns in der Stadt. Gisi und Mario haben miteinander geschmust. Gisi ist voll fertig. Jörg hatte wie immer komische Laune. Ich hab mich voll zu Sebi geschmissen, es war schon offensichtlich. Bevor wir gefahren sind, habe ich Jörg alles vorgeworfen. Er hat versprochen, dass er sich bessern wird und hat mir seine Hand gegeben. Jetzt steh ich da. Ich mag Sebi total gerne und Jörg irgendwie auch. Ich hab erfahren, wäre ich nicht mit Jörg zusammen, wäre Sebi durchaus an mir interessiert. Jetzt geht es mir ähnlich wie Gisi. So ein Blödsinn.

Kennt ihr Euch noch aus? Ja, ja, so ist das eben als Teenager. Gar nicht so einfach, da noch den Überblick zu bewahren, gell? 😎 Und dann erinnere Dich daran, wie anstrengend das erst ist, da mittendrin zu sein. Ganz ehrlich? Bist Du nicht auch froh, das alles hinter Dir zu haben? 😄

01.09.

Klaus spinnt nicht mehr. Wir waren die ganze Woche in Weiz bei meiner Uroma. Dieses Wochenende ist Jörg unterwegs - er hat mich von dort heute angerufen - wow, damit hätte ich nicht gerechnet. Vielleicht hat er sich zu Herzen genommen, was ich gesagt habe. Seit voriger Woche sind Gisi und Mario zusammen. Mit Marc ist endgültig Schluss. Gisi hat angerufen und gesagt, dass Marc ihren Eltern alles gesagt hat. So ein Arsch. Am Sonntag gehen wir vielleicht wieder ins Pharao. Ich freue mich auf Jörg, aber Sebi ist sicher auch mit. Oh oh.

02.09.

Ich hasse Patrick und Klaus und Mama. Patrick, du liebstes aller Kinder, wie ich dich hasse. Alle lieben nur ihn und ich bin das böse Kind. Heute sind Gisi, Leni, Sebi, Mario und Olli wieder im Schwimmbad. Klaus und Mama sind so wahnsinnig gemein. Sie nennen mich „bubennarrisch". Ich habe immer gedacht, ich lebe gerne, aber je länger, desto unsicherer werde ich mir diesbezüglich. Ich bin ja bloß froh, dass ich nicht von Drogen abhängig bin. Bitte lieber Gott, mach, dass ich das alles überstehe.

Geschwisterliebe. Och.

Wir sind Geschwister.
Denke immer daran,
wenn Du hinfällst, werde ich Dir helfen.
Nachdem ich aufgehört habe zu lachen.

Könnt Ihr Euch daran erinnern? An diese Tage? An denen ihr alles und jeden gehasst habt? Nein? Ich auch nicht! Aber nach ein paar, nennen wir sie mal „Recherchen" , bin ich mir ziemlich sicher, dass jeder Teenager irgendwann einmal in seinem Leben diese oder ähnliche Gedanken hatte. Aber macht Euch keine Sorgen, denn...

03.09.

Heute bin ich voll happy! Gestern hab ich mich bei Klaus entschuldigt – ich weiß zwar nicht für was, aber wie es aussieht hilft es! Hab mich ganz lieb fürs gute Essen bedankt, abgewaschen, abgetrocknet, mich mit Patrick ein bisschen abgegeben und nachher geh ich mit Gisi ins Pharao! Gisi hat mir erzählt, dass Sebi nicht lange im Schwimmbad geblieben ist, weil ich nicht da war. Das hat mich voll gefreut. Jörg hat angerufen, und als er gehört hat, dass ich ins Pharao komme, hat er gesagt, dass er sich freut. Voll süß! Sebi auch. Scheiße.

03.09. etwas später

Im Pharao war's total klasse! Heute ist der schönste Tag in dieser Woche und überhaupt seit langem! Wir, Gisi, Kathi und ihre Cousine haben die meiste Zeit getanzt. MEGASTARK! Sogar Jörg hat sich heute spitzenmäßig benommen! Er hat mich umarmt, wir haben geküsst und er war wirklich lieb! Kurz bevor Gisi und ich gefahren sind, hab ich zu Jörg danke gesagt. Und er so: „für was?" Ich so: „für heute". Dann hat er voll gesmiled. Ich glaube, ich hätte die Chance, ihn um den Finger wickeln zu können! Gisi hat Mario auch voll im Griff, dafür hat ihre ganze Familie jetzt was gegen mich, weil sie denken, dass Gisi zwecks mir nicht mehr mit Marc zusammen ist! Dass ich nicht lache! Zum Glück kennen sie die Wahrheit nicht, sonst wäre ihr Familienleben wohl auch nicht mehr so rosig! Sebi tut mir leid, denn was ich gehört habe, glaube ich mag er mich sehr, aber ich befürchte, ich verknall mich nun doch ernsthaft in Jörg. Oh oh.

06.09.95

Vor drei Tagen dachte ich, es würde weh tun, falls Jörg Schluss machen würde. Heute denke ich nicht mehr so. Ich darf mich da auf keinen Fall hineinsteigern. Heute habe ich von Helmut geträumt. Es war so unbeschreiblich. Ich könnte mir im Moment nicht vorstellen noch mit ihm zusammen zu sein, aber auf irgendeine Art geht er mir ab. Die schönen Kuschelstunden und das miteinander reden. Von Kathi habe ich erfahren, dass Sebi nicht mehr ins Pharao gehen will. Warum nur? Heute werde ich Jörg eine halbe Stunde sehen und einfach mal alles auf mich zukommen lassen.

Du brauchst nicht immer einen Plan.
Manchmal reicht es tief zu atmen und zu vertrauen.

07.09.

Gisi ist hin und weg von Mario – sie redet pausenlos nur von ihm und denkt immer nur an ihn! Wahnsinn! Ich freue mich so für sie! Leni will mir Jörg immer noch ausspannen! Ich werde aber gut aufpassen! Abgesehen davon, denkt Jörg sogar im Rausch an mich und hat mir über Mareike ausrichten lassen, dass er mich gerne hat – das freut mich! Bin gespannt auf Sonntag und Pharao. Leni wird auch dort sein. Sebi ist im Krankenstand, er hat sich den Finger fast durchgeschnitten - der Arme! Hansi war krank, sollte aber wieder gesund sein, von Olli weiß ich gerade nichts und Jörg geht morgen Tennis spielen.

08.09.

Habe ich Dir schon geschrieben, dass ich oft an Lionel denken muss? Verflixt. Ich frage mich, ob die Jungs aus Frankreich manchmal auch an mich denken. Am Mittwoch fängt die Schule an. Ich bin neugierig, habe aber auch ein bisschen Angst davor.

Sag ich ja. Verabschieden.

Boah, das wäre ja wirklich sehr spannend, wer aus der Vergangenheit aktuell noch an Dich denkt. Oder? Noch spannender jetzt nach mittlerweile mehr als 20 Jahren. Ich kann mir sogar vorstellen, dass ich Lionel irgendwie ausfindig machen könnte, wenn ich das wollte. Ich habe absolut kein Bild mehr von all den Jungs in meinem Kopf. Ob die immer noch so hübsch sind, wie sie es damals waren? Ob aus diesen hübschen Jungs mittlerweile schöne Männer wurden? Oder ob sie sich in der Zwischenzeit zu ihrem Nachteil verändert haben, mit dicken Bierbäuchen, kahlen Köpfen oder voll „versifft"? Noch schlimmer ist der Gedanke daran, was sie zu mir sagen würden? Wie haben sie mich in Erinnerung und was würden sie sich denken, wenn sie mich wiedersehen würden? Könnten sie sich an mich erinnern? Da lässt doch gerade mein Kopfkino grüßen: „Julia Leischick sucht" - Erinnerst Du Dich noch? Äh, nö. Oder „Non" . Non, biensûr que non! Nein, natürlich nicht! Wenn schon, denn schon, dann aber wohl am ehesten David und Lionel. Wah, allein der Gedanke daran verursacht ganz arges Herzklopfen. Herzrasen. Nur mal angenommen, ich wäre an dieser Stelle während des Schreibens Single: Ich glaube ich könnte ihn trotzdem nicht suchen - vor lauter Schiss. Wisst ihr was ich meine? Wenn man von jemandem nur die Zuckerseite kennengelernt hat, im Urlaub, jung, hübsch, knackig, braungebrannt - ist es dann besser diesen jemanden genau SO in Erinnerung zu behalten oder sollte man das Risiko eingehen, all diese schönen Erinnerungen möglicherweise zu zerstören? Oder würde man andererseits, also als Single, vielleicht das Risiko eingehen, dass man seine große, vielleicht die größte Liebe seines Lebens versäumt? Oh mein Gott, hört das denn nie auf?

Jörg benimmt sich schon wieder komisch, redet wenig, fährt einfach weiter, obwohl er uns genau gesehen hat, meldet sich nicht...Mario hat gemeint, dass Jörg einfach nur sagen können will, dass er eine Freundin hat. Ich will Jörg aber nicht darauf ansprechen. Heute habe ich Helmut gesehen. Er hat sogar gegrüßt. Ich hatte einen irren Traum, in dem er mir und Jörg ein blaues Auge geschlagen hat. Ich bin gern mit Jörg zusammen, weil ich fast alles habe, was ich gerne mag. Freiheit, Freunde und trotzdem einen Freund. Auf der Nase habe ich einen Pickel und ich kann die Brücke.

Das nenne ich mal einen Themenwechsel.

> Meine Aufmerksamkeitsspanne ist sehr kur...
> - oh, schau mal, ein Vögelchen!

09.09.
Heute war ein spitzenmäßiger Scheißtag. Ich war mit Gisi in der Stadt. Eigentlich wollten wir zum Billardspielen fahren. Jörg war nicht zu erreichen, und gemeldet hat er sich auch nicht. Später sind er und Olli gekommen und er ist einfach an mir vorbei. Meine Laune war auf dem Nullpunkt. Ich war dann mit Gisi und Mario im Pauls – Sebi und Hansi sind dann auch noch nachgekommen und ich konnte es nicht lassen und habe Sebi fest angebaggert! Ich mach mit Jörg Schluss! Er macht mich fertig, sowas verstehe ich nicht unter Beziehung! Ich hoffe, dass er nicht sauer ist und falls es ihm doch etwas ausmachen würde, wird Leni ihn wohl trösten! Aber mit Sebi lass ich mir noch ein bisschen Zeit...

10.09.
Scheiß Jungs! Es ist 0:15 und ich kann nicht schlafen! Ich grüble schon die ganze Zeit, wie ich Jörg beibringen soll, dass Schluss ist? Die volle Wahrheit oder nur das notwendigste?

Mensch - bin ich NICHT glücklich. Was, wenn er fragt, ob ich ihm noch eine Chance gebe? Was wenn er lieb wäre? Was ich nicht glaube, aber was, wenn doch? Ich weiß nicht, wo mir der Kopf steht! Denn da ist ja auch noch Sebi, und die Jungs aus Frankreich gehen mir auch nicht so recht aus dem Kopf! Außerdem mag ich Jörg ja, er muss halt nur erst reifer werden! Leni will mit ihm zusammenkommen. Also ehrlich, nachdem zwei Freundinnen schlechte Erfahrungen gemacht haben - sie stürzt sich in ihr Elend. Aber Sebi ist echt fesch und lieb! Gisi sagt auch, dass er lieb und fesch ist. Als sie noch mit Marc zusammen war, haben wir mal so dahergeredet und beide gesagt, dass wir es uns mit Sebi vorstellen könnten.

Ich habe gerade nachgedacht, wer mit wie vielen Jungs geknutscht hat. Gisi drei, Leni einer, Kathi mehr als einer, weiß aber nicht genau wie viele und ich mit sieben! Oh Gott, wenn das wer hört, könnte es passieren, dass ich als Flittchen dastehe! Was ist mir nur dabei eingefallen?! Mann, bin ich tief gesunken! Voriges Jahr sag ich zu Bussis noch „Kitsch" und heuer habe ich bereits mit sieben Jungs geknutscht, und mir spuken x Jungs auf einmal im Kopf herum! Zu Alkohol hab ich igitt gesagt und jetzt finde ich Baileys ist ein Traum. Waren das wirklich WIR, denn Gisi ist ja gleich „gesunken" oder sind die Jungs daran schuld? Hab mir heute „Dirty Dancing" angeschaut und bin so neidisch auf Babe, weil die so ein Glück in der Liebe hat! Und Gisi noch dazu! Gisi und Mario passen zusammen wie Pech und Schwefel, Schloß und Schlüssel, Bett und Bettbezug, Milch und Honig, Mädchen und Junge. Ich halte die Daumen, dass sie lange glücklich sind. Jetzt habe ich gerade meine Einträge aus den Ferien nochmal durchgelesen. Ist Dir etwas aufgefallen? Alle Jungs haben die schönsten Augen! Hm, ob einer der Jungs aus Frankreich jemals auch nur einen klitzekleinen Gedanken für mich übrig hat? Ich denke so gerne an Lionel zurück!

😊😊😊 Ach Du grüne Neune „Ihre Sorgen hätten wir gerne" . *ggg*
Hier mal die offizielle Definition:

Flitt·chen
ˈflɪtçən,Flittchen/
Substantiv, Neutrum [das]salopp abwertend
       1   [junge] Frau, die in anstößig-verwerflicher Weise
schnell sexuelle Beziehungen zu Männern eingeht "sie ist ein ziemliches
Flittchen"

Ich wage es zu behaupten, dass wir davon meilenweit entfernt
waren! Da sieht man erst einmal wie die Gesellschaft und die
sogenannten Gesellschaftsnormen auf einen wirken. Sie beeinflussen
uns alle und unser tägliches Leben wohl stärker, als wir uns dessen
bewusst sind. Jetzt mal abgesehen davon, dass ich es nicht
unbedingt gut heiße, wenn ein Mädchen wie ein Schmetterling von
Blümchen zu Blümchen fliegt, gibt es da dann doch noch einen
kleinen Unterschied, was mit diesem Blümchen angestellt wird, wenn
Du verstehst was ich meine. 😊😊 Wie ich es damals schon sehr gut
erkannt hatte: „Oh Gott, wenn das wer hört..". Na bitte, dann einfach
mal Klappe halten. Wer sollte es denn erfahren, wenn Du es nicht
selbst jedem auf die Nase bindest? Ach so, und selbstverständlich sind
die Jungs daran schuld. Ist doch klar. Welches Mädchen sollte so
unglaublich schönen Augen und Lippen widerstehen können? 😊
Bzgl. Babe und Glück in der Liebe - darüber lässt sich diskutieren. 😊

> " Alles was Du sagst, sollte wahr sein.
> Aber nicht alles was wahr ist, solltest Du auch sagen"
> (Voltaire)

10.09.
Ich darf heute ins Pharao! Ich freu mich so! Ich bin so glücklich
und zufrieden! Ich überlege gerade wieder, was ich zu Jörg sagen
soll. Ein Junge aus der Schule, ein arger Raufbold, vor dem glaub
ich so ziemlich alle Angst haben, ist auch wieder in der Stadt.

Heute hat er ganz nett mit mir geredet. Ich glaube so kann er nur sein, wenn sonst niemand dabei ist. Ich denke immer, ich habe es schwer, aber er!? Soweit ich weiß, lebt er im Heim und ich denke, dass er nicht mehr anders sein kann und er in seiner Rolle feststeckt, weil alle ihn nur als Brutalo usw. kennen. Er tut mir leid. Die Sonne strahlt heute und ich bin wahnsinnig glücklich.

I AM HAPPY
TODAY

Diese krassen Gedankensprünge von er tut mir leid - zu - die Sonne strahlt - innerhalb eines Wimpernschlags. Schon wieder. Noch immer.

Sorgen. Sind. Immer. Relativ. Immer. Wir alle haben Sorgen und Probleme. Kleinere und größere. Weil wir uns mit unseren eigenen am intensivsten beschäftigen, kommen sie uns meist besonders groß und wichtig vor. Denn je mehr Aufmerksamkeit wir etwas schenken, desto größer wird es. Wer also denkt, er würde lieber tauschen, dann habe ich im Netz eine Geschichte aus Indien gefunden, an die ich mich noch vage erinnern konnte und die mir Dr. Google jetzt schnurstracks ausgespuckt hat, dank der geistreichen Eingabe „Geschichte Sorgen tauschen".

Mitten in einem indischen Dorf stand ein uralter, großer Baum, in dessen Schatten die Dorfbewohner ihre kleinen Plaudereien abhielten, Großeltern ihren Enkeln beim Spielen zusahen und hin und wieder Feste gefeiert wurden. Eines Tages pilgerte ein weiser, alter Mann durch das Dorf, setzte sich unter den Baum und verkündete, dass diesem uralten Baum magische Fähigkeiten innewohnten.
"Alles, was ihr tun müsst, um die Magie des Baumes zu erfahren, ist nach Hause zu gehen und darüber nachzudenken, was für Probleme euch beschäftigen. Anschließend packt ihr eure Probleme in Pakete, bringt sie hierher und hängt sie in diesen mächtigen Baum. Dann wird er zu euch sprechen."

Die Dorfbewohner eilten in ihre Häuser, wurden sich ihrer Sorgen und Nöte bewusst und verpackten sie anschließend sorgfältig in kleine Päckchen und größere Pakete. Kaum standen sie wieder unter dem Baum, sprach der alte Weise: "Eine Bedingung stellt der Baum. Habt ihr euer Paket dem Baum übergeben, müsst ihr ein anderes dafür mitnehmen. Das ist der Preis, den der Baum fordert."

Die meisten Dorfbewohner zögerten nur kurz und gingen auf die Bedingung ein. Eifrig hingen sie ihre Sorgenpakete an einen der Zweige und nahmen dafür ein anderes mit. Gespannt eilten sie zurück in ihre Häuser und wickelten das erstandene Paket auf. Aber oh weh, dass was sie auspackten, war mindestens so unangenehm wie die eigenen Päckchen und manche sogar weit schlimmer als das, was sie weggegeben hatten. Schnell trugen sie die fremden Päckchen zurück und holten sich ihre eigenen, vertrauten Kümmernisse zurück.
Die meisten schenkten dem Baum ein Lächeln und bedankten sich.

Da fällt mir auch noch eine Geschichte dazu ein von einer ausgesprochen lieben Bekannten. Diese Geschichte geht einfach durch und durch. Sie selbst hat Multiple Sklerose, ihr Mann hatte einen schweren Arbeitsunfall, ihre kleine Prinzessin Krebs. Geheilt. Zum Glück. Und diese starke, absolut bewundernswerte, tapfere Frau hat tatsächlich zu mir gesagt, dass jeder von uns nur das Packerl auferlegt bekommt, das er tragen kann. Wenn das wer sagen darf, dann sie.

10.09.
Heute im Pharao war es spitze. Jörg war nur kurz da und wollte gerade fahren, da hat Gisi mich angerempelt und gesagt ich soll ihm nachlaufen. Ich bin dann hingelaufen und wusste zuerst nicht, was ich sagen sollte, aber Jörg und ich dürften jetzt wieder „normale" Freunde sein! Sebi erwartet mich morgen um 09:00 vor dem Krankenhaus. Er ist voll lieb. Ich bin ehrlich gespannt. Er ist sehr schüchtern, aber der Eindruck kann auch täuschen. Weißt Du, ich überlege schon die ganze Zeit, ob ich gerade im Begriff bin, mich zu verlieben oder ob ich verliebt bin. Ich bin verliebt. In Freiheit, Freunde, Pharao, Boys, Musik und einen Haufen mehr. Träum süß!

Du bist immer so glücklich, wie Du es Dir erlaubst zu sein. „Ich erlaube mir, glücklich zu sein." Lies das nochmal. Laut.

11.09.

Heute am Vormittag war ich vorm Krankenhaus, aber er kam nicht. Ich bin dann mit dem Rad nach Murdorf gefahren und habe von dort angerufen. Dann habe ich ihn getroffen. Wir sind zu Fuß in die Stadt und er hat mich den langen Weg begleitet. Ich habe ein Foto von ihm bekommen. Ich bin mir nicht sicher, ob ich Chancen bei Sebi habe. Wie finde ich das nur heraus? Bei mir hat er es sicher schon gecheckt, ich bagger nämlich ganz schön auffällig.

Mädchen, Mädchen. Nachfahren, nachtelefonieren und baggern noch dazu. Ich frag mich gerade, ob ich immer Geld bei mir hatte? Oder eine Telefonwertkarte? Handy gab es damals ja noch keines. Sondern Telefonzellen. (Wikipedia sagt: „Eine Telefonzelle ist ein kleines Häuschen mit einer Grundfläche von etwa einem Quadratmeter, an dessen innerer Rückwand ein Telefonapparat angebracht ist.") Naja. Hach, hach, hach. Auf der anderen Seite, wenn man etwas will, sollte man dafür kämpfen. Na, was denn nun? Als Mädchen hat man es oft echt nicht leicht.

12.09.1995

Liebes Tagebuch, bald bist Du aus. Dieses Jahr war das interessanteste überhaupt. So viel erlebt und angestellt habe ich vorher noch nie. Ich habe mich auch wahnsinnig verändert. Jetzt hoffe ich nur noch, dass Gisi und ich in die gleiche Klasse kommen. Leni wünsche ich, dass sie mit Jörg zusammenkommt, damit sie weiß, wie er wirklich ist. Kathi und alle anderen sollen auch glücklich werden. Meine schönen Erinnerungen überwiegen.

Aha. Interessant. Die schönen Erinnerungen überwiegen also. Sowas aber auch. Was sagt uns das auf unser Erwachsenenleben betrachtet? 😑

12.09. etwas später

Ich wollte gerade Radfahren, aber Mama hat einen Grant und spinnt. Ich fahre später. Jetzt kann sie mich bald am Arsch lecken. Ich würde heute am liebsten fliegen können. Weißt Du, ich glaube ich bin verknallt und hoffe stark, dass das auf Gegenseitigkeit beruht. Mir gehen so viele Gedanken durch den Kopf. Gestern waren Gisi, Leni und ich radfahren, wir wollten Mario und Sebi treffen - haben aber keinen getroffen, nur Jörg. Ich finde Leni ist eine Spur zu schüchtern.

Ich muss gestehen, „mir den Buckel runterrutschen" zu denken, wäre feiner formuliert gewesen. So ehrlich muss ich sein, so fein habe ich nun mal eben nicht gedacht, damals mit 14 Jahren. Ups. 😎

12.09. noch etwas später

War heute Radfahren und hab Sebi getroffen! Naja, ich kurvte durch Murdorf und als ich bei Sebis Haus vorbeikam, hat mir jemand gerufen - Sebi! Er hat mich mit dem Rad begleitet und mir einen neuen Weg gezeigt! Bei einer kleinen Quelle haben wir uns hingesetzt und Sebi hat zu mir gesagt, ich sollte ihm sagen, was ich denke und ich umgekehrt und dann meinte er, wenn ich es ihm nicht sage, dann kann er nicht schlafen. Ich habe dann gesagt: Ich auch nicht, weil er es mir ja auch nicht sagt und dann kann er ja an mich denken. Dann hat Sebi gemeint, das tut er sowieso. Morgen treffen wir uns nochmal, um uns auszureden, was heute in der Luft stehengeblieben ist! WOW! Ich bin so happy! Aber jetzt ist leider kein Platz mehr!!!

Eine Weisheit die ich mir merken möchte:
Nie stille steht die Zeit,
Der Augenblick entschwebt
Und den du nicht genutzt,
Den hast du nicht gelebt!

Fang das Licht,
halt es fest,
für den Tag an dem
die Hoffnung
Dich verläßt!

MY DIARY NO. 3

Bekanntschaften | Tränen | Liebe
Eislaufen | Heli 94/95 | Roß
Silvester | Aufnahmeprüfung | Bedrug
Zeugnis 95 | 1. Erfahrungen
Pharao | Tanzkurs 95
Bekanndschaften
Weihnacht 94 | Ferien
Endstation Liebe | DIE Jungs
Schullandwoche | Schifahren

152

Tagebuch Nr. 4 - ich bin fast 14,5 Jahre alt oder

„Aus allen hässlichen Entlein wird einmal ein schöner Schwan"

12.09.1995

Von heute an bist Du mein Tagebuch. Dein Vorgänger weiß alles von mir, damit Du im Bild bist eine kurze Zusammenfassung für Dich: Morgen beginne ich mit der HAK, das ist die Handelsakademie in Judenburg, in der ich dann meine Matura machen möchte. Gisi und Leni meine Freundinnen gehen auch. Mit Jörg, einer von fünf Jungs, mit denen wir schon länger als einem Jahr immer gemeinsam unterwegs sind, hat Gisi voriges Jahr die große Enttäuschung erlebt und ich heuer. Seit einiger Zeit gehen wir am Sonntag ins Pharao, das ist eine Diskothek am Stadtrand von Judenburg, der Stadt in der wir leben. Sonntag ist ab 15:00 - 21:00 immer „Kinderdisco" und wir Mädchen dürfen von unseren Eltern aus meistens bis 18:00 oder 19:00 bleiben. Vermutlich komme ich diese Woche mit Sebi zusammen. Er ist auch einer der fünf Jungs. Gisi ist seit zwei Wochen mit Mario zusammen und sie sind das perfekte Traumpaar. Vorher war sie mit Marc acht Monate zusammen, der sie leider noch immer nicht aufgegeben hat. Wir mussten feststellen, dass unsere Exfreunde verdammt fesche Trottel sind. Naja, Pech. Leni möchte gerne mit Jörg zusammenkommen. Ich hoffe nicht, dass er ihr das Herz bricht. Olli, auch einer der fünf Jungs, hat seit neuestem eine Freundin namens Hilda, Hansi ist noch immer solo. Abgesehen von meinen Problemen mit meinen Eltern bin ich ein glücklicher happy Teeny. Aus unserer Clique ist Gisi am erfahrensten, dann ich, dann Kathi und dann Leni. Mit meinem Ex-freund Heli ist Schluss, weil ich im Urlaub mit fünf Jungs geknutscht habe. Ich glaube, das war das Meer, die Sonne, Frankreich. In der Schule werde ich Spanisch lernen. Ich bin neugierig, habe aber auch Angst. Bitte halte mir die Daumen für die Schule, die Liebe, die Familie, die Freunde…

13.09.

Der erste Schultag war fantastisch. Zufällig habe ich heute Sebi getroffen. Ich war Radfahren und in der Stadt kam mir zuerst Olli unter und dann Sebi. Er hat mich auf ein Getränk eingeladen und mich dann heimbegleitet. Voll lieb! Er will mich morgen sehen. Irgendwie trau ich mich nicht, ihm ein Bussi zu geben. Irgendwie hab ich Angst, dass dann alles anders wird - zwischen uns allen.

15.09.

Leni nervt. Wenn sie so weitermacht, kommt sie nie mit Jörg zusammen. Olli und Jörg sind auf einmal die vollen Ärsche. Zu Mario sagen sie „Greeny" oder „der Deppate". Die einzig Lieben sind Sebi, Hansi und eben Mario. Morgen holen Sebi und Mario uns von der Schule ab! Ich habe vor, Sebi einen Brief und eine Kassette ins Postkasterl zu legen!

Awwwwww. Kassetten aufnehmen und verschenken war damals total IN und DER Liebesbeweis schlechthin.

20.09.

Seit dem 15. ist sehr viel vorgefallen. Eigentlich hab ich ja gedacht, ich wäre in Sebi verknallt, aber entweder ich bin abgekühlt, oder ich hab mich getäuscht, oder keine Ahnung was!? Am Samstag habe ich ihm eine Kassette + Brief vor die Haustüre gelegt. Am Sonntag waren wir Minigolfspielen und plötzlich konnte ich ihn mir nicht mehr als Freund vorstellen! Ich bin ihm dann ausgewichen so gut es ging, und heute habe ich von ihm eine Kassette bekommen mit lauter Herzen drauf. Ich komm mir so mies vor!! Ich werde ihm jetzt einen Brief schreiben. Ich bin so blöd. Ich komme mir so mies vor.

Ach ja, Helmut hat angerufen, wir haben geredet und uns voll super verstanden, und irgendwie hat mir alles leid getan, aber irgendwie hat auch alles seine guten Seiten. Wenn ich mir nur denke, dass ich mit ihm vielleicht bald geschlafen hätte. Ich hab ihn halt doch lieb gehabt. Manchmal frage ich mich schon, was wäre, wenn...

Meine Eltern heiraten nächstes Jahr, vielleicht bekomme ich noch ein Geschwisterchen und wahrscheinlich ziehen wir weg - nach Fohnsdorf oder Pöls. In der Schule läuft bisher alles prima. TXV (Textverarbeitung) ist glaube ich eins der besten Fächer. Die Lehrer sind auch Klasse!

Ach, ich hoffe, ich mache das Richtige!

Ihr kennt das doch sicher alle. Da ist jemand extrem reizend, interessant, spannend, anziehend, verlockend etc. - BIS. Bis du weißt, dass Du ihn haben kannst. Und wie von Zauberhand ist plötzlich hex hex, der ganze Zauber weg. Manchmal will man das, was man nicht haben kann, am allermeisten. Was verboten ist, weckt Begierde. So viel Ehrlichkeit muss sein, bei Sebi damals, das war ein anderer Grund. Das hatte gar nicht so viel mit erlaubt oder verboten zu tun. Kämpfen müssen oder haben können. Ich habe damals festgestellt, als ich ihn immer besser kennenlernte, dass Sebi ein netter, aufrichtiger, fürsorglicher, treuer Junge ist, der seinem Mädchen die Welt zu Füßen legen würde. Das klingt ja grundsätzlich sehr fein und hat aus heutiger Sicht durchaus Prinzqualitäten. Das Problem daran war, dass ich mich früher prinzipiell, wenn schon, denn schon, hauptsächlich in Arschlöcher verliebt habe. Ihr wisst schon, ich meine das nicht böse oder so. Und Arschloch ist auch nicht gleich Arschloch, aber das wisst ihr ja auch. Der sogenannte „nette Junge von nebenan", naja, der ist halt irgendwie ein bisschen langweilig. Bei dem kribbelt es nicht im Bauch. Die Schmetterlinge flattern ziemlich lahm, vorausgesetzt sie flattern überhaupt. Die Knie werden auch nicht weich. Ich studiere gerade, wie ich das am besten formulieren könnte...sie sind toll, sie sind die tollsten, besten Männer für den Alltag. Ein absolutes Gedicht als Ehemann und Vater Deiner Kinder. Mit 14 Jahren ist Dir das aber noch egal, denn sie entzünden in Dir kein Feuer. Kein Brennen. Kein Verlangen. Keine Sehnsucht. Keine schlaflosen Nächte.

23.09.

Sebi weiß alles und er versteht. Eigentlich sollte ich lernen, aber ich kann mich nicht konzentrieren. Am Abend gehe ich fort - obwohl ich pleite bin. Ich höre gerade ruhige Lieder, mir kommen die Tränen und ich weiß nicht einmal warum. Dafür habe ich heute in der Schule Tränen gelacht. Ich habe mich zur Wahl der Klassensprecher aufstellen lassen. Gisi als Stellvertreterin.

Vor kurzem habe ich Helmut getroffen. Er kann mir nicht einmal in die Augen schauen. Nicht einmal angeschaut hat er mich! Ich finde das traurig, wenn man bedenkt, dass wir länger als ein Jahr zusammen waren. Er behauptet, dass er selbst nicht blöd redet, dafür aber seine Freunde und noch ein paar. Ich hasse solche Leute, die hinter dem Rücken reden, weil sie zu feige sind, es Dir ins Gesicht zu sagen oder zu kindisch und wenn sie aus Boshaftigkeit Sachen erfinden, die von vorne bis hinten gelogen sind.

Sehr genial. Das Wichtigste: immer selbst bei der Nase packen und es besser machen. Nie mehr dazu verleiten lassen über andere Menschen zu sprechen, zumindest nicht schlecht und nichts Unwahres und nichts was du dieser Person nicht auch direkt so ins Gesicht sagen würdest. Da habe ich auch einmal etwas sehr Schlaues gelesen:

„Starke Menschen reden über Visionen,
schlaue Menschen reden über Ideen und
schwache Menschen reden über andere Menschen."

Hat was, oder? Ich kann es mir trotzdem nicht verkneifen:

Und das solltest Du auch so sehen. Was ich in den letzten Jahren diesbezüglich lernen musste oder durfte, je nachdem wie man es sieht: „Höre vorsichtig zu, wie eine Person mit Dir über andere Leute spricht. Genau so wird sie mit anderen über Dich reden." Ich konnte das in Echt schon ganz oft beobachten. Ich wohne ja in einem kleinen, süssen Dorf, manche würden es böse Kaff nennen, und für gewöhnlich ist es so üblich, dass jeder über jeden tratscht. Mein Vorteil liegt darin, dass ich nur eine „Zugereiste" bin und niemanden kenne. Demnach habe ich auch niemandem gegenüber Vorurteile. Logischerweise versuchen Dich die entzweiten Lager dann mit Keksen auf ihre Seite zu ziehen. So nach dem Motto: „Komm auf die dunkle Seite - wir haben Kekse". Nein, Scherz.

Eine Geschichte hat mir definitiv bewiesen, dass es stimmt, dass man nur zuhören muss, wie jemand mit Dir über andere spricht. Ich wurde von einer lieben Bekannten vor einem Mädchen aus dem Dorf „gewarnt". Dieses Mädel würde angeblich jeden schlecht machen, über jeden schlecht reden, jeden durch den Dreck ziehen. Kurzzeitig hatte ich relativ viel mit genau diesem Mädel zu tun und stellt Euch vor: kein einziger Mensch wurde schlecht gemacht, über niemanden wurde gelästert, niemand wurde zerrissen. Sie hat in meiner Gegenwart kein einziges Mal (!) über jemanden negativ gesprochen. Warum aber war das so? Ganz einfach. Ich hätte nicht mitgemacht und ich glaube sie hat das einfach gespürt und es deshalb gar nicht erst versucht. Jetzt ratet mal, wer Menschen schlecht macht. Genau, diese vermeintlich liebe Bekannte. Freilich quatscht man ab und zu mal über andere und so ein bisschen Ratsch und Tratsch ist manchmal herrlich, aber ich schau schon, dass ich mich vorwiegend auf andere Dinge konzentriere. Wenn's denn doch mal passieren sollte, dann schau ich, dass ich nicht lästere, sondern versuche neutral zu bleiben, dass ich versuche, die Dinge aus der Sicht der anderen Person zu sehen. Dieses „aus der Sicht der anderen zu sehen" ist sowieso ein eigenes Phänomen. Man wird plötzlich so friedlich wie ein Lamm. Generell verläuft das ganze Leben ein bisschen friedlicher, wenn man versucht, sich in sein Gegenüber hineinzuversetzen. Zu viel Zähne fletschen soll eh nicht gut sein für die Gesundheit! 😊 Meistens gelingt es auch, außer man hat man gerade überhaupt keine Lust darauf, den anderen zu verstehen. Dann will man sauer sein, dann will man sich im Recht fühlen, dann will man den anderen doof finden. Ist legitim, finde ich. Macht uns menschlich und sympathisch.

23.09. - später

Ich bin gerade heimgekommen. Es war voll super! Gisi und ich sind durch die Stadt und dann rauf zum Tanzkurs. Jetzt Tanzkurs, das wäre es - es sind die tollsten, hübschesten Jungs dabei. Mit Jam habe ich mich super unterhalten, Jack war auch total lieb und Udo habe ich auch endlich mal wieder gesehen, aber leider war er dann plötzlich verschwunden. Richi hat mir zwei Getränke spendiert. GK hat mir erzählt, dass er in Leni verliebt ist. Gisi und Mario haben meistens nur herumgeknutscht, Kathi hat jetzt auch einen Freund, aber der ist ein Arsch. Sebi war auch da. Ich bin nur einmal zu ihm hin, hab „Hallo" gesagt, da hat er mir ins Gesicht gepafft, sauer geschaut und ich bin dann hustend abgedampft. Als ich Richtung nach Hause unterwegs war, ist Sebi mit seinem Moped volle Pulle vorbeigerast. Beim Hupperl gehüpft, so schnell wie er war, dann noch gefährliche Bogen gemacht und so um die Kurve gefahren, dass er geschleudert und gequietscht hat. Ich bin gelaufen, hatte Angst, dass etwas passiert ist. Er ist wegen mir so gefahren - ich bin mir sicher. Hoffentlich kommt er heil heim. Mir geht es jetzt so viel besser und was habe ich mit Sebi angestellt? Ich habe Spaß, bandle an, tanze, lache - er steht da, pafft eine nach der anderen, schaut mir zu und fühlt sich mies. Ich hoffe, dass alles wieder gut wird.

Jungs. So doof können doch wirklich nur Jungs sein oder? Enttäuschte Jungs. Zornige Jungs. Traurige Jungs. Liebeskummer ist schrecklich. Mädchen und Jungs sind zwar wie Tag und Nacht, aber was das Herz angeht, sind wir uns dann wohl doch ähnlicher, als wir uns vielleicht eingestehen wollen. Armer Sebi. An dieser Stelle würde ich ihn gerne in den Arm nehmen und ihm sagen, dass es nicht an ihm lag. Es lag an mir. Und das ist keine abgedroschene Phrase.

Gisi dachte ich hätte mit GK geschmust - dabei hab ich ihm nur in sein Ohr geschrien. Mal ganz ehrlich, ich finde küssen so toll und ich kann es mir mit vielen vorstellen, aber würde ich es so oft tun, wie ich es mir vorstellen könnte, würde das kein gutes Licht auf mich werfen. Ich liebe das Leben, die Freiheit, das Verliebtsein, das Flirten, das Küssen, kurz gesagt: ich liebe alles, was schön ist!!!

Aha. Das erklärt vieles. Ich habe sie schon immer geliebt, die Freiheit. Ich hatte es nur vergessen. All die vergessenen Träume und Wünsche. Wie viele Deiner Träume hast Du vergessen oder verdrängt oder aufgeschoben auf später, dann wenn die Kinder größer sind, dann wenn das Haus abbezahlt ist, dann wenn Du in Rente bist? Woher weißt Du, dass dann die Zeit sein wird für Deine Träume? Was genau bedeutet „Freiheit" für DICH?

Wofür geben wir sie auf? Für eine vermeintliche Sicherheit. Meistens für Jobs, die wir nicht lieben, uns jedoch falsche Sicherheit geben, denn sind wir doch mal ehrlich, welcher Job in welcher Firma ist denn heutzutage noch sicher? Ich will Dir damit keine Angst machen, aber schon mal darüber nachgedacht? Schon mal angekommen im 21. bzw. 22. Jahrhundert? In dem nichts mehr ist, wie es früher war? Früher, als uns unsere Eltern sagten, wir sollen nicht träumen, nicht „spinnen", sondern was „Gescheites" lernen, damit wir eine anständige Arbeit für anständiges Geld bekommen. Geh bitte. 🙈

Für Beziehungen, die uns zwar nicht bereichern, aber uns sicher fühlen lassen. Wenn ihr mich fragt, unsere Gesellschaft spinnt komplett, was dieses Thema angeht. Ein gutes Beispiel: eine liebe, langjährige, kluge, hübsche, selbständige Freundin, Mitte 30, Single, kinderlos, war auf einer Familienfeier. Dreimal dürft ihr raten. Ja, ihr habt es Euch schon denken können. Es wird gemunkelt: „Mit der kann doch etwas nicht stimmen, die muss eine Macke haben, wenn sie keinen abbekommt, sie stellt zu hohe Ansprüche...blablabla..."

Da kommt keiner auf die Idee, dass sie ihre Träume lebt, sich nicht dem Falschen vor die Füße wirft, nur um der Gesellschaft zu entsprechen. Eine Frau, die sich nicht mit Anfang 20 vom Erstbesten fünf Kinder andrehen lässt und mit spätestens Mitte 30 geschieden und alleinerziehend dasteht. Diese Frau hat es in den Augen der Gesellschaft zu etwas gebracht. Immerhin war sie schon mal verheiratet und immerhin hat sie Kinder. Als ob das eine großartige Leistung wäre, sich hirnlos schwängern zu lassen. Die Betonung liegt auf „hirnlos". Wenn es um bewusste Entscheidungen geht oder um Entscheidungen, die das Leben für uns trifft, schaut die Situation komplett anders aus.

Alleinerziehend sein sucht sich natürlich niemand aus, und oft schreibt das Leben die Geschichten anders, als man sie sich erträumt. Wenn man es sich aussuchen könnte, wäre man selbstverständlich immer noch glücklich verliebt mit dem Papa seiner Kinder zusammen. Keine Rede. Fühlt Euch jetzt bitte nicht betroffen, ich meine Euch gar nicht. Ich rede von den anderen. Eh schon wissen.

Worum es mir geht, ist dieses Scheuklappendenken vom Onkel, der Cousine zweiten Grades & Co., anstatt mal dahinter zu schauen. Um den Onkel, der bei der Feier wieder einmal dumme Kommentare ablässt, von wegen „Deine Uhr tickt", oder anderen diversen Sparmeldungen, nur weil Du auch dieses Mal wieder ohne Partner dabei bist und Du z.B. „schon" Mitte 30 bist. Wieviel Kraft und Mut es Dich kostet, Dich nicht einfach dem Falschen an den Hals zu werfen, nur damit „die" endlich Ruhe geben oder nur um jemandem zu entsprechen, das sehen sie natürlich nicht. Wie gerne Du Dich und Deine Werte manchmal selbst „verraten" würdest, weil Du mit 15 eine andere Vorstellung von Dir selbst mit 30, 35 oder 40 hattest. Oder wie leicht es sein könnte, sich mal schnell einen Erzeuger für Dein Baby zu angeln, aber dass Deine Vernunft und die Liebe für dieses kleine, ungeborene Wesen jetzt schon so viel größer sind als Dein Egoismus und dass diese ungeborene Liebe so extrem stark ist, dass Du dafür Deine eigenen Wünsche hintenanstellst. Glaub mir, Du bist stark. Du bist so stark. Und Du kannst stolz auf Dich sein. Man sollte sich nicht mit dem zufrieden geben, was man haben kann, man sollte für das kämpfen, was man will. Wenn ihr merkt, dass es doch an Euch und Euren Ansprüchen liegen könnte, na dann könnt ihr ja immer noch an Euch arbeiten. Es könnte aber auch Selbstschutz sein. Angst vor Nähe. Angst vor Verletzung. Dann geht's darum, Deine Mauer ein bisschen bröckeln zu lassen. Könnte sich lohnen.

Also, in diesem Sinne und um zum Thema Freiheit zurückzukommen: ich weiß nicht mehr, was ich mit 14 Jahren darunter verstanden habe, aber jetzt stimmt meine Definition ziemlich mit der von Jean-Jacques Rousseau überein: „Freiheit heißt nicht, alles tun zu können, was man will. Freiheit heißt, nicht tun zu müssen, was man nicht will." Kennst Du Dich aus? 😊

Ich würde gerne wissen, ob ich bei einem lieben Jungen Chancen habe. Ich brauche zwar jetzt keinen Freund, aber im Winter wäre es vielleicht nicht schlecht. Es macht mir nicht einmal etwas aus, dass ich keinen Freund habe. Ich habe gedacht, dass mir das nicht gelingt, weil ich Angst habe, keinen Freund mehr zu bekommen. Ein kleines bisschen hab ich das auch, aber im Moment ist die Schule im Vordergrund. Ich bin glücklich und hungrig.

...und ganz schön doof. Nicht doof doof, sondern doof. Du verstehst. 😕 Ja Jenny, jaaaahaaaaa, Du hast Chancen bei jemandem ganz Lieben!!! Und das nicht nur im Winter! 🐧😊 Zugegeben, von der Überlegung her, ist das mit dem Winter gar nicht mal so dumm. Immer schon praktisch veranlagt. Wenn es draußen kalt ist drinnen jemanden zum Kuscheln zu haben, hat schon seinen Reiz. Das Problem aktuell und vermutlich auch im Winter ist, dass Du gerade nicht auf liebe Jungs steeeheest!!! Doofbacke. Echt jetzt. Und dann noch jammern, dass Du Angst hast, keinen Freund mehr zu bekommen. Herr lass Hirn regnen. Oder lass Dir bitte etwas einfallen, dass die Hormone sich nicht ganz so dramatisch auswirken.

Ich würde morgen soooo gerne ins Pharao. Ich habe aber kein Geld mehr. Ich glaube nur mehr 50 Groschen. Wie ich meine Eltern kenne, darf ich deshalb nicht und muss hier versauern. Gisi hat es so schön. Stell Dir vor, sogar Mario darf zu ihr kommen und ihre Familie hat nichts gegen ihn. Genau, was ich Dir auch nicht verheimlichen darf: Nachdem ich Udo gesehen hatte, habe ich ihn überall gesucht und an ihn gedacht. HE und ich haben auch etwas geflirtet. Beim Tanzen versehentlich angerempelt, oft in die Augen geschaut. Schade, dass er raucht und säuft und nicht gerade als Engel bekannt ist. Wenn er wenigstens so angezogen wäre, wie eine Mutter ihn akzeptieren würde, aber ich denke, keine Mutter möchte ihre Tochter mit so einem wie HE sehen.

Na, den Typen könnt ihr Euch vermutlich bildlich vorstellen. Gab es bei Euch auch so einen „bad boy", der Euch fasziniert, aber gleichzeitig auch abgeschreckt hat? Der reizvoll war, weil er genau das Gegenteil von dem war, was Du warst? Weil er auf Dich so gewirkt hat, als würde er auf alles und jeden pfeifen? Als wäre er cool?

Tja, was soll ich sagen, wenn ich den Typen heute sehe, find ich den gar nicht mehr so cool. Und reizvoll schon gar nicht mehr. Schwein gehabt.

M.Sch., der Kumpel von Helmut, der damals von daheim abgehauen ist, hat mich gefragt, ob Helmut und ich wieder zusammen sind, weil Heli so etwas in der Art gesagt hat. Von mir aus kommen wir höchstens in ein paar Jahren oder gar nicht mehr zusammen. Er hat sich über meine Latzhose aufgeregt, und weil ich damit gerechnet hatte, hatte ich eine gute Antwort parat. Später hat er dann gemeint, dass ich ganz schön schlagfertig geworden bin. Angeblich ist er auf Weiberschau und hat so viel Auswahl, dass er nicht weiß, welche er nehmen soll. Er ist zwar fesch und kann lieb sein, aber das kaufe ich ihm nicht ab. Ich höre mir jetzt noch die Happy Rave zum Einschlafen an. Ich muss sie Sebi bald zurückgeben. Ich fühle mich so leicht und beschwingt, als wäre ich verliebt! Gute Nacht und träum süß.

24.09.
Heute war ich bei Gisi „lernen". Wir sind für 1 Stunde ins Pharao. Als ich nach Hause bin, waren Sebi und Mario gerade auf dem Weg

zu Gisi. Sebi hat mir einen Brief geschrieben. Ich schlaf jetzt. Die Zeitumstellung ist doof.

„lernen"

25.09.
Der Brief von Sebi ist ja sowas von lieb und traurig! Er schreibt, dass er die Hoffnung nicht aufgibt und immer an mich denken wird! Ich fühle mich gemein. Ich bin traurig.

Ich habe den Brief immer noch! Zum Dahinschmelzen! Wenn man ihn liest, spürt man regelrecht den Herzschmerz von damals. Die Hoffnung. Die Gefühle. Gefühle. Gefühle...

Hallo Jennifer!
Es tut mir leid, wenn ich Dir etwas zu nahegekommen bin. Als ich Deinen Brief gelesen habe, fühlte ich mich sehr mies, ich glaubte, wir könnten ein glückliches Paar werden, aber wie ich das jetzt sehe, bleibt alles beim Alten. Ich verstehe Dich, wenn Du in der Schule einen anderen Freund gefunden hast. Ich wollte eigentlich mit Mario, Gisi und Dir am Wochenende etwas unternehmen, wollte mit Dir zusammen in den Gewölbekeller gehen, dachte vielleicht, dass wir zueinander finden würden! Eigentlich hat alles im Sommer angefangen. Als wir immer Schwimmen gegangen sind, hatte ich das Gefühl, zwischen uns wird einmal was, aber dann hattest Du Jörg zuerst und das tat in meinem Herzen sehr weh! Ich redete mit Mario immer sehr viel über Dich und er sagte immer „es wird schon einmal passen, ihr zwei findet euch schon noch zusammen". Dann hattest Du im Pharao mit Jörg Schluss gemacht und ich dachte jetzt könnte es etwas werden. Als wir dann immer telefoniert haben, Rad zusammen gefahren sind, stieg die Hoffnung immer mehr.

Aber als ich heute Deinen Brief gelesen habe, war ich ganz nah ... ja du weißt schon wie. Ich werde immer ein Herz für Dich offen haben und vielleicht kommt einmal die Zeit in der wir zueinander finden. Ich werde die Hoffnung nie aufgeben. Es ist wahrscheinlich besser, wenn wir uns längere Zeit nicht mehr sehen oder was hören lassen – tut mir leid, dass es so gekommen ist. Ich weiß nicht was uns voneinander gehalten hat, ich verstehe Dich, dass die Schule bei Dir vorgeht, aber das glaub ich nicht, dass das der einzige Grund ist. Wäre schön von Dir, wenn Du die Hoffnung auch nicht aufgibst. Vielleicht (hoffentlich) kommt die Zeit heuer noch beim Eislaufen oder sonst wo. Werde immer an Dich denken – Tag für Tag; bis dann auf ein irgendwann. Viel Glück in der Schule – Sebastian

PS: Ich liebe Dich

Na? Habe ich Euch zu viel versprochen? Einfach zuuuu lieb. Ja, auch das gibt es. Falls es Euch jetzt schon interessiert, Sebi und ich haben nie zueinander gefunden. Nur mal geknutscht. Zum Knutschzeitpunkt war aber vom lieben Sebi nicht mehr viel über.

29.09.
Mama war zwei Tage in Oberösterreich und ich bei Gisela daheim. Wir haben gelernt. In der Schule gibt es ein paar total fesche Burschen. Heute war die Klassensprecherwahl. Paula ist Klassensprecherin, Gisela Stellvertreterin. Es ist schon so kalt draußen, dass wir morgen im Fleecepulli zur Schule fahren. Hoffentlich können wir schon im November eislaufen. Ohne Freund ist es zwar gut, aber mit ist es irgendwie besser. Vor allem wenn man sich vertrauen kann und sich nicht zu oft sieht. Dann kann man an jemanden denken, jemanden liebhaben, telefonieren, kuscheln, reden und trotzdem immer noch flirten.

30.09.

Gestern hab ich erfahren, dass wir wahrscheinlich nach Pöls ziehen, das ist ca. 10 Minuten mit dem Auto von unserem jetzigen Zuhause entfernt. In ca. einer Woche steht es fest. Am Anfang hätte ich fast geweint, aber dann haben wir darüber geredet. Würden wir hinziehen, hätte es fast keine Nachteile. Mit der Zeit würde ich im Keller ein eigenes Zimmer bekommen. Da könnte ich hüpfen, tanzen, laut Musik hören und überhaupt. Wir hätten einen großen Garten und ich würde neue Leute kennenlernen. Gisi könnte bei uns übernachten und ich kann am Wochenende und im Sommer mit dem Bus runterfahren. Nachteile: ich sehe Gisi nicht mehr so oft, müsste um 06:00 aufstehen wegen Busfahren, das Busfahren an sich und eine neue Telefonnummer. Heute zeigt mir Papa Pöls. Ach ja, heute hatte ich einen irren Traum. Ich habe nach einer Party mit Udo P. so lange geknutscht, bis mein Wecker geklingelt hat.

Eine neue Telefonnummer und Busfahren sind aber auch wirklich doof. Das wäre bestimmt heute noch das Erste, woran ich sofort denken würde. Ironie Ende. Manipulation der Eltern des Kindes. Wie man sieht, hat funktioniert! Es klappt deshalb, weil es meiner Meinung nach immer auf die Eltern und deren Einstellung ankommt. Das beginnt bereits im Kindergarten, oder sogar noch viel früher. Mir ist es im Kindergarten das erste Mal so richtig bewusst geworden. Also nicht mir, während meiner Kindergartenzeit, sondern während der Kindergartenzeit meines Juniors. Andersherum wäre ich vermutlich ein Wunderkind und würde mich jetzt nicht mit solchen alltäglichen, banalen Gedanken auseinandersetzen. 🌐 Ausschlaggebend war ein Kindergartenausflug mit den damals 4-jährigen Spatzen nach Graz. Der Ausflug war so organisiert, dass es in aller Früh um ca. 07:00 mit dem Zug losging und der Tag gegen 19:00 Zuhause enden sollte. Jetzt gab es an dieser Stelle Mamas, die von vornherein gejammert haben: „blablabla, das ist so mühsam, so weit, so anstrengend, so stressig, so strapaziös, die Kinder werden müde, blablabla." Oh Wunder, oh Wunder, sind ein paar davon im Endeffekt nicht mitgefahren, weil Kinder, die ihr Leben lang noch nie mit dem Zug gefahren sind, noch nie einen ganzen Tag in Graz waren, schon gar nicht gemeinsam mit allen Kindergartenfreunden, geweint haben, weil sie nicht mit dem bösen Zug in die noch bösere Stadt fahren wollen. Und die Mamas? Die haben sich bestätigt gefühlt. Das arme Kind. Böse Kindergartentante. Im Vergleich dazu, gibt es so Mamas wie mich. Ja, auch mir ist bewusst, dass das ein langer Tag ist für so kleine Spatzen. Vor allem hat mein Junior zur damaligen Zeit auch noch mindestens zwei Stunden Mittagsschlaf gehalten. Also so viel Realismus darf schon sein. Ich habe es meinem Spatz einfach ganz anders verkauft. „Wow, wie cool, wir fahren mit dem Zug. Wow, Du darfst so richtig lange aufbleiben, ganz ohne Mittagsschlaf, wie die Großen! Mit all Deinen Freunden! Und wir packen eine Jause und etwas zum Naschen ein! Wow, was für ein Abenteuer!" Und ja, beim Nachhausekommen lagen die Nerven blank und wir waren alle froh, dass der Tag vorüber war. Aber es hat sich gelohnt. Denn was blieb, war ein zwar extrem müdes Kind, aber ein extrem glückliches, das für immer eine schöne Erinnerung im Kopf und im Herzen abgespeichert hat.

Welche Mama willst Du sein? Was willst Du Deinem Kind vermitteln? Du kannst Dich jeden Tag neu dafür entscheiden! Auch wenn es nicht immer einfach ist, es lohnt sich. Für Dich selbst und Deinen kleinen Sonnenschein.

Zurück zu Udo P. - eine Schwärmerei, die nie zu mehr geführt hat. Auch das gehört zum Leben. Allein das Schwärmen ist schön. Und das träumen. Und wer weiß, wofür es gut war, dass aus Udo und mir nie etwas wurde. Udo lebt nicht mehr, nur mehr in ganz vielen Herzen, in ganz vielen Erinnerungen und jetzt ein ganz kleines bisschen hier in diesem, meinem Buch. Er wurde nicht einmal 30. Hat so viele schöne Dinge nicht mehr sehen, fühlen und erleben dürfen. Wir hatten uns schon im Teenageralter aus den Augen verloren, aber hätte ich ihn geliebt, hätte ich das bestimmt niemals verkraftet.

Gedanken – Augenblicke.
Sie werden immer an Dich erinnern,
uns glücklich und traurig machen
und Dich nie vergessen lassen.
Für Udo, Jänner 2008

30.09. - etwas später

Das Wetter passt heute zu meiner Schwärmerei. Schwärmen ist herrlich. Schade, dass noch nie aus einer Schwärmerei von mir mehr wurde. Ich wäre gerne hübscher, dann wäre alles leichter. Eine andere Figur, das Gesicht, die Haare,…

…das Hirn.

Fast alle Frauen die ich kenne, sind lieb, schön, klug stark und - verkorkst. Während sie in meinen Augen innerlich und äußerlich einfach nur wunderschön sind, zumindest meistens, ist der Großteil all der bezaubernden Frauen ein wandelnder Komplexhaufen.

Ganz egal in welchen Bereichen. Und ganz egal wie perfekt das Leben dieser Prinzessinnen ist oder nach außen wirkt. Hey, ja, wir sind ALLE Prinzessinnen!

Da sind wir also, wir Frauen, haben gefühlt 100 Rollen und Jobs z.B. als Mama, Beschützerin, Erzieherin, Entertainerin, Chauffeurin , Köchin, Lehrerin, Lebensgefährtin, Geliebte, Ehefrau (im besten Fall geliebte Ehefrau *g*), Tochter und Enkeltochter, Schwester, Tante, Cousine, Freundin, Angestellte, Geschäftsfrau, Hausfrau, Putzfrau... *HMPF*. Welche Rolle fehlt? Kommst Du drauf?
DEINE. Du als einfach nur Jennifer. Oder Julia. Kathrin. Katharina. Stefanie. Sandra. Anja. Nicole. Christina. Daniela. Manuela. Sarah. Anna. Kerstin. Andrea. Oder, oder, oder. (Um nur mal ein paar häufige Namen aus der 80-er-Statistik zu nennen)

Zusammengefasst, egal wie vielen Rollen wir Raum geben, könnten wir trotzdem sehr stolz auf uns sein. In Wahrheit sind wir alle Wonder-Women. So fühlen wir uns aber leider nicht. Denn was machen wir Ladies??? Zweifeln, zweifeln, zweifeln!!! Und das nicht nur ein bisschen....

Wir zweifeln daran, ob wir gute Mamas sind und unseren Kindern die richtigen Werte vermitteln, noch mehr zweifeln wir an uns, wenn wir mal schimpfen mit unseren Herzallerliebsten. Weil wir das ja mal gar nicht so machen wollten, wie es unsere Eltern schon mit uns gemacht haben. Ich könnte jetzt noch gaaaaaanz weit ausholen. Doch um auf den Punkt zu kommen: es gibt fast nichts, an dem nicht gezweifelt wird.

Wir sind ALLES in unseren Augen, nur nicht gut genug, nicht hübsch genug, nicht schlank genug, nicht geduldig genug, nicht klug genug, nicht reich genug. NICHT fehlerfrei, NICHT genug, NICHT perfekt.

Ich wäre gerne hübscher, klüger, schneller, mutiger, zierlicher, kleiner, größer, dünner, dicker, sexier, offener, selbstbewusster, ... DANN wäre alles leichter.

Mal ganz im Ernst, wem haben wir Frauen diese Minderwertigkeitskomplexe denn zu verdanken? Ohne wissenschaftliche Grundlage oder sonstige Recherchen, ausschließlich basierend auf unzähligen Gesprächen mit vielen wundervollen Ladies, behaupte ich jetzt ganz dreist: dem Papa.

Wie ich auf das komme? Wenn ich mir die Jungs so ansehe, die ich kennengelernt habe, dann ist der Großteil von ihnen selbstbewusst und stark und hat ein überstrotzendes Ego. Wenn nicht, wirken sie zumindest so. Woher kommt's? Na klar, von Mama. Kaum herausgeflutscht ist er für Mama schon der Größte. Klein Prinzchen rülpst, furzt, liegt einfach nur so rum und sobald er einmal lieb lacht ist die Mama ganz entzückt und wie frisch verliebt. Das geht dann in etwa so sein ganzes Leben lang weiter. Klein Prinzchen braucht sich gar nicht besonders ins Zeug legen, schon wird er angefeuert, bewundert, gelobt, ermutigt, motiviert, bekräftigt, ermuntert, bestärkt, unterstützt. Er hat von Beginn an mehr Privilegien und Freiheiten, einfach nur weil er ein Junge ist. Er darf wild sein. Stürmisch. Aggressiv. Lieb. Sensibel. Einfach alles kann er sein. Die Mama behütet und betütelt ihr klein Prinzchen ihr Leben lang. Wenn sie könnte, würde sie ihm wohl mit 18 noch den Popo auswischen bzw. das Butterbrot schmieren - ihr erinnert Euch. 😑 Das habe ich nebenbei bemerkt einer Freundin unterstellt, die mit zwei solcher Pracht-Jungs gesegnet wurde. Da hatte ich selbst noch keinen. Schenkelklopf. Nein Scherz. Hatte und habe ich schon, aber meiner ist um etliche Jahre jünger, als ihre beiden und sie belächelte mich mit einem leicht mitleidigen Blick und meinte ein kleines bisschen süffisant: „Abwarten". 🙈🙊

Möglicherweise wird sie recht behalten. Gott bewahre. Aber aus aktueller Sicht, ist es mir ein unerklärliches Rätsel, weshalb ich mit meinen Kindern z.B. jeden Tag die Aufgabe machen oder lernen sollte. Muss das Kind das nicht selbst machen? Oder versteh ich da etwas falsch? 🌚

Ich habe das ganze Spiel während einer Ausbildung im Jahr 2018 durchschaut. Kurzfassung: es geht um Perfektionismus. Da frag ich meine damalige Lehrerin, wie ich meinen Junior unterstützen kann, wenn ich merke, dass er sich bzgl. der Hausaufgabe unter Druck setzt, dass ihn das tierisch stresst, wenn ich einen Fehler korrigiere oder ausradiere, antwortet meine Lehrerin ganz ruhig und trocken: „Nicht mehr korrigieren, aus den eigenen Fehlern lernen lassen" Plötzlich komme ich mir vor wie in einem Slow-Motion-Filmausschnitt. Ich kann die Uhr, die bis vor einer Sekunde noch lautlos war, ganz langsam und extrem laut ticken hören, und mir scheint ich bekomme keine Luft mehr. Schnappatmung. Meine Synapsen im Hirn knallen gleich durch. In einem schlechten Zeichentrickfilm würde es mir bei den Ohren rausrauchen. Mit Fehlern in die Schule gehen lassen. Oh mein Gott. Ist die Lady da vorne komplett durchgeknallt? Ups. Erwischt.

Als etwas faden Vergleich möchte ich, weil es ja doch gerade um die Schule geht, noch das Schreibschrift schreiben heranziehen. Bei Jungs gilt es ja eher als cool und männlich, wenn sie eine Sauklaue an den Tag legen. Wenn Mädchen sich jedoch beim Schreiben etwas weniger bemühen, bekommen sie eins oder zwei über den Deckel und so Sachen zu hören wie: „Echt jetzt? Und für dieses Geschmiere ist ein Baum gestorben?!". 😈 Ihr wisst doch was ich meine, nicht wahr?

Aber lasst uns jetzt zu den Papas und ihren Prinzessinnen kommen und der Ursache für den Großteil unserer Komplexe auf den Grund gehen. Hach, wie soll ich das jetzt formulieren. Es trifft ja nicht auf alle zu, aber ich versuch es einfach mal: Papas sind meistens großartig. Auch wenn sie weniger großartig sind, ist es doch so, dass Mädchen meist zu ihren Papas aufschauen und sie auf eine gewisse Art und Weise bewundern. Nicht umsonst heißt es, dass man einen Superhelden ohne Umhang Papa nennt. Papas können den besten Turbo-Puster auf der ganzen weiten Welt. Das ist der Puster, der alle Wehwehchen wegpustet. Papas können noch ganz viele andere Dinge 1000x besser als Mamas. Papas lieben ihre Prinzessinnen von ganzem Herzen, (die kleinen Prinzchen natürlich auch, denn ihr kennt sicher den Spruch vieler werdenden Papas: „Mir ist egal was es wird, Hauptsache gesund wird der Bub".) Tatsache ist, dass Papas selten Männer großer Worte sind und sie durchwegs im guten alten Hamsterrad ihrer Arbeit und Hauptversorgerrolle nachgehen und deshalb relativ selten zuhause sind. Womit wir beim A-typischen Klischee angelangt sind. Zur Erinnerung: 2022.

Also, lange Rede, kurzer Sinn: auch die Mädchen verbringen definitiv mehr Zeit mit den Mamas als mit den Papas. Und Mamas sind Mädchen gegenüber, warum auch immer, strenger als Jungs gegenüber. Vielleicht aus einer Angst heraus. Ach, was heißt vielleicht. Ganz sicher sogar. Das Mädchen sollte es mal besser haben und machen, sich mehr anstrengen um zuerst mal eine gute, wenn möglich bessere Ausbildung als die Mama zu bekommen und gleich drauf eine gute Partie. Versteht sich von selbst, dass der Mann auch besser sein sollte oder mindestens gleich gut wie der eigene. Prinzessin sollte nicht zu früh schwanger werden, aber auch nicht zu spät, keine Emanze sein, aber auch nicht abhängig von jemandem, und bla bla bla bla... All das und noch viel mehr trägt dazu bei, dass Mamas mit ihren Prinzessinnen mehr schimpfen, keppeln, ermahnen, maßregeln, tadeln, zurechtweisen und missbilligen als sie es mit ihren Prinzen jemals machen würden. Weil ein Mädchen der Mama ein Spiegel ist. Ein Spiegel ihrer längst vergrabenen Wünsche und Träume und Sehnsüchte. Und Ängste. Wenn die Mama mal recht ein Luder war, dann sorgt sie sich natürlich, so nach dem Motto der Apfel fällt nicht weit vom Stamm... 🙈🙉

Was auch dazukommt und selten von Vorteil ist: die Mama ist ein Vorbild. Ob gut oder schlecht sei dahingestellt. Ich behaupte jetzt einfach frei von der Leber weg, dass sich mehr Mamas finden lassen, die mit sich, ihrem Körper, den Umständen und generell der Welt unzufrieden sind als umgekehrt. Dabei ist die Mama für dieses kleine Mädchen, ihre Prinzessin doch perfekt. Aber ganz egal, wie ich schon sagte, die Mama trifft keine Schuld, der Papa war's. Warum? Zu wenig „GELABERT". 😑

Kleine und große Mädchen brauchen Anerkennung, Bestätigung, Stolz, Liebe und Kitsch. Jede Menge Kitsch und weil die meisten Papas große Worte und Liebesbekundungen verweigern, sind die Prinzessinnen ein Leben lang auf der Suche nach dem Mann, der ihnen die heiß ersehnte Bestätigung schenkt. Das kann dann zur Not auch mal ein Chef sein, der die Arbeitsleistung lobt.

Wie Du bereits weißt, ich habe es gemacht und genau das meinem Papa unter die Nase gerieben: habe ihn angerufen, geheult wie ein Schlosshund und ihm ALLES gesagt. Ich habe ihm gesagt, dass ich auch ohne ihn weiß, dass ich eine wertvolle Frau bin und zum ersten Mal in 36 Jahren (!), hat mir mein Papa 1) recht gegeben und 2) gesagt, wie stolz er auf mich ist und dass er mich liebt.

Jetzt liegt es also tatsächlich nur noch an mir meinen Wert zu erkennen. Und nicht nur zu behaupten, dass ich ihn hätte. Aber Hand aufs Herz, es lag auch vorher schon nur an mir. Und an DIR!!! 😈

Also meine Liebe - lange Rede kurzer Sinn:

Du bist eine wertvolle Frau!
DU BIST GENUG!
DU BIST PERFEKT DU SELBST!!!
So wie Du bist, bist Du perfekt!

Denk dran: Schreib Dir das bitte anständig hinter die Ohren, auf die Stirn, mitten ins Herz und wenn's sein muss auf Deinen Spiegel oder JEDEN Tag in ein kleines feines Büchlein, damit Du es nur ja nie wieder vergisst! Das kann ich gar nicht oft genug wiederholen. 🌑

Und falls Du jetzt denkst, das betrifft Dich gerade üüüüüüÜberhaupt nicht, denn Deine Mama war superlieb und Dein Papa hatte Dich lieb und das sogar bis zum Himmel und wieder zurück, dann frag ich Dich, hat die Mama Dir wirklich niemals das Gefühl gegeben, nicht „gut" zu sein so wie Du bist? „Jetzt benimm Dich, sitz gerade, reiß Dich zusammen, sei nicht so laut, mach den Mund zu beim Essen, stell Dich nicht so an, konzentrier Dich, ..." Wie oft hat Dir Dein Papa GESAGT, dass er Dich liebt? Nicht über Mama. Oder nicht, dass Du es WEISST, dass er Dich lieb hat. Wie oft hat er Dir GESAGT, dass er stolz auf Dich ist? Unabhängig von irgendeiner Leistung, egal ob aufgeräumtes Zimmer, schönes Zeugnis, steile Karriere, tolle Kinder oder dass Du Dein Dasein einfach nur rockst mit allen Hochs- und Tiefs. Dass er findet, dass Du stark bist. Dass Du klug bist. Und dass Du schön bist? Na?

Denkst Du immer noch gleich? 😊 Dann gratuliere ich Dir von ganzem Herzen zu den genialsten Eltern auf der ganzen Welt. Falls wir an dieser Stelle der Wahrheit ein kleines Stück näher gekommen sind, Du Dein Fühlen und Handeln als „Erwachsene" ein kleines bisschen mehr durchschaut hast, möchte ich Dich unbedingt daran erinnern, dass alle Eltern immer ihr Bestes geben und wir NIEMALS nach „Schuldigen" suchen, sondern nach „Lösungen" um uns unser Leben JETZT leichter zu machen.

30.09. - etwas später

Heute hat Helmut angerufen. Wir haben sicher eine Stunde geredet. Er hat mir erzählt, dass viele zu ihm sagen, dass wir wieder zusammenkommen. Ich habe ihn noch sehr gern und heute hätte ich beinahe alles bereut. Aber, mir ist klar, würde ich jetzt mit ihm zusammenkommen, wäre es nicht gut. Vielleicht haben wir in den nächsten Jahren irgendwann nochmal eine Chance, vielleicht heiraten wir sogar irgendwann einmal. Wer kann das schon sagen? Aber jetzt muss ich erst einmal andere Leute kennenlernen.

So jung und so klug. Was ist aus ihr geworden? Wann hat die junge Jenny verlernt, auf ihr Gefühl zu hören? Und hat ihr denn noch niemand gesagt, dass nur Gulasch aufgewärmt schmeckt und allenfalls mal Spaghetti???

01.10.

Heute im Pharao war's SCHEISSE. Gisela hat mir vorgehalten, dass ich so komisch bin. Danach war ich extrem überdreht, und dann hat mir alles so weh getan, dass ich fast geweint hätte. Zum Schluss hätten wir gleichzeitig fahren sollen, aber Gisi konnte sich von Mario nicht trennen und ließ sich deshalb von Jörg mit dem Auto nach Hause fahren. Liebe Freundin. Ich hätte sie nie allein heimfahren lassen. Gisela hat übrigens recht, ich rede nicht mehr so viel, ich kichere nicht mehr so viel. Genau genommen bin ich immer so. Nur alle kennen mich als den immer fröhlichen Clown, der gute Sprüche auf Lager hat und nichts ernst nimmt. Ich kann doch nicht immer nur spielen. Kein Mensch kennt mich wirklich, manchmal ich mich auch nicht. Immer soll ich fröhlich sein. Die fünf Jungs mag ich auch nicht mehr sooo gerne. Entweder haben sie sich verändert, oder ich mich.

Manche Dinge ändern sich nie. Ich bin immer noch die, die mit den Menschen nach Hause geht mit denen ich weg bin. Nicht weil ich auch schon unbedingt heimgehen möchte. Das kommt bei mir selten vor. Ich gehöre eher zum sogenannten Schlusslicht. Zu denen die bleiben bis die „Rausschmeisser-Songs" aufgelegt werden. Die bei denen die „Restmeute" zu später Stunde mit dem richtigen Alkoholpegel einen „Moralischen" bekommt. Spannend und fast ein bisschen unheimlich finde ich die Reaktion des Körpers. Mit 14 Jahren. Da soll noch mal wer behaupten, das würde alles nicht zusammenhängen. Mittlerweile ist es zum Glück ja keine Neuigkeit mehr, dass sich Gefühle sich auf den Körper auswirken, und es gibt schon immer mehr Ärzte, Heilpraktiker und andere Berufsgruppen, von denen die Menschen ganzheitlich betrachtet werden. Da wird schnell klar, warum alle predigen, authentisch zu leben. Wenn man Gefühle nicht auslebt oder zeigt, könnte es passieren, dass man krank wird oder in ein Suchtverhalten fällt. Und wenn nicht gleich das Schlimmste, dann wird man zumindest frustriert. Und das ist auch nicht lustig habe ich mir sagen lassen.

02.10.
Ich will / brauche einen FREUND! Ich weiß, das hört sich an, als wäre ich Jungs „narrisch", aber wenn ich Gisi und Mario sehe, könnte ich richtig neidisch werden.

03.10.
Seufz – ich weiß gar nicht wo ich anfangen soll. Ich war heute im Tischtennisraum – Heli und T.L. waren auch dort! Ich musste Heli immer ansehen, aber wenn mir sein Blick begegnet ist, hab ich weggeschaut! Er hat so schöne Augen!

Die Beiden haben mich dann noch nach Hause begleitet! Beim Abschied war es ungewohnt – früher ein Bussi und heute ein Blick. Auch am Telefon wäre es mir beim letzten Mal fast rausgerutscht, weil wir im Prinzip ja so miteinander reden wie früher. Es ist schrecklich! Sein Teddy liegt neben mir und ich träume von ihm! Als wir noch zusammen waren, hab ich nie von ihm geträumt! Ich werde wohl besser Heli aus dem Weg gehen. Ich versteh das nicht, als Schluss war, ging es mir sooo gut und je länger wir auseinander sind, desto schwieriger wird's für mich! Das Beste wäre wohl, wenn ich mich in einen anderen Jungen verlieben würde! Vielleicht passiert das ja in Pöls – in einer Woche erfahren wir, ob wir hinziehen werden! Ich denke, wenn ich die Chance von Heli angenommen hätte, wären wir wahrscheinlich noch immer zusammen. Naja, ich werde es überleben, eine Zeitlang ohne Freund zu sein! Ich bete, dass wir wegziehen!

Kennst Du vermutlich auch alles. Wenn nicht mit 14, dann später.

03.10. - etwas später
Heli hat wieder angerufen. M.Sch. war auch im Hintergrund. M.Sch. hat dann etwas zu Helmut gesagt und ich hab Helmut dann antworten hören: „Ich sage es für ein Bier". Dann hat er zu mir gesagt: „Ich liebe Dich". Ich hab daraufhin nichts gesagt, aber M.Sch. hat gemeint, dass das mit dem Bier nur so dahingesagt war, damit Heli nicht Farbe bekennen muss. Ich weiß nicht, was ich denken soll. Vielleicht hätte mehr kaputt sein müssen als nur der Urlaub. Ich werde die Andenkenbox und den Teddy jetzt ganz wegräumen und hoffe, dass ich Heli so schnell nicht wiedersehe.

Ich würde sie so gerne schütteln. Hirn zurechtschütteln. Die einzig logische Erklärung die ich im Nachhinein für diese Gedankengänge finden kann, ist, dass die kleine Jenny im Sternzeichen Zwilling geboren ist. Vielleicht war es gar nicht sie, die schon so oft geweint hat, die nicht mehr vertrauen konnte, die nicht besonders nett behandelt worden ist von Heli, die ihn nicht mehr geliebt hat, sondern ihr Zwilling?   Aber wie erklären sich diese Gefühle Menschen die keinen inneren Zwilling haben und sie trotzdem kennen? Da wären wir wohl wieder mal bei den Hormonen angelangt. Ist das die beste Entschuldigung? Und gilt in diesem Fall: jung und dumm?

06.10.95
Heute war ich „Radfahren" und hab in der Stadt dann Mareike, Heli und Markus L. getroffen. Mareike und Markus L. haben uns dann stehen lassen und Heli hat mir erzählt, dass er in Leni verliebt ist. Ich glaube es ihm nicht. Am Montag ruft er mich vielleicht an. Ich muss verdammt gut auf mich aufpassen.

Gut erkannt Mädchen.

11.10
Heute habe ich Hausaufgaben gemacht, zusammengeräumt und Helmut angerufen. Er, T.L. und ich waren dann Tischtennis spielen. Ich weiß jetzt, dass Heli mich wieder zurückhaben will! Am Telefon hat er Bussi gesagt und dann sofort auf die Gabel gedrückt! Irgendwie süß! Das Problem ist, dass ich ihn zwar gerne hab, aber dass einfach so viel vorgefallen ist! Er hat mich so oft als blöd oder dick bezeichnet, und das ist nicht nett! Ich werde mich am Samstag mit ihm ausreden, und dann ist es sicher besser, wenn wir uns eine Weile nicht sehen! Ach, was soll ich machen? Gisela brauche ich nicht fragen, die hält mich sowieso für blöd, weil ich ihn noch mag. Außerdem kann ich nicht mehr mit ihm zusammenkommen, denn dann fühle ich mich wieder dick!

Gabel – ja muss man sich vorstellen – wir haben damals noch mit Festnetztelefonen, so richtig mit Drehscheibe & Gabel telefoniert!! Handy gab es damals noch nicht   - unvorstellbar, aber hat funktioniert! Besser sogar! Ups, ich habe gerade etwas Falsches behauptet. Der erste Prototyp eines Mobiltelefons wurde 1973 von

Motorola entwickelt und im Sommer 1992 nahmen in Deutschland die Netze den Betrieb auf. Wurscht. Für uns gab es damals noch keine Handys. Da war man glatt gezwungen, pünktlich zu sein und sich an Verabredungen zu halten, weil man nicht die Möglichkeit hatte zwei Minuten vorher anzurufen, um zu sagen, dass man sich verspätet oder absagt! Wobei ich zugeben muss, dass die Mamas von damals echt „hardcore" drauf waren. Die jetzige Mama-Generation, ich befürchte, mich eingeschlossen, gehört wohl eher zur „Softie-Generation" ? Hm....war das Vertrauen in uns Kinder oder in die Welt damals noch größer? Oder woran lag es, dass Mamas von damals sehr gut damit zurechtkamen, dass sich das Kind in der Früh verabschiedet hat, erst am Abend wieder nach Hause kam, und man dazwischen nichts vom Kind gehört hat. Wenn man Glück hatte, kam es zum Mittagessen oder sonst erst spät am Abend vom Spielen wieder zurück. Hausarrest war genau deshalb die allerschlimmste Strafe - auch für mich.

Rückblickend ist es kaum zu glauben, dass die Generation der 60er, 70er und 80er so lange überleben konnte. Ich meine das überhaupt nicht sarkastisch. Ich meine das in echt. Mich inbegriffen. Meine Mama war nämlich eine alleinerziehende, berufstätige Mama. Irgendwoher musste das Geld zum Leben ja kommen. Also war ich sechs oder sieben Jahre alt und stand in der Früh alleine mit dem Wecker auf, habe mich für die Schule fertig gemacht, mir den Wohnungsschlüssel an einem Band um den Hals gehängt, ihn unter meinem Shirt versteckt (damit ich ihn nicht verlieren konnte), bin alleine zu Fuß zur Schule gegangen und musste dabei zwei Ma eine Straße überqueren. Nach der Schule bin ich dann zu Fuß (!) wieder nach Hause oder zu meiner Papa-Oma, habe allein meine Hausaufgaben erledigt und musste pünktlich zuhause sein, wenn Mama von der Arbeit kam. Das alles bei jedem Wetter. Ich ging mit sechs Jahren alleine zum Marktplatz, hab Zigaretten für Mama eingekauft oder auch mal ein paar Kleinigkeiten, die mir Mama auf ein Zettelchen schrieb, im Lebensmittelgeschäft. Das Geld dafür hat sie mir vorbereitet, das Restgeld musste ich brav wieder daheim abliefern. Nur manchmal hat ein Eis für mich dabei herausgeschaut. Ich habe mit Nachbarskindern, wir waren alle zwischen sechs und zehn Jahren, im Hof, im Garten, den ganzen Tag draußen gespielt. Allein. Ohne Handy. Und das obwohl fast direkt neben dem Haus die „Ach" vorbeiläuft. Sagt man vorbeilaufen bei Flüssen? Na egal, auf alle Fälle ist eine Ache ein Fließgewässer. Die Beschreibung habe ich extra für Euch gegoogelt. Zwar an der Stelle, an der wir wohnten, nicht besonders tief, aber ihr wisst ja, Wasser ist gefährlich. Seeeehr gefährlich. Buh. Schreckgespenst Wasser. Na, zu Scherzen ist darüber eh nicht, ist schon genug passiert am und im Wasser. Heutzutage bilde ich mir ein, mehr als damals. Liegt das daran, dass heute die Eltern fast immer Händchen haltend und beschützend neben dem Kindlein stehen und dass das Kindlein wenn es dann mal allein ist die Gefahr nicht abschätzen kann, wenn zur Abwechslung mal keine Eltern in Sprungbereitschaft zugegen sind? Wir werden es nie erfahren. Nichtsdestotrotz (ich liebe dieses Wort), heutzutage fast alles undenkbar. Absolut undenkbar! Im Winter hatte ich diesbezüglich erst mit einer Mama meiner Generation gesprochen. Unsere süßen Zwerge, alle frische oder knappe sechs Jahre alt beim Skifahren mit dem Kindergarten. Selbstverständlich kommen wir Mamas alle als Begleitperson mit. Und wenn nicht die Mama, dann Oma, Opa, Tante, Onkel oder Papa, der extra Urlaub nimmt. Immerhin sind sie unsere kleinen Schätze. Undenkbar, dass damals Ende der 80er Jahre die 6-jährigen Spatzen alleine Skifahren waren! Immer noch ohne Handy wohlgemerkt. Und ohne Helm. Rein in die Skischuhe, hinüber zum Lift und so lange die Piste rauf und runter fahren, bis der Hunger zu groß wurde. Damals gab es viel mehr Schnee als heute. Überall. Auch auf der Strasse. Ich kann mich erinnern, dass wir in der Schule „schneefrei" hatten. Aber ich schweife schon wieder ab.

Wir waren auf eine gewisse Art und Weise Problemlöser und Erfinder mit Risikobereitschaft - die einen ein bisschen mehr, die anderen ein bisschen weniger. Wir hatten Freiheit, Misserfolg, Erfolg und Verantwortung. Mit all dem wussten wir umzugehen. Oder etwa nicht? Wenn doch, warum machen wir es bei unseren Kindern anders? Und das nicht nur ein bisschen, sondern komplett? Weil unsere Kinder es besser haben sollen als wir? Wenn wir doch das Beste hatten und unsere Kindheit für nichts tauschen wollten? Irgendetwas passt da nicht ganz zusammen oder täusche ich mich?

Ich bin überzeugt, dass auch unsere Eltern nur das Beste für uns wollten, aber halt ohne dieses ganze Tamtam und Bipapo. Gibt es ein Richtig und ein Falsch? Oder gibt es einfach nur „zu seiner Zeit"? Jede Generation versucht das Beste aus „ihrer Zeit" und den zu der jeweiligen Zeit gegebenen Hilfsmittelchen herauszuholen. Das ist doch mal eine schöne Erklärung. So kann ich das jetzt stehen lassen.

Was ich gar nicht stehen lassen kann ist die Tatsache, dass ein 16-jähriger Rotzlöffel einem 14-jährigen Mädchen das Selbstvertrauen nimmt. Sapperlot. Was Worte für eine Kraft haben. Deshalb verrate ich Dir jetzt die fünf wichtigsten Glaubenssätze für Dein Kind (egal ob Mädchen oder Bub) und für Dich. Am besten von Geburt an einimpfen. Das ist endlich eine Impfung, bei der keine Diskussion nötig ist. Sie schützt ein Leben lang vor Doofis, egal ob männlich oder weiblich, die sich aller Wahrscheinlichkeit nach selbst nicht mögen. Also unbedingt einimpfen, sodass sich diese Glaubenssätze ganz tief ins Unterbewusstsein verankern. Hilft es nicht, schadet es zumindest nicht. Wenn Du am Abend vorm Einschlafen mit Deinem Kind betest, kannst Du sie da ganz leicht einbauen und falls Ihr nicht betet, dann können die Glaubenssätze zu Eurem Gebet werden. „Du bist klug, Du bist stark, Du bist schön, Du wirst geliebt, Du bist in Sicherheit, Du kannst alles im Leben schaffen". Das gleiche machst Du bitte jeden Abend vorm Einschlafen für DICH, aber bitte in der Ich-Form! Diese Glaubenssätze habe ich aus dem Buch „Why not" von Lars Amend übernommen. Nur das „Du bist schön (Ich bin schön)" habe ich hinzugefügt. Meine Kinder sollen und dürfen wissen, dass sie schön sind - innen wie außen! Und mir schadet es auch nicht. Diese Aussagen von damals haben ihre Spuren hinterlassen. Mein Junior hat diese Sätze um „Ich bin mutig" ergänzt. Schön.

Um das ganze zu unterstützen, haben wir zusätzlich mit einem Erfolgstagebüchlein begonnen - sicher ist sicher, denn wie ihr bestimmt auch schon festgestellt habt, ist der innere Schweinehund gerne faul, wenn es uns gut geht. Der Plan ist, täglich mindestens 5 positive Momente aufzuschreiben. Weil das manchmal gar nicht so einfach ist, stelle ich meinem Junior dazu folgende Fragen:

Wofür bist Du heute dankbar? 🙏

Worauf bist Du heute stolz? 😊

Was hast du heute gut gemacht? 😎

Was hat Dir heute besonders gut gefallen? 😍

Was hat Dir heute Spaß gemacht? 🎉

Zugegeben, ihr wisst, ja wie der Alltag so spielt, kann es durchaus mal passieren, dass wir ein paar Tage nichts hineinschreiben, aber dann will er von sich aus wieder und bittet mich ganz lieb darum. Entzückend. Kinder spüren halt noch viel besser und schneller, was ihnen guttut, als wir zugemüllten Erwachsenen. Normalerweise sollte dann nichts mehr daneben gehen und spätestens als Teenager lassen sie sich dann hoffentlich nicht ganz so leicht verunsichern. Naja, gut, ein bisschen muss Dein Leben und Deine Einstellung und Deine Handlungen schon auch dazu passen. Es wird vermutlich nicht sooooo toll helfen, wenn Du selbst den ganzen Tag nur jammerst, zweifelst, negativ denkst. Es wird vermutlich auch nichts bringen, wenn Du Deinem Kind den ganzen Tag suggerierst: „Du bist nicht gut genug", „Das kannst Du nicht", „Du bist zu klein", „Du bist zu dumm", denn dann wird auch leider das Büchlein nicht besonders viel herausreißen. Das war Dir bestimmt schon vorher klar. 😈

14.10.

Die Ereignisse haben sich heute überschlagen! Ich war mit Heli und ein paar anderen Jungs in der Grotte. Wir haben über Gott und die Welt geredet, und als die anderen Jungs uns allein ließen, redeten wir immer mehr über uns! Er hat mich umarmt, dann hab ich vor Glück und Traurigkeit geweint. Er hat die Tränen unterdrückt. Wir haben uns einfach nur umarmt, uns Bussis gegeben und ich hab ihm alles erklärt, weshalb wir jetzt nicht zusammen sein können. Es war schon finster, als wir dann Hand in Hand nach Hause gegangen sind. Dort haben wir leider noch zum Knutschen angefangen. Er hat gesagt, dass das ein Fehler ist, aber dass er hofft, dass wir uns bald wieder sehen. Vielleicht kommen wir ja irgendwann wieder zusammen und in X Jahren heiraten wir vielleicht sogar! Ich bin froh, dass wir so verblieben sind, bin aber auch traurig, dass es so weit gekommen ist. Ich vermisse seine Zärtlichkeit, sein Ego – ihn!

20.10.

Ich bin schon seit ein paar Tagen wieder mit Helmut zusammen, und ich sollte froh darüber sein, aber er möchte schon gerne mit mir schlafen. Wenn er mir zu nahe kommt, dann wird mir ganz anders und ich werde zu „Stein". Ich bin einfach noch nicht bereit dafür! Er meint nur, alle haben diese Gefühle in dem Alter. Schwachsinn.

Heute musste ich an die Frau denken, die beinahe ertrunken wäre. Ich bin froh, dass ich lebe. Ich werde mir nie wieder wünschen, dass ich gestorben wäre. Ich habe Gisi, Helmut, andere Freunde, meine Eltern und Omas – und die werden immer für mich da sein! In der Schule geht es mir zur Zeit zurzeit so schlecht, dass ich schon darüber nachgedacht habe auszusteigen! Ich befürchte ich werde diese fünf Jahre nie schaffen!

> Wir alle haben zwei Leben.
> Das 2. beginnt in dem Moment,
> wenn wir begreifen, dass wir nur eines haben!

Die Schule habe ich geschafft. Ohne Ehrenrunde. Viel wichtiger, ich habe sie durchgezogen, obwohl ich sie nicht nur einmal schmeißen wollte. Danke Gisi. Gisi war nämlich immer eine Spur ehrgeiziger als ich. Wir haben uns zB. unterm Lernen gegenseitig angerufen um uns zu sagen, auf welcher Seite des Lernstoffs die jeweils andere schon ist. Wenn Gisi eine eins hatte, hatte ich eine zwei, war es bei ihr eine zwei, bei mir meistens eine drei, war es bei ihr eine drei, bei mir eine vier.

Fünfer hatten wir beide zum Glück nur ganz selten, und wenn, dann meistens verdient. Von nichts kommt halt nichts. 🙈🙈 Ich würde zwar nicht darauf wetten, bin mir aber ziemlich sicher, dass Gisi einen Tick mehr gelernt hat. Zwecks des Fünkchens mehr Ehrgeiz wie schon erwähnt. Meine „Message for you" - egal ob Du Teeny bist, Twenty, Thirty, Fourty, Fifty or Fifty+: Was gibt es Schöneres als sich gegenseitig zu motivieren??? Umgib Dich unbedingt mit Menschen, die das Beste in Dir zum Vorschein bringen! Umgib Dich mit Menschen, die Dich wachsen sehen wollen!

Umgebe Dich mit Menschen, die Dir Lust auf Abenteuer machen, Dein Herz berühren und Deiner Seele guttun!

Zur Abwechslung ein bisschen was auf Englisch, weil es auf Deutsch nicht so schön klingt. Nur geklaut, denn ich bezweifle dass mein Englisch besser ist als damals…bei dem häufigen Sprachgebrauch ist das grob anzuzweifeln… 🙊

Surround yourself with the dreamers,
the doers, the believers and thinkers,
but most of all, surround yourself with
those who see greatness within you,
even if you don't see it yourself.

Umgib dich mit Träumern, Machern,
Menschen die glauben und denken,
aber vor allem umgib Dich mit
denjenigen, die Deine Größe sehen,
auch wenn du sie selbst nicht siehst.

22.10.

Heute im Pharao war's spitze. Gisi, Olli, Leni, Kathi und ich hatten echt viel Spaß. Olli und Kathi haben sogar bei einer Verlosung etwas gewonnen. Gisi weiß gerade nicht, was sie tun soll. Sie will sich von Mario trennen und mit Marc wieder zusammenkommen.

Olli ist nicht mehr mit Hilda zusammen - jetzt geht der Spaß wieder los. Mit Heli verstehe ich mich prima, abgesehen davon, dass er immer Angst hat, ich würde ihn betrügen.

Ich bin ja bloß froh, dass es scheinbar allen gleich ging. Mehr oder weniger. Das ist der Grund für dieses Buch. Ich wünsche mir von ganzem Herzen, dass es Dir hilft, Dich an DICH und DEINE Geschichte zu erinnern. Ich möchte Dich berühren und Dir gleichzeitig den einen oder anderen Impuls mitgeben, den Du vielleicht gerade JETZT in Deinem Leben gut brauchen kannst.

24.10.
Mama ist eine blöde Kuh – aber das dürfest Du mittlerweile eh schon bemerkt haben! Jetzt weiß sie, dass ich mit Heli wieder zusammen bin! Ihr Kommentar: „Findest keinen anderen, weil Du auf den alten zurückgreifst?" Sie mag Helmut nicht – heißt, dass ich sicher wieder etliche Einschränkungen haben werde! Bin gespannt wie das noch weitergeht!

Trotz allem: Auf ein Neues!
Jennifer loves Helmut
01.07.1994-04.08.1995
14.10.1995- ?

26.10.
Heute ist Nationalfeiertag. Ich war mit Familie Wagner in der Therme Loipersdorf. Von dort habe ich Helmut angerufen, er hat beleidigt geklungen. Ich habe außerdem Mario darauf vorbereitet, dass Gisi wegen Marc mit ihm Schluss machen wird. Er ist traurig und wahnsinnig wütend. Gisi ist aber auch fertig. Sie tut mir leid, aber ich denke, sie macht das Richtige. Wir sind jetzt schon beim Umziehen.

28.10.1995

Gestern hab ich mir in unserem neuen Haus mein Zimmer ausgesucht! Papa hat es heute gekauft. Prima! Außerdem hat gestern Gisi mit Mario Schluss gemacht! Beide sind fertig mit der Welt! Tja, jetzt werden wir die Jungs total aus den Augen verlieren.

Die Gruppe (Mario, Olli, Sebi, Hansi, Jörg, Gisi, Leni, Kathi & ich) fällt aber sowieso auseinander! Hat wahrscheinlich irgendwann so kommen müssen. Vielleicht kommen wir ja im Winter wieder alle zusammen – ich hoffe es!

29.10.

Heute war ich bei Helmut, Gisi war im Pharao. Sie war ein bisschen sauer. Vorher hab ich sie angerufen, sie war irrsinnig grantig und hat auflegen müssen, weil Mario gekommen ist. Jetzt hab ich sie noch einmal angerufen und ihr gesagt, dass sie Mario sagen soll, dass es meine Schuld ist und dass es mir leid tut. Sie hat es ihm gesagt und ist wieder mit ihm zusammen. Heute im Pharao hat keiner mit ihr geredet. Ich hoffe, die Jungs spinnen jetzt nicht auf mich. Gisi hat gesagt, sie redet mit Mario und schaukelt das schon. Gisi ist so eine super Freundin, ich hab sie gar nicht verdient. Ich hoffe, dass wir ewig beste Freundinnen bleiben.

Okayyyyyy. Am 28.10. war also Schluss, einen Tag darauf Versöhnung. Warum aber hat die junge Jenny die Schuld auf sich genommen? Ich kapier diese Geschichte nicht. Muss man 14-jährige Pubertiere immer verstehen? Wahrscheinlich nicht.

07.11.1995

19:45. Helmut war bei mir. Meine Eltern wollten heute Nacht im neuen Haus bleiben, und Heli hat gefragt, ob er kommen darf, obwohl sie es verboten hatten. Ich zwar zuerst skeptisch, hab dann aber doch ja gesagt! Wir haben gerade herumgeknutscht, auf einmal hör ich unten den Schlüssel! Ich habe Helmut und seine Jacke in den Kleiderschrank gesteckt, aber Mama hatte es schon mitbekommen, ist ins Zimmer gestürmt, hat gesagt, er soll sofort rauskommen, hat uns ausgeschimpft und ihn rausgeschmissen. Bevor sie gefahren ist, hat sie noch gesagt, dass sie sehr enttäuscht ist, weil ich ihr Vertrauen so missbraucht habe und ich soll bloß beten, dass sie es Papa nicht sagt! Auweh, auweh, auweh!

Erstens: Man sollte immer auf sein Bauchgefühl hören. Zweitens: Diese Szene müsst ihr Euch bitte unbedingt bildlich vorstellen. Ihr wisst schon. Kopfkino weil absolut Kinofilm-reif. Ihr kommt also nach Hause, hört, dass Euer Kind Besuch hat trotz Verbot, stürmt hinauf ins kleine Zimmer mit den schrägen Dachwänden und dann krabbelt Dir da ein zwar junger, aber recht großer (meine Mama ist ca. 163 cm klein), schon recht männlicher Typ aus dem Schrank entgegen. Das war nämlich nicht so ein Kleiderschrank wie man ihn aus dem Fernsehen kennt. Alles easy, cheesy, begehbar und so. Das war ein klassischer, guter, alter zweitüriger Schrank mit stinknormalen Drehtüren, wie er üblicherweise in einem Kinderzimmer oft zu finden ist. Und nachdem der ja nicht leer war, musste Helmut in seiner ganzen Länge wie er war (ca. 1,80 m) auf allen Vieren hineinkrabbeln um sich drin zu verstecken. Und genauso kam er da dann auch wieder raus. An dieser Stelle meinen allergrößten Respekt an Mama, dass sie sich das Lachen verkneifen konnte. Mama war damals ein paar Tage vor ihrem 32. Geburtstag. Ich an ihrer Stelle wäre weggestorben vor Lachen. Ich muss schon sagen, als Teenager hatte ich das mit dem „betrügen" ein bisschen besser drauf. Heutzutage würde ich ganz bestimmt auf die Jacke vergessen.

16.11.1995
Seit ich das letzte Mal geschrieben habe, ist sehr viel passiert.
E R D B E B E N - in Judenburg und Umgebung!

Seit Dienstag sind wir im neuen Haus. Am ersten Tag war ich voll verzweifelt, nicht mal ein Bett. Eine Prüfung habe ich auch versemmelt. Heute hat mich Mama zu Helmut gefahren und ist selbst noch auf ein Schwätzchen zu Frau Gruber, der Mama von

Helmut, mitgekommen. Das ist Wahnsinn! Außerdem holt mich am Samstag Frau Gruber von der Schule ab, dann holen wir Helmut bei der HTL ab und später bringt sie mich dann heim.

Mein neues Zimmer ist auch schon da. Es ist wunderschön und das Bett total gemütlich. Jetzt gehört nur noch geputzt.

Am Samstag dem 11.11. war ich mit Gisi auf einer Party! Es war unglaublich toll! Wir haben sogar Alkohol getrunken! Hab ich schon erwähnt? Die Pölser sind fad, still und komisch! Ich werde niemals so wie die und ich werde auch nie wie die „echten" HAK-Schüler!

Am 10. November 1995 hatten wir in der Nacht um 01:32 ein Erdbeben Stufe 6 (von 12). Ist sogar in der Liste österreichischer Erdbeben, die Gebäudeschäden verursacht haben, eingetragen. Bis 2018 kein weiterer Eintrag bei uns in der Gegend. Gott sei Dank leben wir in so einem gesegneten Land. Wir können uns echt alle 10 Finger ablecken. Wir Österreicher. Generell wir Mitteleuropäer.

Was die Pölser und die HAK Schüler angeht, schaut es so aus, dass ich bis zu diesem Zeitpunkt noch nicht die richtigen kennengelernt hatte. 🌍 Mal abgesehen davon, dass die Personen und die Handlungen ja frei erfunden sind, nur die Schauplätze tatsächlich existieren und etwaige Ähnlichkeiten mit tatsächlichen Begebenheiten, lebenden oder verstorbenen Personen selbstverständlich rein zufällig sind.

19.11.
Heute waren wir im Pharao. Mit Kathi und Julie (die Julie = Julia, mit der wir auch schon in der Hauptschule immer zusammen waren) habe ich mich heute auch voll gut verstanden. Die Jungs reden nicht mehr mit Gisi und mir. Wir waren voll down. Hoffentlich wird das wieder. Udo P. war heute auch da. Er ist noch immer total fesch. Schade, dass ich im Winter mit Helmut zusammen war, sonst wäre ich vielleicht mit ihm

zusammenkommen. Tja, jetzt habe ich ja wieder Heli und auch keine Chancen mehr. Nächste Woche muss ich lernen, weil ich Winf - Test, Deutschprüfung und RW-Schularbeit habe. Mist.

Winf = Wirtschaftsinformatik, RW = Rechnungswesen, also Buchhaltung. Mist trifft es ganz gut. Obwohl, es soll ja Menschen geben, die in diesen Bereichen sogar so etwas wie eine Art Leidenschaft entwickeln können. Mir persönlich sind sie suspekt, aber ich bin froh, dass es sie gibt. Ich habe Rechnungswesen in der Schule nie kapiert. Das schwierige an Rechnungswesen ist, dass man es verstehen sollte und nicht nur auswendig lernen sollte. Ein kleines bisschen verstanden habe ich es dann erst nach der Schule. Sechs Jahre lang habe ich gern und „zur vollsten Zufriedenheit" meiner Chefleute in der Buchhaltung gearbeitet und immer gebetet, dass sie nicht dahinter kommen, dass ich in Wahrheit keinen Tau von der Materie habe. Tarnen und täuschen kann ich. Zumindest was Rechnungswesen angeht. Bei allem anderen habe ich leider die Gabe, dass mein Gesicht schneller reagiert als ich denken kann und ich deshalb für andere sowas wie ein offenes Buch bin. Toll. Nix mit Pokerface. Dabei wäre das manchmal ganz praktisch. Bis ich was sagen will, merke ich meistens selbst schon, dass es mein Gesicht nach oben oder unten verzogen hat und kann es mir gleich schenken. Komme ich rechtzeitig dahinter, wird dann meist so eine komische, leicht schiefe Fratze draus, linkes Auge und linker Mundwinkel leicht nach unten hängend, während die rechte Seite nach oben zeigt und alles vertuschen möchte, oder irgendwie so. Wirkt total authentisch. NICHT.

Julie. Die liebe, sanfte, hübsche Julie, mit ihren großen, dunkelbraunen Augen und den langen, schönen, dunklen Haaren, der zierlichen Figur und dem Hauch Pocahontas. Wir hatten uns, denke ich immer von Herzen gern, aber unsere Wege haben sich verlaufen. Was wir all die Jahre beibehalten haben, ist das jährliche Gratulieren zum Geburtstag. Und die Freude, wenn wir uns unterwegs mal treffen. So ändern sich die Zeiten. Zuerst noch in der Disco, plötzlich beim Hofer. Und ganz plötzlich hat Julie Krebs. Geht durch ihre persönlich Hölle. Mit Chemotherapie, Haare verlieren und allem, was dazugehört.

Sie wird trotzdem wunderschön sein. Die hübsche Julie. Sie will umdenken und ich versuche sie mit meinen Gedanken anzustupsen, ihr Mut zu machen, denn in Wirklichkeit kann ihr niemand helfen und sie muss da allein durch. Diese kleine perfekte Welt, in der wir uns alle so sehr in Sicherheit wägen, die wir aber nie als solche erkennen, mit unseren meistens sehr kleinen Sorgen, kann ganz plötzlich, von jetzt auf gleich zusammenbrechen. Im einen Moment noch mit dem Rasenmäher im Garten unterwegs um im selben Moment den Knoten in der Brust zu bemerken. „Lebe im Moment." Julie hat mir mal erzählt, dass sie zwischen all dem Funktionieren, Machen und Tun nichts mehr wahrgenommen hat. Höher. Schneller. Weiter. Und was nicht noch alles zu tun ist. Im Garten arbeiten ohne den Garten zu sehen, zu riechen, zu schmecken, zu hören, zu spüren. Ihre Krankheit hat ihre Zeit angehalten. Da saß Julie nun. Das erste Mal seit Ewigkeiten ohne zu arbeiten in ihrem Garten und hörte seit Jahren das erste Mal wieder bewusst Bienen summen, sah Schmetterlingen beim Fliegen zu, sog den Duft der Blumen in die Nase, spürte den Wind auf ihrer Haut. Als Julie schon wieder auf dem Weg zurück zu ihrer Gesundheit war, saßen wir mal in einem kleinen Café und sie meinte, dass der Krebs es wohl gut mit ihr gemeint hatte. Sie wird nie mehr einen Job machen, den sie nicht liebt. Sie wird sich immer Zeit für sich selbst nehmen. Ihren Träumen folgen. Achtsam sein. Ihr Leben lieben. Ich glaube, dass sie immer im Vertrauen war, weil sie wusste, dass ihre Oma sie von oben herab beschützt. Schöner Gedanke, der hoffentlich ganz vielen Mut macht, denen es ähnlich geht. Weil ich weiß, wie schwierig das im Alltag ist: lebe jeden Tag wenigstens ein paar Mal im Moment. Alles ist vergänglich. Auch wir sind es. Das Leben ist ENDLICH. Vor einigen Jahren noch haben Nachrichten über Krankheiten, Attentate und dergleichen uns nicht berührt. Es hat die Menschen in den USA betroffen, oder die aus einer Großstadt, weit weg von uns. Niemals uns selbst. Wird die Welt kleiner?

28.11.

Am Samstag war ich bei Helmut kuscheln, am Sonntag haben wir Mamas Geburtstag gefeiert und heute hätte mich eigentlich Helmut von der Schule abgeholt, aber leider ist ihm mein Papa zuvorgekommen! Schade. Jetzt haben wir gerade telefoniert – er stockbesoffen – mit dabei, sein „bester" Freund M.Sch.! Ich mach mir ernsthaft Sorgen! In letzter Zeit hat er viel und oft getrunken – mit M.Sch.! Wenn er so weitermacht und auch betrunken ist, wenn wir uns sehen oder er alkoholisiert anruft, werde ich ihn vor die Wahl stellen – ich oder Alkohol! Dann werde ich ja sehen, was ihm lieber ist. Hoffentlich kommt es nicht soweit. Ach ja, ich werde nicht mehr NIE sagen, nach dem Motto: SAG NIEMALS NIE. Denn meistens kommt es anders.

Ich finde für 14 habe ich mich damals sehr gewählt ausgedrückt: „alkoholisiert". 😊 Ich finde mit 14 sollte man niemanden vor so eine Wahl stellen müssen. Kennt ihr den Film „Feivel der Mauswanderer"? Ich liebe liebe ihn. Ein Kinderfilm mit so einer extrem wichtigen Botschaft. Erwachsene sollten öfter Kinderfilme ansehen.

> Niemals sag niemals, ganz gleich was du tust.
> Niemals sag niemals, mein Freund.
> Träume erfüllen sich nur, wenn du daran glaubst,
> nur dann werden sie wahr!
> Behalte die Courage, verzweifeln ist falsch,
> fass dir ein Herz, zähl bis 10.
> Hoffnung ist gut. Hoffnung und Mut
> und niemals sag niemals, nie mehr.

29.11.95
Ich HASSE Pöls, Papa, Mama, Oma, Patrick und Englisch!

Englisch fällt ein bisschen aus der Reihe 😊

Omas sollten wir niemals hassen. Wenn Du noch eine Oma hast, die auch noch lieb ist, dann leg jetzt kurz mal das Buch weg und ruf sie an. Dein Omilein. Sag ihr, dass Du sie lieb hast. Auch falls sie es Dir noch nie gesagt hat, außer durch selbstgebackenen Kuchen.

12.12.1995

Vorvorigen Samstag auf Sonntag waren wir im Pharao! Es war einmalig klasse. Wir haben uns mit den Jungs wieder versöhnt! Jörg wollte sogar wieder mit Gisi zusammenkommen! Leni war voll enttäuscht darüber!

Kramperltag war ja auch vorige Woche am Dienstag – ich hab immer noch Striemen und blaue Flecken! *autsch*

Und gleich noch einmal *autsch* beim Eislaufen – Gisi und Udo P. haben mich sozusagen unter sich begraben = Riesenbeule!

Uuuund: Ich muss versuchen, Lionel zu vergessen! Ständig träume ich von ihm! Ich fühle mich mies gegenüber Heli und auch gegenüber Lionel – ich hab ihn am Strand einfach alleine sitzengelassen. Er hat immer so gestrahlt, wenn wir uns gesehen haben. Damals als ich ihm „I LIKE YOUR EYES" in den Sand geschrieben habe und als ich ihn um 22:00 von der Arbeit abgeholt habe. Wir wissen noch nicht einmal unsere Nachnamen! Ich MUSS ihn vergessen! Wegen Helmut und weil es mir so weh tut. Ich weiß nicht einmal WARUM. Ich weiß nur, dass es so ist.

Irgendwo dazwischen muss zwischen Mario und Gisi dann doch Schluss gewesen sein. Da ist etwas verloren gegangen zwischen dem ganzen Gefühlschaos. Ich meine, was ist da denn los? Mario, Marc, Mario oder doch nicht und dazwischen will Jörg nach über 1,5 Jahren Trennung und einer Knutschaffäre mit Jenny wieder zurück zu Gisi und das obwohl Leni doch schon so lange in ihn verliebt ist. Also da soll noch einer durchblicken.

22.12.

In 2 Tagen ist Weihnachten, das Fest der Liebe! Ich bin zu dem Entschluss gekommen und liebe ab jetzt nur noch Helmut. Kathi ist jetzt übrigens wieder voll OK – war wohl nur eine Phase!

Dafür verstehe ich mich mit Leni nicht mehr! Ich wünsche sie genau genommen zum Mond! Sie versteht sich zu gut mit Gisi und das schärfste: sie will mit Mario zusammenkommen! Gisi und Marc geht es auch gerade nicht sehr gut! Marc ist in letzter Zeit sehr arschmässig, abgesehen von den vielen Geschenken, die er ihr kauft. Sie sehnt sich nach Mario zurück. Ich versteh sie gut. Geld ist eben nicht alles auf der Welt! Ich hoffe für sie, dass sie bald zu sich findet und ihr Herz sich für einen von beiden entscheiden kann.

Ach Du grüne Neune. Hormone, Hormone, Hormone. Das ist schlimmer als bei GZSZ. Jeder liebt jeden einmal und dann wieder von vorne, oder so. 👺🙊 Das mit dem zu-sich-finden, wünsche ich allen. Zu sich finden ist vermutlich der größte Schritt im Leben. Ich vermute, dass die wenigsten wirklich bei sich sind. Dass das Herz schon immer klüger war als der Kopf ist auch kein Geheimnis. Das eine ist das Wissen, das andere das Umsetzen. Wie so oft im Leben. Das mit dem lieben Geld ist ein raffiniertes Thema. Grundsätzlich ist Geld nicht alles auf der Welt. Aber es nimmt schon einen großen Stellenwert in der heutigen Gesellschaft ein. Ich habe über dieses Thema schon viele Dinge gehört, gelesen, diskutiert, es zerlegt und zerpflückt und kann nur meine Sicht der Dinge mit Euch teilen. Geld ist wichtig. Es ist auch wichtig, wie Du darüber denkst und welche Glaubenssätze Du zum Thema Geld hast. Was das angeht, gibt es jede Menge schlaue Bücher und Coaches zum Thema Mindset, von denen man Tipps an die Hand bekommt, wie man es erkennen und positiv verändern kann.

Du fragst Dich gerade, was ein „Mindset" überhaupt sein soll? Im Grunde ist das nichts anderes als Deine Gedanken bzw. Dein Gedankengut, deine Überzeugung, Deine Einstellung, Deine Denkweise. Weil es für alles ein Wort geben muss und deutsch anscheinend nicht cool genug dafür ist, müssen manchmal englische Wörter herhalten, die zwar cool klingen, aber oft nicht so viel aussagen, wie sie versprechen. Außen hui. Ihr wisst schon. Sowie Porridge. Jeder isst und liebt heutzutage Porridge. Auf alle Arten und Weisen. Wer kein Porridge isst, ist nicht IN. Manche predigen Porridge als so gesund und lecker, dass es den Anschein erwecken könnte, man müsste ohne Porridge bald das zeitliche segnen. Vorsichtshalber habe ich unseren Vorratsschrank mit Porridge - selbstverständlich bio und nachhaltig - bestückt, um dann enttäuscht feststellen zu müssen, dass es sich um nichts anderes handelt, als den „guten alten Haferbrei". Blöderweise will keiner einen „Haferbrei" kaufen. Porridge aber schon. Komisch irgendwie, oder? Naja, wurscht ist es auch. Habe ich schon Porridge gesagt?

Auf was ich hinauswollte: Geld ist wichtig und Geld ist gut.

Bedauerlicherweise weiß das der Großteil von uns nicht oder traut sich das nicht laut zu sagen, weil wir mit ziemlich großer Wahrscheinlichkeit von Zuhause mitbekommen haben, dass man über Geld nicht spricht, dass Geld den Charakter verdirbt und dass Geld sowieso nicht glücklich macht. Wenn Du bereits Multimillionärin bist, dann kannst Du jetzt ein paar Zeilen überspringen. Ansonsten kann ich Dir empfehlen, nochmal genau hinzuspüren.

Wenn Du aus „normalem" Hause kommst, Du weißt, was gemeint ist, Deine Großeltern und Eltern keinen Goldspeicher à la Dagobert Duck zum drin schwimmen irgendwo versteckt haben, dann gibt's vermutlich auch bei Dir massig unnütze Glaubenssätze, die wirklich niemandem von uns guttun, uns jedoch unnötig klein halten. Beobachte und reflektiere doch einmal, welche Deine sein könnten oder im besten Fall gewesen sind:

Über Geld spricht man nicht.
Geld verdirbt den Charakter.
Geld allein macht auch nicht glücklich.
Es ist nicht alles Gold was glänzt.
Geld bringt Sorgen.

Geld bringt Verantwortung.

Geld ist die Wurzel allen Übels.

Bei Geld hört die Freundschaft auf.

Geld stinkt.

Ich habe nie genug Geld. / Ich brauche mehr Geld.

Zeit ist Geld.

Wer reich werden will, muss über Leichen gehen.

Lieber arm und glücklich als reich und unglücklich.

Geld ist nicht wichtig.

Wenn ich reich bin, werde ich nur wegen meines Geldes geliebt.

Zu viel Geld kommt man nur mit Rücksichtslosigkeit.

Geld macht einsam.

Geld wächst nicht auf Bäumen.

Das letzte Hemd hat keine Taschen.

Klaaaar, Liebe steht über allem. Von Luft und Liebe lebt es sich auf Dauer allerdings nicht ganz so komfortabel. Wenn zum Ende des Geldes noch sehr viel Monat übrig ist, das Essen und die Miete bezahlt werden will, der Strom, Versicherungen und der ganze andere Kram, vom Luxus mal ganz zu schweigen, dann können die Schmetterlinge sich schon mal in Raupen verwandeln die einem schwer im Magen liegen und dann ist das mit Luft und Liebe irgendwie auch nicht mehr ganz so sexy.

Bei Luxus rede ich nicht von Rolex, Gucci und Co. Da sprechen wir von unseren zwei Autos, wenn wir auf dem Land leben, Handy (bitte schön ein „Smartphone"), Fernseher, PC, Klamotten, Frisörbesuch, Yogakursen, dem 20. Shirt in unserem Schrank, dem 15. Paar Schuhe und anderen Dingen die wir uns einbilden, haben zu müssen.

Für ein bisschen mehr an Lebensqualität wäre es außerdem nett, mal mit dem Schatz oder der Freundin ins Kino gehen zu können, im Sommer an den See zu fahren, im Winter Ski zu fahren und dazwischen dorthin zu reisen, wo man eben will. Zu Festivals. In den Urlaub. Auf die Alm. Für ein zusätzliches mehr an Lebensqualität und Gesundheitsvorsorge ist es sehr lässig, wenn man sich Bioprodukte, Fleisch direkt vom Bauern, Naturkosmetik und Vitalstoffe gönnen kann.

Das musste bzw. durfte ich am eigenen Leib erfahren, was ich jedoch vorher aus Ignoranz jahrelang nicht verstehen wollte. Es ging mir ja gut. Wieso also etwas ändern? Bis zu dem Zeitpunkt an dem mir mein Akku ausging. Nicht der vom Handy. Der von meinem Körper. Meiner Seele. Das ist eine wiederum eine andere Geschichte.

Was auch so richtig Spaß macht, ist einfach mal nur „sinnlos" Geld auszugeben, weil uns genau das oft am meisten Sinn in unserem Leben verschaffen kann. Klingt widersprüchlich, ist aber so. Ausflüge machen. Abenteuer erleben.

> Wer denkt, Abenteuer seien gefährlich,
> sollte es mal mit Routine versuchen: die ist tödlich
> (Paulo Coelho)

Reisen, denn: „Reisen ist der schönste Weg Geld auszugeben und trotzdem reicher zu werden." Oder im kleineren Stil, z.B. Bücher kaufen und lesen. Ich liebe Bücher. Brauche ich sie zum Leben? Definitiv nicht. Will ich sie? Definitiv schon. Kosten sie etwas? Ja. Steckt ja auch verdammt viel Zeit und Liebe drin. Und Lebenserfahrung. Und Wissen. Je nachdem.

Mein allergrößter Augenöffner bzgl. „Money-Mindset" war ein Vortrag einer Lady die bereits Millionärin ist, ein Buch herausgebracht hat und mit ihrem Mann auf Mallorca und in Österreich lebt. Mal direkt am Meer, mal umgeben von den Bergen. Weil sie es möchte und weil sie es kann. Sie hat erzählt, wieviel Gutes sie mit ihrem Geld bewirken kann. Dabei geht es nicht sofort um Spenden, das Errichten von Dörfern und Schulen, wobei das sicher auch eine großartige Sache ist. Lasst uns im „Kleinen" beginnen, denn es geht darum, dass sie sich den Frisörbesuch leisten kann und somit den Job der Frisörin absichert. Sie kann sich eine Reinigungskraft leisten, eine private Yogalehrerin, kann Bauern vor Ort unterstützen, sich hochwertige Lebensmittel gönnen und mir ihrem Einkauf kleine regionale Läden und Boutiquen unterstützen. Sie geht oft essen, gibt großzügig Trinkgeld, stärkt das Restaurant, sichert dem Kellner den Job. Sie kauft sich bei der Hausfrau um's Eck ein teures Küchengerät, bei der nächsten schöne

Dekoration für den Garten, bei der übernächsten Putzmittel und bei der überübernächsten ihre Kosmetik. Somit finanziert sie das Einkommen von mehreren Familien mit. Ich bin mir sicher, dass spätestens jetzt das angekommen ist, worauf ich hinauswill. 😊

Bitte wie cool ist das denn?

Meine neuen Glaubenssätze, was Geld betrifft, teile ich hier gerne mit Dir und hoffe, dass sie Dir gut tun:

> Mit viel Geld kann ich viel Gutes tun.
> Geld verstärkt (!) den Charakter.

Gute Menschen können und werden mit viel Geld viel Gutes tun. 💪 Nochmal kurz zurück zu den Glaubenssätzen, die uns nicht gut tun: Habt ihr schon einmal Menschen kennengelernt, bei denen es finanziell an allen Ecken und Enden fehlt, die aber mit sich und der Welt glücklich und zufrieden sind? Ich nicht.

Wonach sollten wir streben? Bei Geld, Liebe, Gesundheit, Glück, Lebensfreude, Erfolg und all den anderen 1000 großartigen Dingen die unser Leben lebenswert machen: Nach allem ein bisschen und von allem genug. Besser noch: nach allem ein bisschen mehr und von allem mehr als genug. Hui, dieser Gedanke fühlt sich fantastisch an!

Immer noch der 22.12.
Wüsste ich die Adresse von Lionel, ich würde ihm einen Abschiedsbrief schreiben.

„Im Urlaub in Frankreich bin ich Dir einfach davongelaufen. Es tut mir wahnsinnig leid. Wenn man es genau nimmt, bin ich vor meinen Gefühlen davongelaufen. Ich hatte mich nämlich in Dich verliebt und hatte Angst, dass mir der Abschied zu schwerfallen würde. Ich muss ständig an Dich denken. Ich träume von Dir und hoffe immer, dass wir uns einmal wiedersehen. Immer wieder frage ich mich, ob Du Dich an mich erinnerst, ob Du das gleiche empfunden hast, ob Du an mich denkst, ob Du eine

Freundin hast, mit der Du glücklich bist. Ich hoffe, dass ich Dich irgendwann einmal als Urlaubsromanze bezeichnen kann, aber bis dahin wirst Du in meinem Herzen Sehnsucht, Unruhe und Verwirrtheit stiften. Ich höre Lieder von Mark'Oh, und denke an Dich: „Dreaming of you" und „Never stop that feeling". Ich hoffe, Du hast das Herz, das ich Dir gegeben habe noch und weißt durch diesen Brief, dass ich Dir nicht nur dieses Herz aus Stein, sondern auch das meine mit wahren Gefühlen anvertraut hätte."

Mit der guten alten Schreibmaschine getippt. Seufz. Wie traurig. Wie romantisch. Zur damaligen Zeit hat meine Mama zur damaligen Zeit gerne „Brunner und Brunner" gehört und naja, was soll ich sagen, das ging nicht komplett spurlos an mir vorüber. Mark 'Oh hin oder her. Kennst Du das? Wenn Du leiden willst? Im Selbstmitleid versinken? Wenn Du heulender- und schluchzenderweise Lieder laut mitsingst oder ehrlicher formuliert „mitjaulst", die Ratten an dieser Stelle das Schiff verlassen würden und Du Dich so richtig selbst bemitleidest?

Liebe im Sand, wir haben erlebt
wie der Himmel aufgeht und die Erde sich dreht
Liebe im Sand, ich hör noch dein Lachen wie leise Musik,
spür den Sommerwind
Liebe im Sand, noch ein letztes Glas und ein Blick der mir sagt
adieu, goodbye (goodbyyyheiiiiheiiiii schluchz, jaul)
Liebe im Sand, der Sommer unserer Träume ist vorbei
(vorbeiheiheiheiiii heul heul)

Wenn ich mich recht erinnere, war ich damals noch so derartig unverdorben, dass ich bei Liebe im Sand an viel gedacht habe, aber an nichts Sexuelles. Du kleines Ferkelchen. 🐷🐷🐷

25.12.1995
Heuer hatte ich das schrecklichste Weihnachten meines Lebens, an das ich mich erinnern kann! Mama und Papa hatten Streit – wegen der Trinkerei von Papa.

196

Er kommt bei seiner Verwandtschaft gerade erst an zum Weihnachtsbesuch und verlangt schon ein Bier. Das war Mama zu viel. Sie hat sich heulend angezogen und wollte heimgehen. Mir sind die Tränen auch gekommen. Dann haben sie wegen jeder Kleinigkeit herumgezankt! Während der Bescherung zu Hause war es mal eine Zeit lang friedlich, dann ging es wieder weiter. Horst, der Bruder von Papa Klaus, und seine Frau Kirsten haben uns besucht und Kirsten kam zu mir ins Zimmer, und wir haben geredet. Helmuts Familie hat mich eingeladen, zu ihnen zu kommen, aber ich durfte nicht. Ich musste mich zu meiner Familie setzen und mir Bemerkungen anhören von wegen, dass es mir bei Grubers besser gefallen würde. Ich hab dann gesagt: „Die streiten wenigstens nicht". Dann haben sie mich in Ruhe gelassen und wir haben Mensch-ärgere-Dich-nicht gespielt. Ich habe mich dann in den Schlaf geheult. Scheiß auf alle meine Geschenke, wenn doch sonst nichts passt! Morgen ist Gisis 15. Geburtstag.

An so einem Abend Mensch-ärgere-Dich-nicht zu spielen finde ich im Nachhinein betrachtet ein bisschen ironisch.

Alkoholismus unterliegt in den meisten Fällen dem Gefühl von Sinnlosigkeit, Schuld, Unzulänglichkeit, Selbstablehnung. Wenn sich jemand selbst ablehnt, tut er Dir ganz bestimmt nicht gut. Nimm Deine Beine in die Hand, Süße. Du kannst niemanden retten. Es ist auch nicht Deine Aufgabe. Alkohol zerstört einfach alles. Wenn Du in einem Familienmuster drinsteckst und es erkennst: bitte durchbreche es. Sei es Dir wert. Setze Grenzen. Setze Schritte. Wenn Du es nicht für Dich machst, dann für Deine (zukünftigen) Kinder oder Enkelkinder. Für Deine Katze, Deinen Hund, Deinen Wellensittich. Scheißegal. Hauptsache, Du findest einen Grund für Dich, der Dich antreibt und motiviert, zu gehen. Such Dir Hilfe. Du musst da nicht allein durch. Stärke Deinen Selbstwert. Liebe Dich. Du bist liebenswert. Du bist wertvoll.

19.01.1996

Jetzt habe ich lange nicht geschrieben, denn eigentlich hat es mir an nichts gefehlt. Silvester war ein voller Schmarrn. Halt Dich gut fest, seit gestern sind Jörg und Leni zusammen, Gisi und Mario sind seit einer Woche wieder ein Paar und Helmut und ich streiten wieder ziemlich oft. Er ist so komisch, meldet sich mehrere Tage gar nicht, ist auch am Telefon komisch. Heute war mein Lichtblick ihn morgen sehen zu können, aber Klaus ist ein Arsch. Ich verfluche Pöls! In einem Gefängnis hat man auch nicht weniger Ausgang! Ich bin doch kein Baby mehr! Hilfe, ich will hier raus! Gisi und Leni werden die besten Freundinnen und Helmut sucht sich eine andere, falls er nicht eh schon eine hat. In der Schule war ich auch schon einmal besser. Hilfe!

Alles gut. Alles beim Alten. 😊

26.01.96

Ich weiß mal wieder gar nicht, wo ich anfangen soll.

• Ich habe mittlerweile festgestellt: wir haben einige falsche Schlangen in der Klasse. Schade eigentlich!

• Zum ersten Mal hab ich es heute geschafft Mama und Papa gegeneinander auszuspielen!!! Mama hat verboten, mich mit Gisi zu treffen, Papa hat erlaubt! HURRA!

• Im Zeugnis habe ich schlechtestens drei Vierer. Und Helmut und ich sind schon lange wieder „una y carne". (spanisch: ein Herz und eine Seele)

• Ich muss Dir etwas beichten! Es wissen außer mir nur drei Leute! Helmut, Gisi und M.Sch. Ich werde es wie bei Dingsda erklären:

1) Man braucht dazu wenigstens zwei Leute
2) sie können laut oder leise sein
3) es ist meistens schön
4) man kann es vergessen oder auch nicht
5) die Leute sollen sich gut kennen und mögen
6) es kann weh tun
7) es kann kurz oder etwas länger dauern
8) die Personen sollten rücksichtsvoll sein
9) Musik ist dabei auch nicht schlecht
10) man sollte nix vergessen…..

NA??? Was ist es???
KARTENSPIELEN! (am 29.12.95!) Was hast Du denn gedacht?!

1) zum Spielen
2) Debatten, Ärger
3) wenn man gewinnt
4) die richtige Karte zu legen
5) damit keine Schlägereien entstehen
6) z.B. bei dem Kartenspiel „Martern"
7) das Spiel!
8) mit Ausdrücken, dass man sich nicht beschimpft
9) für die Stimmung
10) Chips, Getränke, …

• Helmut und ich haben ein gemeinsames Lied! „When I need you"!

Wir wissen doch alle, dass das jetzt sowas von gelogen war.

08.02.1996
Liebes Tagebuch! Gefühlschaos pur! Ich weiß überhaupt nicht mehr weiter. Ich erzähle Dir alles, vielleicht sehe ich dann klarer.

Am 27.01. war Party! Vorher war ich bei Helmut, denn Gisi war mit Mario im Kino. Auf der Party hab ich nie getanzt. Ich hab Helmut ein Bier weggeleert. Später habe ich die ganze Stadt nach ihm abgesucht, weil ich eine Zeit lang bei Leni war, weil sie wegen Jörg total fertig war. Später dann war ich mit Helmut spazieren, als er zu mir sagt, dass ihm schwindlig ist! Dann schaut er mich auf einmal ganz ernst an und hat gesagt: „Weil Du mir den Kopf verdreht hast!" Ich war sooo glücklich, dass mir fast die Tränen gekommen wären! So schön, so romantisch! Und plötzlich ist er so komisch! Er meinte, dass wir nicht mehr so oft telefonieren sollten – ich trau mich schon gar nicht mehr anrufen! Wenn er dann mal anruft, dann keine fünf Minuten! Wenn ich ihn nicht sehe und höre, fehlt er mir, wenn wir miteinander reden, kommt nur Blödsinn raus. Ich hab echt schon drüber nachgedacht, was wäre, wenn er Schluss machen würde! Aber ich bin draufgekommen, dass ich Helmut nicht verlieren möchte und ihn liebhabe – zu lieb! Am Samstag auf der Party werde ich ihn sehen. Bin gespannt. Am Samstag habe ich eine Bio-Prüfung zwischen drei und vier. Leni und ich sind jetzt doch noch Freundinnen geworden! Je mehr ich mit ihr rede, desto besser lerne ich sie zu verstehen und desto weniger verstehe ich mich mit Gisi! Leni tut mir leid wegen Jörg. Er meldet sich nicht. Sie hat ihm einen Brief gegeben, der richtig gesalzen ist. Jörg ist eben ein Trottel was die Liebe angeht. Leni und ich haben herausgefunden, dass wir uns zwar gegenseitig immer ausgerichtet haben, aber jetzt wissen wir auch, dass Gisi uns ausgespielt hat – hab z.B. erfahren, dass Gisi zu Leni gesagt hat, dass sie sich an Jörg heranmachen sollte – obwohl ich damals mit ihm zusammen war! Heftig, oder?!

11.02.1996
Am Samstag war wieder Party! Alle waren betrunken! Helmut war total lieb. Leni war nicht dabei, Gisi ist erst um ca. 21:00 gemeinsam mit Mario angetanzt. Mareike ist wegen Jan fast ausgeflippt, Kathi hat sich aufgeführt wie ein besoffenes Flittchen – hat echt mit

jedem rumgeschmust! Julie war halb bewusstlos, weiß-blau im Gesicht und wurde von Kathi und Mandy, die auch mit uns in der Hauptschule und in der ersten Klasse sogar mal meine beste Freundin war, so durch die Party gezogen. Mandy war genauso zu! Sie sind alle so tief gesunken! Wenn ich da an früher denke! Wir waren alle so gute Freundinnen. Macht das die Schule oder was ist los mit den Mädels? Mir kommen die Tränen, wenn ich daran denke, dass das noch nicht einmal ein halbes Jahr her ist. Warum tun sie das denn? Vor nicht einmal einem halben Jahr waren wir noch alle beste Freundinnen und jetzt zerstören sie sich selbst und keiner macht was dagegen! Ich hasse diese Welt.

Meine Eltern haben einen Vogel. Einmal so, einmal so, die wissen doch selbst nicht, was sie wollen! Zuerst heißt es, ich darf Helmut sehen, dann doch wieder nicht, weil ich auf Patrick aufpassen muss. Und dann schläft Patrick zuerst bis 16:00 und dann spielt Mama mit ihm. Was soll die Sauerei? Und Helmut spinnt wahrscheinlich.

Unsere Clique zerfällt allmählich! Ich wünsche allen nur das Beste! Olli soll glücklich werden mit Hilda, Sebi soll Glück mit Mädchen haben, Hansi auch, Jörg soll aus seinen Kinderschuhen herauswachsen und das richtige Mädchen – am besten Leni – finden, und Mario soll Glück mit Gisi haben! Und ich mit Helmut! Denn wenn ich Heli nicht mehr habe, dann habe ich keinen mehr!

Von Kathi habe ich eine Krampuskarte bekommen Da steht wohl drauf was sie sich denkt! Text:

Der Löffel aus Silber, die Gabel aus Gold,
der Krampus ein Trottel, wenn er Dich nicht holt!

Ich denke über die Welt und einfach über jede Kleinigkeit nach – ob das normal ist? Vielleicht schaffe es ich es bald, nicht mehr so viel über Gott und die Welt nachzudenken!

Och. Ein bisschen melodramatisch veranlagt war ich schon. Und Du so? Damals? Und heute? Nichts ist passiert. Nichts ist geschehen. Jung und dumm. Nicht mehr und nicht weniger. Alles anständige Mädchen. Bei den Jungs bin ich mir nicht so sicher, wie anständig die waren, aber aus uns allen sind ganz wundervolle Erwachsene geworden. 😎 Soweit ich das mitverfolgt habe zumindest.

03.03.96
Warum ist das Leben für mich so schwer?
Warum bin ich allein? Und,
warum können meine Eltern nicht anders zu mir sein?
Warum kann ich nicht einfach von hier gehen? Und,
warum kann mich keiner verstehen?
Warum hört mir keiner zu, sondern denkt nur: Gib doch Ruh?
Warum leb ich in einer Welt, in der niemand mehr zusammenhält?
Warum sind oft alle zu mir gemein?
Warum muss das so sein?
Warum, Warum, Warum?

Warum denke ich über alles nach? Und,
warum halten mich traurige Träume wach?
Warum antwortet keiner auf meine Fragen?
Warum soll immer ich zuerst etwas sagen?
Warum haben die Menschen ein Herz aus Stein?
Warum muss ich so traurig sein?
Warum sagt denn niemand etwas?

09.03.

Montag, Dienstag, Mittwoch und Donnerstag war ich bei Gisi und ihrer Family. Am Dienstag habe ich außerdem Helmut getroffen. Er war so lieb. Die ganze Woche habe ich dann nichts mehr von ihm gehört. Am Freitag habe ich ihn dreimal angerufen, aber nie erreicht. Heute nach der Schule habe ich ihn gesehen. Seit vorigen Samstag ist er anders. Ich hab ihn angerufen und ihm gesagt, dass ich morgen zu ihm kommen darf und er meinte nur: „Wenn Du bis 15:00 nicht da bist, bin ich nicht mehr da". Wir leben uns immer mehr auseinander. Schuld sind nur meine Eltern. Heute hat Mama gemeint, wenn das nur so eine platonische Freundschaft (Bezeichnung für eine rein geistige Liebe) ist, wieso wir uns dann immer sehen wollen und warum ich wegen ihm dann herumheule. Ich hab gedacht, mein Schwein pfeift. In meinen Träumen ruft mich Helmut immer an und macht mit mir Schluss. Besser nicht daran denken, sondern alles dafür tun, dass es nicht so weit kommt.

Und dann kommt noch ein Stenographieauszug, den ich gar nicht mehr ganz lesen kann. Mein Steno war nicht ganz so flüssig, drum ist es die Übersetzung auch nicht.

„Würden meine Eltern wissen, dass ich schon mit Helmut geschlafen habe, sie würden mich kürzer machen. Ich liebe ihn von ganzem Herzen. Zum Glück war er und ist er mein erster Freund. Ich werde um unsere Liebe kämpfen. So schnell gebe ich ihn nicht auf."

Bei Gisi habe ich wieder an Lionel denken müssen. Er hat mir dabei zugeschaut, wie ich Muscheln gesucht habe. Ich kann mich immer weniger an sein Gesicht erinnern. Schade.

Ups, spätestens jetzt ist es raus, dass das im Dezember doch kein Kartenspiel war, oder? 😎 Anfang Juli 1994 - Ende Dezember 1995. Eineinhalb Jahre. 1000 Mal berührt, 1000 Mal ist nichts passiert. Und als es dann passiert ist, war es immer noch viel zu früh. Viiiiiel zu früh. Nicht dass ich es bereuen würde. Ich meine, dass ich mich da eh zu den Glücklicheren zählen darf, wie das Ganze mit den Bienchen und Blümchen bei mir so den Anfang genommen hat. Geduldig. Vertraut. Liebevoll. Unbeholfen, aber fürsorglich bemüht. Trotzdem viel zu früh. Und wenn ich an mein kleines Mäuschen denke, überlege ich ja ernsthaft einen Keuschheitsgürtel 2030 zu entwickeln (da wird sie 14 Jahre) und ein Patent darauf anzumelden. Oder was meint ihr?
Mit 14, 15, 16, 17, 18 und eigentlich bis immer, sind sie doch noch unsere süßen, lieben Babys und Prinzessinnen.

Mir ist zu Ohren gekommen, dass heutzutage 12 schon keine Ausnahme mehr darstellt. Was ist los mit den Mädels? Mit 12 sexuell aktiv, mit 14 durch die Discotheken & Räusche dieser Welt, mit 19 die ach so große Liebe, 3 Kinder, 2 Hunde und dann? Es muss ja nicht einmal ganz so krass sein, aber ist Euch das schon mal aufgefallen? Da sind sie mit Mitte 20 irgendwie „fertig" mit ihren Mädchen-Träumen, zu denen ja meistens heiraten, zwei Kinder, ein Häuschen, Hund und Katze gehören und glauben dann mit Mitte 30, Anfang 40 alles „Versäumte" nachholen zu müssen. Dass man in Wirklichkeit gar nichts versäumt hat, das wissen sie dann nämlich nicht. Das wissen nur die, die dachten sie könnten was versäumen und deshalb mit allem ein bisschen gewartet haben und alles vorher schon ein bisschen ausprobiert haben. Männer, Reisen und andere Selbstfindungstrips. Klar, wie immer gibt es sie: die Ausnahmen. Liebe Ausnahmen, fühlt Euch an dieser Stelle nicht angesprochen. 😎

09.03.96

In Deutsch haben wir Gedichte bekommen, an die ich mich erinnern möchte:

****

Irgendwer ließ sie liegen

Am Rande

Seither ist sie:

Randfigur

War nicht mehr imstande

Über die Lande

Zu fliegen

Landete

Strandete

Stets nur im Sande

Auf einsamer Spur

****

Man trifft einander dann und wann,

man fragt und lässt den anderen fragen.

Man hat einander nichts zu sagen.

Darum redet man.

****

Das zweite Sprüchlein hat es ganz schön in sich. Lies es nochmal. Langsam. Bewusst. Weil wir gerade beim Thema sind: es heißt ja immer es gibt keine Zufälle. Trotzdem bekam ich „zufällig" am 17. Juli 2018 ein „Gedicht" von Mario de Andrade (San Paolo 1893-1945) von meiner herzallerliebsten Schwägerin. Spür Dich mal hier rein (gekürzt):

****

Meine Seele hat es eilig.

Ich möchte mich mit Menschen umgeben,

die es verstehen, die Herzen anderer zu berühren.

Menschen die durch die harten Schläge des Lebens lernen,

durch sanfte Berührungen der Seele zu wachsen.

Ja, ich habe es eilig, mit der Intensität zu leben,

die nur die Reife geben kann.

Mein Ziel ist es, das Ende zufrieden zu erreichen,

in Frieden mit mir, meinen Lieben und meinem Gewissen.

Wir haben zwei Leben und das zweite beginnt, wenn Du erkennst, dass Du nur eines hast.

****

Irgendwann kommt man tatsächlich an diesen Punkt und hat keinen Bock mehr, seine Zeit mit sinnlosem, oberflächlichem Gelaber zu verschwenden. Ich frage mich nur, wenn ich es schon mit 14 erkannt hatte, warum um Himmels Willen hat es mehr als 20 Jahre gebraucht, um anzukommen, mich zu erreichen, bei mir zu bleiben? 🙍 Das wäre ja das Gleiche, wenn ich vor 20 Jahren schon einen Brief abgesandt hätte, der erst jetzt mit der Post zugestellt wurde? Puh. 20 Jahre mit Menschen und Gesprächen vergeudet, oder 20 Jahre, in denen ich lernen durfte? In denen DU lernen darfst, DU zu sein. Ich hoffe für Dich, dass Du ein Schnellchecker bist im Vergleich zu mir. Ganz offen zugegeben, leichter war es vorher. Leichter war es damals als Schäfchen. Mit dem leeren Geplänkel. Jeder findet Dich nett, lustig und charmant, jeder mag Dich. Keine Ecken, keine Kanten, so ein angenehmer Mensch. 🌐 Nichtsdestotrotz, authentisch ist anders. Oder was denkst Du, ist für Dich persönlich erfüllender, was hat für Dich mehr Wert - also „Mehrwert"? Unmittelbarer Schein oder eigentliches Sein?

> Der Lohn für Anpassung ist,
> dass alle Dich mögen, außer Dir selbst.
> (Rita Mae Brown)

21.03.1996

Frühlingsbeginn! Am Montag und Dienstag hatten wir Schulfrei. Samstag nach der Schule, Sonntag und Montag habe ich Helmut getroffen. Am Samstag und am Montag heimlich! Hoffentlich reden unsere Eltern nie miteinander – sonst fliegt noch alles auf und ich darf nie wieder nach Judenburg fahren! Ich war jetzt jeden Tag Radfahren. Heute geht mir so richtig die Hauptschule ab. Sogar mein „Lieblingslehrer" Herr Lamler, den ich in Deutsch und Geschichte hatte. Am Telefon heute war Helmut total herzig.

Sein Geburtstagsgeschenk hab ich auch schon. Ich habe eine Riesentasse und Merci gekauft.

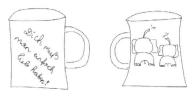

Eine Tasse kann man immer brauchen. Und Schoko auch. Ich war immer schon praktisch veranlagt. Von Herzen muss es kommen, dann passt das schon.

22.03.

Die Schule ist Scheiße. Vor allem weil wir gerade den Direktor in Rechnungswesen haben. Er redet und redet und redet und niemand versteht ihn. Zum Glück nur noch eine Woche Schule. Ich hab einen Steckbrief von mir und wieder ein paar Gedichte und Gedanken für Dich liebes Tagebuch - auf der Schreibmaschine geschrieben:

```
Name: Jennifer Berger
Augenfarbe: braun oder grün
Haarfarbe: braun
Eltern & Geschwister: Brigitte Berger, Klaus Rainer
(Stiefpapa) & Patrick; Ralf Petresch (biologischer Papa)
Schule: 4 Jahre Volksschule, 4 Jahre Hauptschule, HAK

Hobbies: Freunde treffen, Sport (fast alles),
ausschlafen, Bücher lesen, Musik, denken, schreiben,
beobachten
```

Freunde & Gefühle:

01.07.1994 - 04.08.1995 Helmut Gruber
06.08.1995 - 10.09.1995 Jörg
22.07.1995 - 26.07.1995 Lionel
09.09.1995 - 16.09.1995 Sebi
Seit 15.10.1995 Helmut Gruber
Beste Freundin: Gisela Wagner - seit 19.02.1994 BSS
Lieblingsfarbe: blau, weiß, schwarz, gelb, rot, …
Lieblingsauto: Cabriolet Käfer, Cabrio Golf, …
Lieblingsland: Spanien, Frankreich, Italien, …

***

Liebe ist das Schönste auf der Welt,
Liebe kostet auch kein Geld.
Liebe ist, wenn man Hand in Hand geht,
Liebe ist wie Frühling, der durchs Haar weht.
Liebe ist, wenn man miteinander teilt,
Liebe ist, wenn man andere Herzen heilt.
Liebe ist, als wenn die Sonne scheint,
Liebe ist, wenn man zusammen weint.
Wo Liebe ist, ist Vertrauen da,
Liebe ist einfach wunderbar.

***

Die Freundschaft ist wie ein Faden,
oh, reiß ihn nicht entzwei,
so wird er auch gebunden,
ein Knoten bleibt dabei.

***

Immer wenn du meinst es geht nicht mehr,
kommt von irgendwo ein Lichtlein her,
dass du es noch einmal wieder zwingst,
und von Sonnenschein und Freude singst!
Leichter trägst des Alltags harte Last,
und wieder Kraft und Mut und Glauben hast!

Redet und redet und keiner versteht ihn. *ggg* Soll vorkommen. Hauptsächlich unter Lehrern und Politikern. Habe ich gehört. 🐵🙈 Ein Cabriolet würde ich geschenkt nicht wollen. Ich meine, annehmen würde ich es schon, wenn jemand das Bedürfnis hätte, mir eines zu schenken, alles andere wäre ja sehr unhöflich, aber mit großer Wahrscheinlichkeit nur, um es dann umzutauschen. Meine Mama hatte mal ein Cabrio zum Probefahren. Das war's mit meiner Vorliebe zu Cabrios. Abgesehen davon, hatte Gisi mal eines und, naja, wie soll ich sagen, Österreich ist das beste Land aller Länder auf der ganzen weiten Welt (so wie ein jedes Land für denjenigen das Schönste ist, in dem er lebt) aber zum Cabrio fahren würde ich mir unter Umständen ein etwas wetterbeständigeres Land aussuchen. Und vor allem ein wärmeres. Doch wie so oft im Leben: jedem das Seine und Geschmäcker sind verschieden. Zum Glück. Aber nur so als Tipp: eine Probefahrt kann nie schaden und vergesst die Sonnenbrille, den Schal und das Kopftuch nicht! 😎

27.03.96

Gestern haben Helmut und ich uns gestritten. Heute hat er angerufen und sich nochmal bei mir entschuldigt. Lieb von ihm. Montag auf Dienstag war ich allein zuhause. Ich habe meinen Popsch in die Badewanne geschwungen und Betriebswirtschaft gestrebert. Hab im Wohnzimmer zu lauter Musik getanzt, geturnt und Handstand geübt. Auf die BW-Prüfung habe ich vermutlich einen Einser. Das wars. Bis zum nächsten Mal.

Wenn Du nicht gerade schlafende Kinder daheim hast, dann mach jetzt bitte das folgende: leg das Buch ganz kurz aus der Hand, such Dir ein Gute-Laune-Lied, dreh es Vollgas auf, singe laut, falsch, Du darfst auch richtig singen, aber mit Begeisterung. Tanze durch die Wohnung, Dein Häuschen, durch den Garten oder wo Du gerade bist und schalte alle Gedanken dabei ab.

Sehr empfehlenswert: „Einzigartig schön" von Sarah Lombardi, und dabei bitte den Text nicht nur mitgrölen, sondern auch bewusst wahrnehmen!

Ein Lied, jeden Tag. Fünf Minuten. Gute Laune. Gedankenfrei. Und wenn Du das drei Wochen lang jeden Tag gemacht hast, lass mich doch mal wissen, wie es Dir damit geht. Auch sehr cool: unter der Dusche. Und dabei vorstellen, wie der ganze „Dreck", der ganze „Gedankenmüll" runtergeschwemmt wird.

Ich habe vom Christkind eine „Sonos" Box für's Bad bekommen und ja, meine Familie muss einmal am Tag die Ohren zuhalten. Meine Gute-Laune-Songs sind nämlich sehr...ähm...anders. Mal sind es 50er Jahre Hits, mal Schlager, mal Techno, mal Tina Turner, mal was Aktuelles aus den Charts. Mal deutsch, mal englisch, spanisch war auch schon dabei. Das mit dem Ohren-zuhalten machen sie gerne, weil ich dann den ganzen Tag über viel erträglicher bin. Gut, nachdem ich fast täglich Sprachen, Texte und Melodien mitsinge, die es in der realen Welt nicht gibt, würde mein Mann eine andere Lösung bevorzugen, aber mei, da muss er durch. 🎤🎙️🎧🎼😄 Mit Kopfhörern geht's auch ganz gut, besonders wenn die Zwerge schlafen. Das mache ich vor allem beim Kochen, weil ich als Mama und Frau Kochen grundsätzlich mögen sollte, es in Wahrheit aber nicht meine große Leidenschaft ist (Schande über mich 😔) und mit Musik alles irgendwie leichter geht. 😄 Auf alle Fälle hat es den Nachteil, dass die Mitbewohner dann den schönen Teil der Musik nicht hören, den etwas weniger schönen Teil, den selbst mitgesungenen, jedoch schon. Ihr habt doch sicher alle schon einmal Deutschland sucht den Superstar gesehen? Die mit den Kopfhörern? So ungefähr klingt das dann... 🙈

😄 Ich sag nur: „Happy wife, happy life"

31.03.96
Gestern war Heli total fesch! Gleich wie damals im Stadion – auf der gegenüberliegenden Seite saß ein unglaublich hübscher Junge - braungebrannt, die blauen Augen ein Wahnsinn, die dunklen Haare

dazu – Gisi und ich konnten uns von diesem Anblick gar nicht
losreißen – bis wir bemerkten, dass das Helmut ist! Ich Depp hab es
ihm erzählt – er war beleidigt! Aber: immer, wenn ich mich an
diesen Anblick erinnere, wird mir ganz komisch in der
Magengegend! Morgen fahren wir nach Altheim – ich werde ihn
vermissen!

roarrrr

01.04.96
Wir sind in Altheim – und ich find das echt Scheiße! Nicht dass wir
hier sind, sondern dass mir Daniel so gut gefällt! Heute war ich auf
dem Markt, dann hab ich Helmut angerufen und alles war super.
Später sind Patrick, mein kleiner Bruder, Priscilla mein Cousinchen
und ich zum Sportplatz. Mit Patrick's Hilfe hab ich ein paar Jungs
beim Fußball spielen kennengelernt und die größte Gaudi mit ihnen
gehabt! Zum Schluss hab ich nur noch mit Daniel geflirtet! Der ist
soooo fesch – ein Wahnsinn! Er und ein Wolfgang haben gefragt,
ob wir mal fortgehen. Ich weiß genau, dass ich das bleiben lassen
sollte! Warum nur komme ich schon wieder auf Abwege? Ich liebe
doch Helmut! Wäre doch nur Daniel nicht! Ich denke nur an ihn –
bitte bitte sag nicht, dass das verliebt sein bedeutet! Nein, nein, nein!
HELP!

Wozu kleine Brüder doch gut sind.

05.04.96
Zuerst erzähle ich Dir von gestern. Am Nachmittag war ich mit
Patrick spazieren, dann ist mir dieser Wolfgang auf die Nerven
gegangen, bis Daniel und die anderen gekommen sind. Dann haben
wir eine Schneeballschlacht gemacht und dann war ein komischer
Abschied. Daheim habe ich Mama und Oma belauscht und gehört,
als Mama erzählt hat, dass Daniel es schade findet, dass ich schon

wieder nach Hause mußte! (Mama kennt Daniels Mama) Mensch war ich happy! Um ca. 20:30 bin ich mit Onkel Carlos, dem Papa von Priscilla in eine Diskothek, ins Central. Dort waren wir bis ca. Mitternacht. Dann sind Carlos und ich in alle möglichen Wirtshäuser. Er hat ein paar liebe Bekannte. Insgesamt habe ich getrunken: 1 Ananasnektar, 1 Pfirsichnektar, 1/4 Bananenweißbier, 1 Lauser (Wodka Feige), 1 Hanni Spezial und 10 Ferrari (Wodka Red Bull). Als ich vom Hocker aufgestanden bin, musste ich mich mächtig zusammenreißen. Jetzt ist es 18:10, wir sind um 05:30 heimgekommen und ich habe nicht geschlafen, sondern 2 Liter Vanilleeis ex ausgeputzt, beim Fernsehen auf Onkel Carlos Couch. Heute habe ich schon zweimal losgeflennt. Jetzt bin ich wieder daheim, hab Sehnsucht nach Altheim und ein bisschen Liebeskummer. Toll. Entweder brauche ich dringend Schlaf oder ich habe echte Probleme.

Schlafen ist schon mal ein guter Ansatz. Schlafen ist immer gut. Schlafen tut immer gut. Zumindest tut das Herz nicht weh, wenn man schläft. Und der Kopf steht still. Außer man träumt. Aber dann ja meistens etwas Schönes. Manchmal ist schlafen so etwas wie der Reset-Knopf am PC. Zumindest ein bisschen. Am nächsten Morgen sieht man oft viel klarer. Oder auch nicht. 🐾

08.04.96

Ich werde wahnsinnig! Am Samstag habe ich Helmut gesehen und wir haben nur gestritten - bis ich einfach gegangen bin. Gestern dann versöhnt und sofort zwecks etwas anderem wieder gestritten und zum Schluss wieder versöhnt! Heute hat er angerufen, ob er vorbeikommen darf, aber dann hat er angerufen, dass er mit seiner Familie weg MUSS. Dass ich nicht lache. Seit wir zusammen sind, MUSSTE er noch NIE mit seinen Eltern fort. Ich hatte gehofft, dass ich Daniel vergesse, aber heute fehlt er mir so richtig. Helmut hat vor kurzem sogar gesagt, dass es besser wäre, wenn vor den Sommerferien Schluss wäre, weil er keinen Bock hat, auf mich zu warten, um dann zu hören, dass ich wieder untreu war! Er rechnet also damit! Schön langsam entwickle ich eine Hassliebe zu ihm! Zum Glück ist wenigstens das Wetter einigermaßen sonnig!

Na wenigstens ... 😄

Gisi hat sich die ganzen Ferien über nie bei mir gemeldet. Am Samstag habe ich sie angerufen, dann hat sie gemeint, „Du warst in Oberösterreich?" Ich bin ihr so egal. Ich muss eine Freundin suchen, die immer für mich da ist und die zu mir hält - egal ob mit oder ohne Freund und die mich gerne besuchen kommt - egal wie weit weg. Ich würde alles dafür tun.

Ich hasse die Steiermark! Hätte Mama doch Patricks Papa nur nicht kennengelernt. Wir hätten zwar kein Haus und keinen Patrick, aber da ich es nicht wissen würde, wäre es mir auch egal. Bald ist mir das piep egal – denn wenn ich groß bin bzw. alt, ziehe ich sowieso nach Oberösterreich zurück!

Zurückgezogen bin ich nicht. Das Leben hatte andere Pläne. Ich glaube, ich habe schon einmal erwähnt, dass ich so eine innige Freundschaft nie mehr geschlossen habe. Man ist eben nur einmal Teenager. Freundschaften, die man später schließt sind ruhiger. Beständiger, weil weniger emotional. Eventuell waren wir auch nur zu gleich. Oder es waren zu hohe Erwartungen mit im Spiel, die dann Enttäuschungen verursacht haben.

> Gedanke des Tages:
> Das Problem dieser Welt ist,
> dass jeder etwas besseres will,
> als das was er bereits hat.
> Ohne zu bemerken,
> dass es wahrscheinlich gar nichts besseres gibt,
> als das was man bereits hat.

Dieser, mein Gedanke des Tages soll jetzt nicht heissen, dass man nicht doch ständig nach Besserem streben sollte und dass man manche Menschen in seinem Leben nicht doch besser austauschen sollte. Ziehen lassen. Langsam entschwinden lassen sollte. Die, die einem nicht guttun. Die, die Dich klein halten müssen, um sich selbst groß zu fühlen. Was ich sagen will, es hat doch jeder seinen eigenen Alltag, sein eigenes kleines Universum. Als Teenager ist es vielleicht die erste große Liebe, die Schule oder die Lehre, später ist es die Familie, der Job, der Alltag und was einen sonst noch so einnimmt. In Wahrheit ist es komplett tütü, wie oft Deine Freunde Dich anrufen oder für Dich Zeit haben, wenn sie zu den Menschen gehören, die Deinen Wert kennen, die Dir gut tun, die Dir Kraft geben, die an Dich glauben, die Dich zum Lachen bringen, die Dich wachsen sehen wollen und Dir dabei helfen, die beste Version von Dir selbst zu sein und zu werden. Hast Du sie? Diese eine Freundin, mit der Dich etwas verbindet, das Du Dir gar nicht so genau erklären kannst? Meine herzallerliebste Leni und ich sind z.B. grundverschieden und trotzdem oder genau deswegen seit 30 Jahren miteinander verbunden. Mal mehr, mal weniger, wie Du bestimmt schon mitbekommen hast.

11.04.

Ich habe einen Brief an Daniel abgeschickt, der dürfte heute angekommen sein. Jetzt wird mir richtig übel bei dem Gedanken. Seit Dienstag habe ich nichts mehr von Helmut gehört und das Traurige daran ist, dass es mir gar nicht aufgefallen ist. Ich möchte so gerne wissen, was Daniel von mir und meinem Brief hält. Ich bin sooooooooo unglücklich. Ich muss Daniel vergessen.

12.04.96

Noch immer nichts von Helmut gehört. Morgen holt er mich von der Schule ab. Es regnet. Passt genau. Mir ist zum Heulen. Noch immer denke ich nur an Daniel! Hoffentlich ändert sich das Gedicht morgen wenn ich Helmut wieder sehe:

Es kommt ganz langsam an mich heran.
Es schleicht, ich merke es kaum.
Ich empfinde nicht mehr viel, wenn wir uns küssen.
Es schmerzt fast nicht mehr, wenn wir uns nicht sehen.
Ich habe kein Vertrauen mehr,
es gibt keinen Spaß, keinen Reiz.
Für mich nur noch Schmerz und Hoffnungslosigkeit!
Und plötzlich verschwindet die Liebe von mir zu Dir…

Wären wir doch nur nicht nach OÖ gefahren. Ich glaube, dass Gisi denkt, dass ich mir einbilde, dass die Jungs, von denen ich erzähle wirklich so hübsch sind! Schade, dass ich von Lionel und all den anderen keine Fotos gemacht habe – da würde sie staunen!

Ich bin mir nicht sicher. Also, dass es die schönsten Jungs waren, die ich je gesehen habe, das schon, aber ob es tatsächlich so gut ist, dass heutzutage immer und überall alles fotografiert wird. Keine Rede, das aktuelle Zeitalter mit Handy, Digitalkamera etc. ist etwas sehr Feines. Vor allem für Menschen wie mich, die nichts in ihrem Hirn abspeichern, was nicht unbedingt lebensnotwendig ist. Auf der einen Seite würde ich alles dafür geben, Fotos von damals zu haben und von so vielen wunderschönen, lustigen, tollen Momenten, die das Leben bisher für mich geschrieben hat. Auf der anderen Seite ist die Frage: hätte es all diese Momente überhaupt gegeben, wenn ständig die Kamera bzw. das Handy dabei gewesen wäre? Oder waren sie deshalb so besonders, weil wir im Moment gelebt haben? Autschhhhhhhhhhhh. Spürst Du es a bissl ziehen in der Herzgegend?

13.04.96
Heute ist wirklich der 13. Würde mich nicht wundern, wenn heute Freitag wäre und mir 13 schwarze Katzen über den Weg laufen würden. Heute in der Schule dachte ich wieder nur an Daniel und dementsprechend abweisend verhielt ich mich Helmut gegenüber, als er mich abholte. Am Nachmittag war ich dann bei Helmut und wir haben mal wieder gestritten! Er hielt mir vor, dass ich so

abweisend bin und ihm vorkommt, dass ich ihn in OÖ betrogen habe, weil mir egal ist ob wir uns sehen oder nicht und ich ähnlich bin, wie damals nach Frankreich! Zu guter Letzt ist mir eine Träne über die Wange gekullert, wir haben uns umarmt und wieder versöhnt. ABER: die ganze Zeit dachte ich mir: Daniel ist hübscher, soundso würde Daniel nicht handeln, wie Daniel wohl küssen würde, wie ich mich wohl mit Daniel verstehen würde, …..

Ich hatte beim Küssen die Augen offen und fühlte nichts! Teils hat mich das schockiert, teils hat es mich kaltgelassen und das wiederum hat mich dann doch wieder schockiert! Was soll ich denn verflixt nochmal machen? Ich lebe mich von Helmut immer mehr weg. Hoffentlich überstehen wird diese Zeit und dann läuft es wieder. Was soll nur aus mir werden? Ich mache das schlimmste was man in einer Freundschaft machen kann - ich betrüge in Gedanken. Schon bald zwei Wochen. Dabei hatte ich noch nicht einmal etwas mit Daniel!!??!!! So ein Mist!!!

Kennt Ihr das?

Das erste Mal tat's noch weh beim zweiten Mal nicht mehr so sehr
Und heut' weiß ich, daran stirbt man nicht mehr.
Jetzt stehst du da und sagst, du liebst mich,
doch ich weiß, dass du lügst.
Du liebst doch nur noch dich und manchmal, Lady, mich.
(Das erste Mal tat's noch weh - Stefan Waggershausen)

15.04.
Nachdem ich immer noch an Daniel denke, habe ich ihm heute mit der Schreibmaschine einen Brief geschrieben, den er nie bekommen wird. Bei Lionel hat es ein bisschen geholfen, vielleicht hilft es mir auch Daniel hinter mir zu lassen.

Lieber Daniel!

Ich hoffe es geht Dir besser als mir. Schon die ganze Zeit denke ich nur noch an Dich. Ich wollte immer wissen, was Du von mir hältst, aber nun habe ich es mir anders überlegt, weil ich Angst habe, es könnte mich verletzen. Ich hätte Dich sehr gerne etwas besser kennengelernt. Schade, dass die Zeit dafür nicht gereicht hat und wir so weit voneinander entfernt wohnen. Hast Du ein liebes Mädchen gefunden? Ich habe einen Freund. Ich weiß, ich verhalte mich lausig und ich würde so etwas normalerweise nicht machen, aber ich kann doch nicht einfach zu ihm sagen: sorry, ich habe mich 220km weit weg in jemanden verliebt. Verstehst Du das? Ich hoffe, dass ich Dich durch ihn leichter vergessen kann. Ich wünsche Dir ein schönes Leben. Ich werde an Dich denken! Vielleicht denkst Du ja auch einmal an mich. Adiós, Saludos y Besos tú Jennifer.

Angst vs. Wahrheit? Teenager vs. „Oldie" . Womit kannst DU leichter leben? Ich gebe zu bedenken: wenn Du Dich für die Angst entscheidest, egal wie alt Du bist, könnte es Dir unter Umständen passieren, dass Du irgendwann zurückblickst und Dich fragen wirst: „Was wäre, wenn, hätte ich...". Je älter Du wirst, desto größer die Gefahr. Die Chancen, die wahre Liebe zu finden, den für Dich perfekten Job zu finden, Deinen Lebenssinn zu finden...wie soll ich das jetzt charmant formulieren...die werden mit den Jahren nicht gerade größer. ✿ Die Gelegenheiten, die Möglichkeiten, die Auswahl, die günstigen Zeitpunkte, die Perspektiven - nutze sie jetzt! Bist Du in irgendeinem Bereich auf der Suche? Unerfüllt? Unglücklich? Ändere es jetzt! Packe die Gelegenheiten beim Schopf. Du kannst nur gewinnen, denn „nichts" ist eh schon. Das hat eine liebe, absolut bemerkenswerte Geschäftspartnerin mal so großartig formuliert bzgl. Kunden gewinnen: sprich die Menschen an. Immer. Überall. Du kannst nur gewinnen. Er ist jetzt nicht Dein Kunde und hey, im schlimmsten Fall bleibt er es - so what? Dann hast Du nichts verloren - und im besten Fall hast Du einen Kunden gewonnen! 🖤 Nachdem ich sicher bin, dass Du eins und eins zusammenzählen kannst, lasse ich Dich das jetzt selbst auf Dein Privatleben ummünzen! 😊

18.04.

Auf die Mitarbeit in Rechnungswesen habe ich einen Einser und in Wirtschaftsrechnen ist es mir gestern auch sehr gut gegangen. Heute habe ich Helmut gesehen. Ich hätte ihn erwürgen können.

Ich habe gehört, so etwas kommt in den besten Familien vor. 😊

25.04.96

Hi Diary! Auf Wirtschaftsrechnen habe ich einen Zweier! Ich darf wahrscheinlich ins Fitness-Center - vorausgesetzt, ich finde jemanden, der mich begleitet. Gisi mag nicht. Sie muss so viel lernen, da hat sie keine Stunde unter der Woche Zeit und zum Schluss könnte sie ihren Mario nicht sehen. Welch eine Tragödie. Gisi stinkt mich an, da sie sowieso nur Zeit hat, wenn ihr Mario keine Zeit hat, Heli stinkt mich an, weil er mir nicht mehr gefällt und er mich langweilt! Ich hab die Schnauze so voll! Letztens, wieder mal gestritten, sagt er zu mir, dass ich verklemmt bin und es ihm nichts mehr bringt! Ich hätte ihm am liebsten ins Gesicht geschlagen und gesagt: „Dann lass es doch bleiben und such Dir eine Ältere!". Er will ständig knutschen und MEHR, ICH ABER NICHT! Irgendwie hat er Recht, es bringt nichts mehr. Wie immer, haben wir uns wieder versöhnt! Ich frag mich nur wozu! Ich liebe ihn nicht mehr! Ich frage mich, was ist Liebe eigentlich? Ich will zurück nach OÖ! Ich habe Heimweh! Mein altes Zimmer, meine alten Freunde, unser Baum, unser Spielplatz, unser Dialekt, unsere Verwandten – sie alle fehlen mir!

Sicher, wäre ich wieder dort, wäre es nicht mehr das Gleiche, und wäre ich immer noch dort, wäre es auch anders. Das tut jetzt aber nichts zur Sache – dort könnte ich MEIN Leben leben!

„Welch Tragödie." Mit 14 Jahren schon so einen tollen Humor. Haha. Ich finde das total schlimm. Und da soll sich noch einer wundern, wenn man einen Knacks bekommt. Das ist echt nicht schön. Verklemmt ist nicht nett. Echt nicht nett. „Es bringt ihm nichts mehr?" Halloooo? Ich meine, HALLOOOOOOO? Gehts noch? Im Normalfall hätte ich mich allerspätestens in diesem Moment umdrehen sollen, gehen und nicht einmal mehr zurückblicken. Das ist nämlich echt unterste Schiene. Interessant eigentlich. Von „so hübsch, dass man den Blick kaum abwenden kann" zu „er gefällt mir nicht mehr". Von „so extrem lieb, dass man es kaum fassen kann" zu „einem richtigen Blödmann mutiert". Kein schönes Märchen: „Es war einmal ein bezauberndes Teenagermädchen, das einen Teenagerjungen traf, der sich wahrscheinlich selbst nicht mochte und ihr Ur- und Selbstvertrauen zerstörte. Bis ans Ende ihrer Tage." Wenn es gut geht, nur bis zu dem Punkt, an dem das Mädchen all ihre Verletzungen erkennt, annimmt, sie ins Gegenteil verkehrt und eine Stärke daraus entwickelt.

Diese Worte sind gerade nicht aus meinem Kopf gekommen. Huch, fühlt sich das komisch an. Gerade jetzt in diesem Moment verstehe ich mein Vorbild Laya Commenda (ich liebe ihre Texte) und was sie damit meint, wenn sie sagt, dass Schreiben Meditation auf dem Papier ist. Ich zitiere sie:

„Nicht nur Gedanken manifestieren sich auf dem Papier, sondern auch Botschaften aus dem Unbewussten. Die leisen Rufe unserer Seele gerinnen zu Buchstaben, das Schreiben durchdringt Vergangenheit, Gegenwart und Zukunft – weil die Seele in allen drei Dimensionen gleichzeitig zuhause ist. Die Gedanken klären sich, und geben den Weg frei zu einem Erkennen, das viel tiefer ist, als es für den denkenden Verstand jemals zugänglich wäre."

Da denkt man sich nichts schlimmes, schreibt so vor sich hin und plötzlich tauchen sie auf, die fiesen alten Verletzungen, an die man sich „eigentlich" gar nicht mehr erinnert. Das Wort „eigentlich" ist fürchterlich. Wie jetzt? Eigentlich oder wirklich? ☻ Die Frage musst Du mal jemandem stellen, wenn er das Wort „eigentlich" gerade verwendet. Der schaut Dich zuerst mal an wie ein Autobus, um dann festzustellen, dass er „wirklich" meint und es genauso gut anders formulieren könnte. „Eigentlich" verwendet man hauptsächlich, wenn man sich etwas nicht eingestehen will, wenn man jemanden nicht vor den Kopf stoßen möchte, oder wenn man „dezent" harmoniebedürftig ist. ☻ Wie einschneidend, wie lebensverändernd manchmal Worte sein können. Wie prägend. Lasst Euch das mal auf der Zunge zergehen. Sagt dieser hormongeplagte Rotzlöffel von jungem Mann doch tatsächlich „Specki" zu der 14-jährigen, vor ihm die Treppe hochsteigenden Jenny, ebenfalls hormongeplagt und mitten in ihrer Identitätsfindung, die definitiv alles andere ist als ein Specki. Für deren Figur, damals Figürchen, so manche von uns ihre Seele verkaufen würde. Oder so. Mich inklusive. „Specki". Ein harmloses Wort, das möglicherweise dazu beigetragen hat, dass „man" nie mit der Figur zufrieden ist. Dass „man" sich nicht mal mehr aufheben läßt, weil man befürchtet, zu schwer zu sein, weil man doch ein „Specki" ist. Den meisten Mädels mit Modelmaßen muss irgendwann so etwas auf die Art passiert sein, denn ich kenne neidlos anerkennend unbeschreiblich schöne Frauen, die jedoch auch Komplexhaufen durch und durch sind. Sie wissen es manchmal nur besser zu vertuschen. Irgendwann hat vielleicht irgendein Idiot ein möglicherweise nicht mal ernst gemeintes Wort zu Dir gesagt und Zack, Ende, Aus. Dieser Idiot kann blöderweise auch Papa oder Mama gewesen sein. „Gutschi, gutschi, ja was hat sie denn da? Ein kleines „Schmähbauchi", gutschi, gutschi?" Oder, es war sogar die Oma. Jaaaaaaa. Da fällt mir eine liebe Geschichte dazu ein. Gisis Oma hat zeitweise bei Gisi's Familie gewohnt. Eine liebe Frau sondergleichen. So eine kleine, zarte, Süße, mit weißem Haar, einem schelmischen Blick und wissendem Lächeln. Kurzum eine Bilderbuch-Omi.

Ich schätze, wir waren 13, in Gisis Zimmer, schon im Pyjama, noch ein bisschen aufgedreht, gegenseitig ganz viele kleine Zöpfchen geflochten (Rastazöpfchen waren damals toooootal IN). Ach, was haben wir uns schön gefühlt. Was waren wir von uns selbst überzeugt. Tja, und dann kommt die Omi rein und sagt sowas wie: „Macht Euch keine Sorgen, aus allen hässlichen Entlein wird einmal ein schöner Schwan". Ähm.

25.04. immer noch
Dieses Gedicht habe ich vor ein paar Tagen geschrieben:

Was ist Glück???
Es gibt kein Zurück zu meinem Glück,
denn die Kindheit ist's gewesen,
als ich auf Omas Schoß gesessen,
und sie mir hat was vorgelesen.
Später im Kindergarten war ich fröhlich, unbeschwert,
diese Zeit hat mir nur Glück beschert.
Die Volksschule hab ich zusammen mit meinen Freunden gemacht,
und ich habe nur gute Noten heimgebracht.
Plötzlich ein Umzug – ich saß wieder auf Omas Schoß,
doch unsere Augen waren nass.
Doch hatte ich Glück.
Ich hatte fast keine Feinde,
sondern nur Freunde,
und die Hauptschule erledigte ich mit Genuss,
in der 4. Klasse bekam ich meinen 1. Kuss!
Plötzlich wieder ein Umzug.
Diesmal weine ich alleine,
Ortswechsel, Schulwechsel und nicht mehr so viel Freunde.
Ich würde alles dafür geben,
um noch einmal im Glück zu leben!

27.04.96

Heute habe ich Helmut wiedergesehen. Ich glaube, ich habe es geschafft. Mein innerer Schweinehund ist überwunden und ich habe ihn wieder lieb. Ich hoffe, dass es so bleibt. Trotzdem, ich habe Angst vor meinen eigenen Gefühlen.

Grundsätzlich ist es ja lobenswert, wenn man nicht sofort die Flinte ins Korn wirft, sobald es einmal nicht so gut läuft in der Beziehung. Grundsätzlich.

12.05.96

Am 4. Mai war Hochzeit von Gerda und Johann. Gerda ist die beste Freundin meiner Mama und wir waren eingeladen. Anfangs war es langweilig, aber dann hatte ich mit den Neffen Michael und Gerhard die größte Gaudi. Um ca. 01:30 hat mir Papa alles verhaut, weil er schon so zu war, herumgesponnen hat und nach Hause wollte. Wie es scheint, sind Frauen wirklich das schwächere Geschlecht, denn Mama hat nachgegeben, obwohl sie selber den größten Spaß hatte.

Jetzt zu etwas Wichtigerem, das mein ganzes Leben beeinflusst: Am Samstag, den 04.05. habe ich erfahren, dass wir noch ein Baby bekommen! Hoffentlich wird es ein Mädchen!

Am Donnerstag oder Freitag hat Gisi mir anvertraut, dass Sebi vor hat, mich Helmut auszuspannen. Am Samstag waren Helmut, Sebi und Mario vor der Schule, um uns abzuholen. Sebi hat dann gefragt, ob ich mitfahren möchte, dann habe ich Helmut gefragt, ob es ihm etwas ausmacht und bin mitgefahren. Wir sind dann über die Hupperlbahn zum Schnitzelwirt („boah, geil, äi, oida") und haben abgemacht, dass wir am Nachmittag Billard spielen fahren. Später daheim hat mich Helmut angerufen, ob wir uns sehen, aber ich habe gesagt, dass ich es noch nicht weiß. Dann hat mich Gisi angerufen und ich habe zugesagt. Als ich das Helmut gesagt habe, hat er aufgelegt.

Wir, Gisi und Mario, Sebi und ich waren dann Billard spielen, Eis essen und bei Mac Donalds in Bruck an der Mur! Vom Ausspannen wollen, habe ich nichts gemerkt!

Auf jeden Fall hat Heli später total sauer nochmal angerufen und wollte gleich wissen, ob Schluss ist, oder was das soll! Ich weiß nicht, wo mir der Kopf steht! Er will mit mir reden, aber daraus wird wohl nichts, weil Muttertag ist und ich nicht einmal telefonieren darf!

Aus Teenager-Sicht: Eltern. 🧕😩😵

Aus Mama-Sicht: Aber sowas von nicht telefonieren an MEINEM Tag, sondern die Mama feiern. Den ganzen Tag. 24 Stunden. Aber hallo. 🍰💅💇👠👗🎉 Wir Ladies sollten uns generell mehr feiern. Für alles was wir täglich schaffen zwischen Aufstehen und Schlafengehen. An Tagen wie „diesen", wir kennen sie alle, können wir uns feiern, DASS wir aufstehen. Rund um die Geburtstage meiner Kinder liebe ich es, mir selbst Zeit zu schenken, je nach Laune, z.B. mittels Kino- oder Konzertbesuch. Meinen eigenen Geburtstag zelebriere ich schon immer, nehme mir frei und habe an diesem Tag noch nie gearbeitet. Den Ehrentag meines Göttergatten feiere ich jedes Jahr mit meiner Schwiegermutti mit gemütlichem Brunchen - immerhin hab ich ihr meinen Schatz zu verdanken. Also ihr seht schon. Ich liebe es, das Leben zu feiern, denn es ist absolut nicht selbstverständlich, dass es uns gibt. Lasst uns das Leben feiern.

> „Je mehr Du Dein Leben feierst,
> desto mehr gibt es zu feiern in Deinem Leben."
> (Ophra Winfrey)

21.05.96

Montag nach Muttertag war fast Schluss! Dienstag haben wir weitergeredet und ich dachte, dass alles wieder in Ordnung wäre! Aber die Freiheit hat mich ziemlich laut gerufen, deshalb bin ich am Samstag anstatt zu Heli mit Gisi in die Stadt und am Sonntag mit

Gisi, Mario & Sebi zur Infosa-Messe gefahren! Nach dem Motto: „Dann und wann braucht's einfach Fun"

Tja, am 20.05.1996 hat Helmut dann angerufen. Beim ersten Mal hat er gesagt, dass ich schlafen soll und ihm heute sagen soll, ob ich mich für ihn oder die Freiheit entschieden habe. Das zweite Mal hat er angerufen und gesagt, dass Schluss ist! Also im Klartext: zwischen Heli und mir ist es aus! Ich weiß nicht, ist es:

Himmel oder Hölle?

Gestern habe ich mir halb die Augen ausgeheult. Ich dachte daran, wie es war, als wir uns kennenlernten, als wir wieder zusammenkamen, 29. Dezember…. Wir waren gut ein Jahr und acht Monate zusammen. Er wird mir fehlen! Ich werde ihn nicht vergessen! Er war meine erste große Liebe. Vielleicht kommen wir ja irgendwann wieder zusammen?! Aber zuerst einmal genieße ich das Leben ohne Freund! Als Einstieg fahren Gisi, ihre Eltern, Mario, Sebi und ich am Samstag nach Loipersdorf!

23.05.96
Heute ist mein 15. Geburtstag! Es ist der wahrscheinlich traurigste in meinem Leben! Schon in der Früh war ich schlecht drauf. Im Bus hat weder Leni noch sonst jemand daran gedacht, dass ich Geburtstag hab. Sogar Gisi hat komplett meinen Geburtstag vergessen! Vor der ersten Unterrichtsstunde habe ich dann von Paula (eine Freundin von Heli) einen Brief von Helmut überreicht bekommen und sie hat mir als ERSTE gratuliert! Eine Fremde, die mich kaum kennt! Naja, auf jeden Fall habe ich voll zum Heulen angefangen, als ich Helmuts Brief gelesen habe. Alle wollten mich dann trösten. Ich war dann eigentlich für nichts mehr zu gebrauchen und in der dritten Stunde hab ich dann auch noch erfahren, dass ich in Textverarbeitung eine Mahnung bekomme -

inklusive Mahnbrief für die Eltern! Jetzt muss ich das Ganze noch meinen Eltern beibringen, sollte lernen, da wir morgen Test haben und dabei würde ich mich am liebsten nur unter der Decke verkriechen und nie mehr hervorkommen! Und das an meinem 15. Geburtstag!

Liebe Jennifer!

Nun ist es so weit, wir sind getrennte Wege gegangen. Ehrlich gesagt „schade", aber alles hat ein Ende, nur die Wurst hat zwei. Aber dies tut jetzt nichts zur Sache. Erstens wünsche ich Dir weiterhin alles Gute, und ich hoffe, dass es jetzt mit deinen Eltern besser wird – wieso eigentlich nicht – sie haben jetzt auch nichts mehr zu befürchten! Wir beide werden uns jetzt ja nicht mehr oft sehen! Vielleicht ist es auch besser so für alle. Jetzt kann ich dir auch verraten, warum es bei uns nicht mehr besser geworden ist. Wie Du weißt, hatten wir im Dezember, im Jänner, im Februar keinen Streit, dann wurde es im März schön, und ich konnte Radfahren gehen. So hatten wir auch noch keinen Streit, aber dann wurde das Wetter schlecht und wir hatten wegen jeder Kleinigkeit einen Streit, weil ich sehr gereizt war. Und so wurdest auch du sauer und so ging das immer weiter! Streit – Radeln – Versöhnung – bis es zum endgültigen Boom gekommen ist! Naja. Ich hoffe wir bleiben Freunde und können uns wenigstens noch in die Augen sehen. Ich hoffe es und wäre Dir ein Freund, der dir auch noch zuhören würde, falls du mal ein Problem hast. Damit du das vorher geschriebene jetzt ganz verstehst: Downhill fahren ist fast genauso gut wie Sex. Du hättest mich nie lassen sollen, dann wäre ich nie auf den Geschmack gekommen. Falls es dich interessiert, was ich weiter mache: nur noch Rad fahren und keine Freundin haben – für längere Zeit! PS: Es war eine sehr schöne Zeit mit Dir!

Jaaaaaahhhh, bei so einem Brief muss man wirklich heulen. Alles hat ein Ende, nur die Wurst hat zwei. Downhill fahren, damit sind Bergabfahrten mit dem Fahrrad bzw. Mountainbike gemeint, ist fast genauso gut wie Sex. Ich glaub mein Schwein pfeift. Hast Du Worte? Denn dazu fällt mir nix mehr ein.

26.05.96

Ich bin confused. Schon wieder ist so viel geschehen, dass es unglaublich ist. Am Samstag war bei mir noch heile Welt und heute?! Wir waren in Loipersdorf. Wir hatten die größte Gaudi. So unglaublich schön ist es sicher nur einmal. Gisi, Mario und ich sind mit Sebi im tiefergelegten, dunkelgrünen Golf GTI dem Sonnenuntergang entgegengefahren und hatten die Musik lautstark aufgedreht.

Purple rain, purple rain,
Purple rain, purple rain
Purple rain, purple rain
I only wanted to see you
Bathing in the purple rain

Heute waren wir im Judenburger Schwimmbad. Erst zum Schluss wurde es lustig. Sebi hat mich heute nach Hause gefahren! Wir waren noch beim Teich, da stand er so vor mir und auf einmal hat er mich umarmt und mir einen Schmatzer gegeben. Das ging alles so schnell, dass ich nichts dagegen tun konnte. Ich habe ihn sanft von mir weggeschoben und ihm gesagt, dass ich nicht mit ihm zusammen sein will/kann! Klaro: er versteht es nicht und damit ist die ganze Scheiße fertig! Ich hab jetzt überlegt, ob ich nicht doch mit ihm zusammenkomme, damit die Spinnerei nicht wieder losgeht, so wie voriges Jahr. Vielleicht könnte ja doch etwas draus werden?! Aber jetzt schlaf ich erst einmal drüber!

Im Jahr 2018 habe ich mir zum allerersten Mal den Text von Purple rain durchgelesen. Fast ein bisserl ironisch.

I never wanted to be your weekend lover
I only wanted to be some kind of friend
Baby, I could never steal you from another
It's such a shame our friendship had to end

Wäre mein Leben ein Film, gäbe das einen gar nicht mal so schlechten Soundtrack. 😜

27.05.

Ich würde gerne fortfliegen! Ganz weit fort! Alles hinter mir lassen und alles anders machen! Jetzt war gerade alles so schön und schlagartig ist es wieder vorbei. Gestern das mit Sebi, und heute schimpft Mama die ganze Zeit mit mir, und regnen tut's auch. Jetzt würde ich am liebsten unter einem Wasserfall stehen und das Wasser über mich fließen lassen. Am Vormittag habe ich mit Leni und Helmut telefoniert, Sebi wollte ich auch anrufen, aber vorher war das Geld weg und von daheim aus darf ich mal wieder nicht telefonieren! „Du brauchst keinem Jungen nachlaufen, bla bla bla" – das übliche halt! Bin ich froh, dass ich jetzt keinen Freund habe! Schon wieder nur Probleme mit den Eltern! Alteingesessenes Pack! Ich habe mich jetzt definitiv entschieden, dass ich Sebi nur als Freund möchte – ich hoffe, dass er mich verstehen wird!

Erinnerst Du Dich? Jede Wette, dass auch Du irgendwann in deinem Leben vom „Fliegen" geträumt hast? Nein? Geh bitte. Wetten, es zieht gerade ein bisschen in Deiner Herzgegend? 😇 Wenn wir wollen, können wir fliegen. Wir alle haben Flügel. Und für jeden von uns bedeuten Flügel etwas anderes. Wer zuversichtlich ist, dem wachsen Flügel. Liebe lässt Flügel wachsen. Lachen verleiht Deiner Seele Flügel. Kinder sind die Flügel des Menschen. Träume sind Flügel, die dem Leben Leichtigkeit verleihen. Je mehr von allem wir in unser Leben (wieder) hineinlassen, je mehr sich unsere Gedanken entwickeln und verändern, desto mehr wachsen wir, wachsen unsere Flügel. Wenn wir nicht wachsen, leben wir nicht wirklich. Also bitte, zeige allen, vor allem denen, die dich fallen sehen wollen, dass Du fliegen kannst. Denke daran: Deine Zeit als Raupe ist abgelaufen. Deine Flügel sind jetzt fertig! 😊😊👾

02.06.

Ich versteh das nicht, weshalb mich die Jungs, die mich schon einmal mochten, mich wieder mögen und das, obwohl ich sie verletzt habe! Helmut z.B. hab ich ja betrogen – nach zwei Monaten waren wir wieder zusammen! Sebi hab ich mit meinem Brief das Herz gebrochen, nach acht Monaten will er mich trotzdem wieder! Dabei bin ich weder besonders hübsch noch übermäßig intelligent! Das Beste wäre, wenn mich einfach alle Jungs jetzt in Ruhe lassen würden, denn mehr als ein gebrochenes Herz kommt dabei jetzt sowieso nicht raus! Die Zeit mit Helmut werde ich immer gut in Erinnerung behalten! Diesmal war es ein Abschied für lange oder für immer – das spüre ich! Vielleicht denkt er ja manchmal an mich!

01.07.94 – Jennifer ♥ Heli
08.04.95 – Jennifer ♠❋Heli
09.04.95 - Jennifer ♥ Heli
22.04.95 - Jennifer ♠❋Heli
24.04.95 - Jennifer ♥ Heli
15.05.95 - Jennifer ♠❋Heli
20.05.95 - Jennifer ♥ Heli
04.08.95 - Jennifer ♠❋Heli
15.10.95 - Jennifer ♥ Heli
20.05.96 - Jennifer ♠❋Heli

Wer nicht vom Fliegen träumt, dem wachsen keine Flügel.

Ich höre mir jetzt schon zum 1000sten Mal „Ti Amo" von Jürgen Drews an! Es ist sooooo wunderschön! Auf der nächsten Seite schreibe ich Dir den Text. Leider bist Du jetzt aus, mein liebes Tagebuch. Ich möchte Dir danken, dass Du mich immer so super getröstet hast. Behalte alles für Dich, wünsch mir Glück und dass alles besser wird! Deine Jennifer

***

Keine Tränen mehr, keine Seele mehr,
doch ich geb Dich nicht auf, ich träum noch immer von Dir.
Du lebst ganz tief in mir drin, ohne Dich hat nichts Sinn,
was soll ich denn noch, wenn ich nicht bei Dir bin?
Ich lieb Dich nun mal für immer und ewig, ich gehör
(gehöööhhhrr) Dir total,
ist Dir das zu wenig? (wehhhhhnig - schluchz heul)

Ti Amo heißt mein Herz schlägt immer für Dich,
Ti Amo heißt ich lieb Dich egal was ist,
Ti amo heißt mein Leben ohne Dich nichts wert (wehhhhhrt),
für unsere Liebe (liehhhhiebe) sterbe ich!
Du, ich darf Dich nicht verlieren, Du, ich will nur Dir gehören –
für unsere Liebe sterbe ich! (iiiihhhhiiich - schnief)

Mir fällt das Dach auf den Kopf, ich starr' zur Tür, ob Du kommst,
ich war hemmungslos, doch wo bleibst Du denn bloß?
Ob Dich jetzt jemand küsst, ob Du mich wohl vermisst,
ich mach nicht mehr lang, kommst Du nicht bald zurück!
Dafür kämpf ich bis zuletzt, und wenn Du mich jetzt versetzt, wird
das für mich genau, genau wie sterben sein! (seiiiiihhhhhn)

***

Ooooch! Singen und Heulen kann manchmal soooo guttun und so
befreien. 😭😭

Hab ich Dir eigentlich schon erzählt, dass Mama und Papa am 13.
Juli 1996 heiraten? Ungefähr einen Monat später werde ich dann
Rainer heißen – und im Dezember kommt mein neues kleines
Geschwisterchen in unser Leben - Mann oh Mann, das wird alles
miteinander eine Riesenumstellung! **Ich steh jetzt übrigens voll zu
mir – akzeptiere mich endlich selbst – ich bin wie ich bin, und
ich bleibe wie ich bin!**

Das bin ich:
Name: Jennifer Berger / Rainer
Haarfarbe: Braun
Augenfarbe: Braun, manchmal Grün
Größe: ca. 173
Gewicht: ca. 60 kg (aber nicht mehr lange!)
Bes. Kennzeichen: am linken Fuß ein Muttermal
Geschwister: Patrick + Baby im Bauch
Schule: Handelsakademie
Lieblingsfarbe: Gelb, Rot, Blau
Lieblingsbuch: Herr der Fliegen, Wir Kinder vom Bahnhof Zoo,…
Lieblingsgetränk: alles was schmeckt
Lieblingsessen: Pizza
Lieblingstier: Katze
Lieblingsmusik: Techno (Rave, Hardcore), Kuschelmusik
Ex-freunde + Flirts: Helmut, (1 J. 8M), Jörg (1M), Lionel, Nadir, Sebi,…
Beste Freundin: Gisela - Gisi
Gute Freundin: Helene - Leni
Hobbys: Musik hören, Freunde treffen, Sport, flirten, Schwimmbad, lesen, schreiben, alles was Spaß macht, …
Selbsteinschätzung: ehrlich, humorvoll, faul (Schule), lebhaft, launisch, für fast jeden Quatsch zu haben, kindisch aber pflichtbewusst und selbständig, bin immer für meine Freunde da, träume oft am Tag, freiheitsliebend, unentschlossen, sportlich

SOMMER - HERBST 95
FRÜHLING 96

Versöhnung   Dez. 95   Fasching

Laipersdorf   Heli

Krampus   Pharao

Hochzeiten   Geschwisterchen

Sport   Weihnachten

Traurigkeit   Daniel

Umzug   Fröhlichkeit   Flirts

Erdbeben   Gedichte   Sebi

Frankreich

Liebe   Freundinnen

Silvester

Ende gut. Alles gut.

Danksagung oder

ohne Euch wäre das nie möglich gewesen

- Danke Gerold. Für Deine Geduld. Deine Unterstützung. Du bist meine große Liebe, mein Fels in der Brandung. Du lässt mich fliegen und fängst mich auf. Bei Dir kann ich sein, wie ich wirklich bin.
- Danke Michael und Denise. Ihr seid jeden Tag meine Motivation, bergauf mein Antrieb und Schwung, mein größter Stolz, das Beste was mir je passiert ist.
- Danke Mama. Durch dich habe ich gelernt, dass ich alles im Leben schaffen und erreichen kann und für mich einzustehen. Du bist die allerbeste Mama und hast alles richtig gemacht.
- Danke René, mein kleines, großes Bruderherz und Nadine, Schwesterherz und Prinzessin, dass ihr die tollsten Geschwister seid, die ich mir wünschen kann. Euch nerve ich am allerliebsten.
- Danke Oma. Keine Entfernung kann Oma und Enkel trennen. Im Herzen sind wir immer vereint. Deine Liebe hat mich immer begleitet.
- Danke Maryherz, dass Du seit mittlerweile 30 Jahren in meinem Leben bist, mir in den dunkelsten Momenten meines Lebens meine Hand gehalten hast und in den strahlendsten Momenten als Beistand an meiner Seite warst.
- Danke Robert-Papa, dass es mich gibt und Du mir im Endeffekt doch noch beim „heilen" geholfen hast. Danke Günter-Papa, dass Du mir der beste Papa warst, den ich mir wünschen konnte. Danke Norbert, Bonuspapa, für Dich.
- Danke an den Teil meiner, unserer Familien einschließlich Bonusfamilie, und an meine echten Freunde, die in allen Bereichen des Lebens immer zu mir stehen und mit mir gehen. Ihr wisst schon. Ich hab Euch lieb.
- Danke Daniela. Du hast mich wachgerüttelt. Teenager versus Oldie. Du hattest Recht.
- Danke Soniherz, Lieblingsleseratte.
- Danke Heidi für Deine Zeit. Herzens-Mentorin. Mutmacherin für dieses Projekt. Jetzt ist es endlich soweit.
- Danke all meinen bisherigen Mentoren und Begleitern. Ihr wart wichtige Wegbereiter. Wegaufzeiger. Lebenslehrer. Augenöffner. Jeder einzelne von Euch. Ob positiv oder negativ. ;-)
- Danke an alle, die mit mir ihre Teenager-Geschichten geteilt haben und/oder mir als Inspiration für die Geschichte, dieses Buch in den Sinn gekommen sind. Danke für all die wunderschönen, lustigen, traurigen, berührenden Erinnerungen, die im echten Leben stattgefunden haben.
- Danke Elke, dass Du aus meinem Rohdiamanten einen geschliffenen Diamanten geformt hast.
- Danke Markus, dass Du meinem „Baby" das richtige Outfit verpasst hast.
- Danke Herbert, dass Du an mich und mein Buchprojekt glaubst und mich dabei unterstützt mein „Baby" in die Welt zu tragen.
- Danke an alle die Teil meines Lebens waren, sind und sein werden.

Rezensionen

Elke K.

Es ist eine Freude, „13 über Nacht" zu lesen, denn es ist herzerfrischend, authentisch und spannend. Es ist ein ehrliches, aufbauendes und offenherziges Werk, in dem die Autorin frei von der Leber weg ihre Gefühle, Gedanken und Erlebnisse offenbart. Ich wünsche den Lesern und Leserinnen, dass sie die lehrreichen Passagen besonders aufmerksam lesen, eventuell in ihr Leben integrieren und somit ihre Lebensfreude steigern.

>> *Heidi W.*

Sehr lebendig und flüssig, Dein Buch liest sich echt gut. Ein wirklich tolles Buch für alle Mamas mit Teenagertöchtern. Damals hast Du so gedacht, heute siehst du alles anders. Ein Buch um (wieder) mehr Verständnis für seine Tochter zu bekommen, ein Buch, das einen zurückholt in eine Welt in der man 13 war.

>> *Sonja S.*

Perfekt. Die Zeit verflog beim Lesen. Man möchte einfach wissen, wie es weitergeht in dem Liebeswirrwarr und Hormonchaos! Zumal ich mir manchmal dachte: „WTF?! Schreibt sie da von mir?!"

Printed in Poland
by Amazon Fulfillment
Poland Sp. z o.o., Wrocław

90512083R00134